I0639071

www.ingramcontent.com/pod-product-compliance
Lightning Source LLC
Chambersburg PA
CBHW020349030726
47496CB00007B/2076
9781777886097

-----------------------------------انتشارات آسمانا-----------------------------------

مستیم و خرابیم

و کسی شاهد ما نیست

مهدی گنجوی

نشر آسمانا، تورنتو، کانادا

۱۴۰۳/۲۰۲۵

مستیم و خرابیم و کسی شاهد ما نیست
نویسنده: مهدی گنجوی
ناشر: آسمانا، تورنتو، کانادا
طرح روی جلد: محمد قائمی
صفحه‌آرا: واحد طراحی نشر آسمانا
نوبت چاپ: اول، ۱٤۰۳/۲۰۲۵
شماره آی‌اس‌بی‌ان: ۹۷۸۱۷۷۷۸۸۶۰۹۷

مستیم و خرابیم
و کسی شاهد ما نیست

رُمان

مهدی گنجوی

فهرست

تقدیم به ایده:

آینده همیشه پیش از آنکه برسد

تو را نشانم می‌دهد

فصل یک

یک: مستیم و

شهاب

انداخته بودم تو خیابون. آخر شب. پیش خودم گفتم اگه مسافری خورد که می‌زنیم. اگه نه هم که یه خورده با خودم برداشته بودم اگه کسی به پیسی خورد بهم زنگ زد روشو زمین نندازم. گاهی هم تو همچین شبایی یه نشمه‌ی باصفا به تورِ آدم می‌خوره و آدم رو می‌بره که... نه حالا نریم توی این فاز... داشتم خیابونا رو الکی بالا پایین می‌کردم. مسافری نبود یا اگه بود سوارِ ماشین شخصیِ کسی، اونم با پشت بازوهای من، نمی‌شد. حق داشتن. خیلی پشت بازو به هم زدم. کم‌کم دارم خودم هم نگران می‌شم. نمی‌خوام مردم میان سمتم فراری شن. بالاخره تو زندگی کارای مهم‌تری هم می‌شه کرد. موبایلم زنگ خورد. این پسره بود که اخیرا دیدم. پرسید که هستم تا براش ببرم و من هم گفتم تا نیم‌ساعت دیگه. رفتم به آدرسش.

اشتباهی رفته بودم کوچه‌ی هفدهم. زنگ که زدم دیدم می‌گه جلویِ درِ پلاک پونزده‌ست اما هر چی نگاه می‌کردم نمی‌دیدمش. چندتا ماشین تو تاریکی پارک شده بود. یه کَمَم نور می‌اومد از ته کوچه. از یه چراغ برق. گفتش نکنه رفتی یه کوچه‌ی اشتباهی

چون من درست دم خونه‌مم. گفتم بذار ببینم. آروم دور گرفتم. برای اینکه به یه پراید نخورم دنده عقب زدم. صدایِ جیغِ زنونه اومد. رو برگرداندم و نگاه کردم. نورِ چراغِ عقب افتاده بود رو یه پیرزنه. جیغش تازه تموم شده بود. پشتِ مقنعه‌ای که سرش بود نمی‌شد هیچی ازش فهمید، جز اینکه زندگی زیاد سرش آورده. با حرکتِ سر عذر خواستم که انگار عصبانی‌ترش کرد.

انداختم خیابون اصلی تا برسم به هفتم. طولِ راه یه دست‌انداز رو ندیدم و ماشینم پرید بالا. رو هوا که بودم چشمم افتاد به یه نوری اون عقب عقبا که داشت سوسو می‌زد. باور کنید همون روی هوا جفت کردم. گفتم پلیسه. ولی وقتی ماشینم دوباره اومد رو آسفالت، فهمیدم که نور یه کبابی بود و مخم اومد سر جاش. بعدشم یه پلیس اون‌قدرها هم ترسیدن نداره. فوقش تا رسید جنس رو می‌ندازم از شیشه بیرون. ماشین رو زدم بغل و نگاهی انداختم کسی اون طرفا نباشه. دست رو کردم تو جورابم و کشیدمش بیرون. گرفتمش تو مُشتم. سوییچ رو چرخوندم و فرز رسوندم خودم رو به هفتم. پیچیدم تو. پیرزن میرزنی هم تو کار نبود. اومدم جلو و دیدم وایساده دم یه خونه‌هه، زیر نور. گرفتم بغل. پسره اومد سمت درِ راننده. همه که می‌یان سمتم حسابِ کار دستشون میاد. همین که می‌بینن با یه پژو اومدم و پشت بازوها رو انداختم از شیشه بیرون. می‌خوان باهام دست بدن یه نموره می‌لرزن. خوبه که از دست دادن باهام بترسن. این‌جوری خیالم راحت‌تره. البته این پسره چشمم رو گرفته. به هیچ جاش

نیس پشت بازوها. از بار اول، تا رسید دست رو انداخت تو ماشین و جنس رو از کف دستم برداشت. منم حواسم هست، نشون ندادم تحت تاثیر قرار گرفتم. با این کاری که دارم باس یه کم خودم رو خوف بگیرم. این کارها خوب حالیمه. خلاصه سرت رو درد آوردم. اشتباهی کردم که باعث شد دیر برسم خدمتتون. خوب حالا کارِتون چیه با من؟

رئیس سرش رو گرفت بالا و یه نگاهی انداخت تو چشمام. منو گیر آورده بود و می‌دونست اوضاعی ندارم خوب سواری می‌گرفت. شروع به حرف زدن که کرد، فهمیدم قضیه دختره‌ست.

حالا قضیه دختره چی بود؟ واقعا از او قضایایی بود که منو به جوش می‌یاره. به جوش آوردنِ من، کار هر قضیه‌ای نیس. از بچگی وسطِ هزارتا قضیه بوده‌م. کجا بودم؟ هان دختره. دختره رو من فقط بهش می‌گم دختره. بقیه بهش می‌گن خانم. بهش می‌گن لِیدی. بهش می‌گن عشق. بهش می‌گن.... اسم کوچیکش رو صدا می‌کنن. عینهو تو تخت باشن اسمش رو صدا می‌کنن. اونم دو جور صدا نداره، یکی واسه تخت یکی جلوی یالغوزایی مثل من. یه صدا داره واسه همه‌جا. من که هنوز همه‌جا ندیدمش اما فکرِ اینکه این صدا بخواد جای دیگه‌ای از این نرم‌تر شه، می‌ریزتم به هم. مگه می‌شه. دختره رو چندباری دیدم. یه بارش باهام فاز گرفت. باورش واسه خودمم سخت بود. وقتی داشتم تو حیاط واسه خودم وقت تلف می‌کردم تا رئیس صدام کنه.

صدایی شنیدم. برگشتم، دیدم دختره از پنجره‌ی اتاقش داره منو می‌پاد. سری تکون دادم یعنی ارادتِ ویژه دارم خدمتتون. خندید و پنجره رو بست. داشتم نفسی تازه می‌کردم و به خاطر اینکه جلوش ضایع‌بازی درنیوردم اِیولی می‌گفتم به خودم، که دوباره پنجره‌هه باز شد و دختره رو به من، شخصِ اینجانب، گفت: بخورمت! البته نخوام دروغ بگم درست نفهمیدم چی گفت. آخه همون وقت صِدام زدن و باد هم می‌اومد و منم از هیجان یه کم کَر شده بودم. خلاصه به نظرم رسید که گفت هیکلتو بخورم. درسته، خیلی به قول اداره‌ای‌ها مقرون به صحت نمی‌یاد. ولی گورِ باباش حالا نمی‌شه که مرکز تحقیقات راه بندازم که چی گفت. زیاد به روی خودم نیوردم. آخه از خودم مطمئن نیستم. زود ضایع‌بازی در می‌آرم. تریپم گول‌زنکه. دخترایِ مشتی می‌یان سراغم اما همچین دو تا شوخی باهام می‌کنن، جوگیر می‌شم. چه می‌دونم بچگی‌هام تنهایی زیاد کشیدم زودباور شدم.

خلاصه رئیس گفت که دختره رو با یه پسره دیده بودن. رئیس جوش آورده بود. من همیشه فکر می‌کردم که رئیس از اون کره‌خرهاست. آخه دخترش رو دیدن چه ربطی داره؟ منو این موقعِ شب کشونده که بگه دخترشو دیدن. دیدن که دیدن، پدر سگِ ابله. منو مَچَل کردی؟ لعنت به این حرفای پابساطیِ رئیس و هم‌پالکی‌هاش. فقط مصیبت میاره. بشین تَلِتو بزن، چرا چرت‌وپرت راه می‌ندازی. پفیوز. نئشگی‌ت بخوره تو سرت. حیفِ من که می‌رم واسه آسایشِ آقا تا ترمینال و از مسعود تَلِ

کرمون می‌گیرم. مسعودِ بیچاره رو بگو با این همه پلیسِ راه، می‌ذاره توی فندک ماشینش و، می‌یاره. ای تُف به تریاکی‌های آپارتمانی. تریاکی‌هایِ وای خدا بو رفت بیرون و سیخ سنگی. تریاک رو هدر میدن تو آپارتمان. باس رفت یه جای مَشتی، ولو شد تو هوای آزاد. به یک بابایی گفت بره یه بسته ذغالِ محفل از سوپری بگیره و جَلدی بیاد بذاریم سر وافور. اوه‌اوه یاد وافور می‌افتم خجالت‌زده می‌شم. یه پسره هست که هر وقت وافور می‌خوام می‌رم درِ مغازه‌ش. هیچ کارِ دیگه‌ای با یارو ندارم. دیگه ضایع شده. یه ریزه همین‌جوری درباره کاسبی و سریال‌مریالی گپ می‌زنیم و اونم ادای مهران مدیری رو در می‌یاره و من، سکوت که می‌رسه، می‌گم: راستی وافور تو دست‌وبالت هست واسه امشب؟ اونم البته بامرامه. با همون صدای مهران مدیری می‌گه: ایییییییییییینه. منم الکی می‌خندم و اون دست می‌ندازه پشتِ یخچالِ مغازه‌اش و وافور رو که خُنکِ خُنکه میاره بیرون، میده اینجانب. منم می‌گیرم می‌گم خوب مومیایی‌اش کردی. بعدش دوتامون می‌خندیم. آخ اون وافور کشیدن داره، نه این سیخ و سنگِ تهرون و دود و دم. آخرشم که یه هم‌پالکی زِری بزنه و پای دخترِ رئیس بیاد وسط.

به رئیس که این‌ها رو نمی‌شه بگی. رئیسه. بهش گفتم رو چشم. می‌رم ته‌وتوی قضیه رو در میارم. واسه اینکه دیگه خیلی نسوزم، قبلِ برگشتن یه نگاهی بهش انداختم، گفتم رئیس. سر جاش خشک شده و تو چشام نگاه کرد، گفت: ها؟ چشمو از چشش

برنداشتم، گفتم: فردا صبح هم می‌تونستی این کارو بهم بگی. رئیس جا خورد ولی اصلاً نشون نداد. رو کرد به من و گفت به کارت برس. معلومه نئشه هس. می‌خواسته همین الان یه کاری بکنه. برگشت، رفت تو اتاقش. تا وارد شد صدایی از تو اتاق اومد که گفت: چاقه چاقه جمشیدخان. بگیرم واست؟ جمشیدخان هم با خنده گفت: نیکی و پرسش؟ منم سوارِ ماشین شدم.

چیزی تا نیمه شب نمونده بود. تو خیابونا یا ماشینِ تک‌سرنشین بود یا نورِ پلیس که آخر شب گشت می‌زد و گشت می‌زد و گشت می‌زد. مثل لاشخورای داروغه: «همه‌جا امن‌ن‌ن‌ن‌ن‌ن و اماااانه‌ههههه.» رسیدم کتاب‌فروشی. رفته بودم یه امانتی که کتابفروشه می‌خواست برسونم. طبق قرار لای درش باز بود. داخل که رفتم یه دختری داشت کتابا رو زیر و رو می‌کرد. فکر کرد کتابفروشم. ازم پرسید کار جدید چی رسیده؟ همین‌جوری بی‌هوا این رو پرسید. می‌خواستم بگم همه کاری هس. کارِ رشت و دامغان تازه رسیده. از کرمون هم چیزایی می‌رسه اگه بخواین. کارِ سفارت‌خونه‌ای هم هست، واسه شما البته. البته به همه می‌گم که من لابراتواری کار نمی‌کنم. شانسی شد که خودش ادامه داد رمان می‌خوام. نشون ندادم که جا خوردم. حواسم خوب هست. گفتم من اینجا کار نمی‌کنم. خودمم واسه‌ی کاری اومدم. دختره عذر خواست و روشو برگردوند تا از صاحب مغازه سوالاشو بپرسه. صاحب مغازه اما دوروبر نبود. حدس زدم رفته

تو اتاق انبارش. یه هواکشِ مَشتی گذاشته بود انباری. یه سینی رو هم کرده بود زیرسیگاری که هر چی دلش خواست توش خاموش کنه. یه هیتر هم گوشه‌ی انباریش بود. وقتی دیدم دختره داره می‌ره سمت انباری، جلوشو گرفتم و گفتم بهتره کمی صبر کنین تا خودشون بیان بیرون. دختره با یه شرم کوچیکی گفت: نمی‌خواستم برم داخل. گفتم: به نظر این‌جوری نمی‌اومد. دختره برگشت و دیگه واقعا عصبانی شده بود. بهم گفت: چرا آخه بخوام برم داخل؟ اصلا شما اگه این‌قدر فکرتون اون داخله چرا خودتون نمی‌رین ببینین صاحب مغازه کجاس. منم اینجا معطل موندم به خاطرش. گفتم: باشه الان کارِتون رو راه می‌اندازم. رفتم سمتِ درِ انبار و آروم لای در رو باز کردم، رفتم تو. خیلی تاریک بود. از جیبم موبایلم رو در آوردم و نورِ چراغ قوه‌شو انداختم جلوم. جا خوردم. کتابفروشه یه چاقو گرفته بود سمت من. تا دید منم چهره‌اش آروم گرفت. دست دیگه‌اش جنس داشت می‌سوخت. خندید و گفت: تویی شهاب جون؟ بیا بشین. حرف نداره کارِت‌ها. خیلی حال می‌ده. خودتم بیا تا صفایی بکنیم. بعد چاقو رو گذاشت توی سینی لایِ انبوهِ ته سیگار. ازش پرسیدم: چرا یه لامپی چیزی اینجا نذاشتی؟ گفت که صبحی لامپش سوخته. بهش گفتم من پایه‌ام فقط یه دختره بیرون کارش داره. جیغِ کوچکی کشید پیرمرد و بدو بدو رفت بیرون. تازه یادش اومده بود که در مغازه‌اش هنوز بازه.

کاسبی‌ای می‌کرد این پیرمرد. قدیما تو بانک کار می‌کرد. اول بار اصلا اونجا دیدمش. یه باجه‌ی کوچولو از یک بانک نه چندان مهم توی یک کوچه‌ی فرعی. پاتوق خانم‌های سن‌وسال داری که گاه‌به‌گاه می‌اومدن قبضی پرداخت کنن. اونم نئشه می‌کرد، اونا رو می‌گرفت به حرف. می‌خندوند. اونا هم قبض به قبض می‌اومدن پیش خودش. باقیِ وقتا هم که پرنده پر نمی‌زد توی بانک، اونجا کتاب می‌خوند. حالا که این کتاب‌فروشی رو زده بود دلش واسه‌ی پول شمردن تنگ شده بود.

تو اون تاریکی با نور گوشی موبایلم نشستم و بین سیگارای خاموش شده توی سینی، یه ته سیگار قابل استفاده پیدا کردم. آتیشش کردم. دور و برم پُر کتاب و مجله‌ی قدیمی بود. عکسای «زن امروز» و زنای لختی‌پتی از دیدِ خبرنگارای اوایل انقلاب. عکسای بازیگرایی که ژست گرفته بودن با سیگار. عکس اون کمدینه که از ساعت آویزونه. کارتون کارتون هم کاغذ باطله اونجا بود. درختا رو ریخته بودن، خوشگل تا کرده بودن، شیار داده بودن، با کامیون این‌ور و اون‌ور برده بودن، تو سوله‌ها و انبارهای درجه یک نگه‌داری کرده بودن، با بسته‌بندی مناسبی که می‌شه باهاش لاس زد عرضه کرده بودن. بعد یه یارویی راست کرده بود خریده بود، هیچ گُهی باهاش نخورده بود. صاف اومده بود داده بود به این رفیقمون. البته حالا، خاک گرفته. آب‌خورده. کمی تا شده. کاغذِ مناسب واسه چرندنویسی و سیاه‌نویسی و همین‌جورنویسی. اما خوب همین کارم باهاشون نمی‌شد. چرند

رو هم تو دستشویی می‌نوشتن. رو میزای اداره‌ها می‌نوشتن. همین‌جوری رو هم جایی می‌نوشتن که رنگ بخواد، که تمیزکاری بخواد. که با کاردک باید جمعش کرد.

بویِ متاع قاطی شده بود با بویِ کاغذ باطله. نور موبایلم رو خاموش کردم که باطریش تموم نشه. تو فکر رفتم. شاید چُرتی زدم. اما نه. سیگار تموم نشده در باز شد و نور اومد تو انباری. کتابفروشه اومد تو. بلند گفت: بفرمایید. خونه‌ی خودتونه. بیاین داخل. بعدش چی دیدم؟ دختره اومد تو. اومد وسط دودای سیگارم توی هوا. یه نگاهی به سینی انداخت که جلوی من بود. پُرِ ته سیگار. با یه چاقو توش. بعد به من نگاه کرد که با پشت بازو اونجا نشسته بودم، یه ته سیگار دستم. می‌دونین چی کار کرد؟ بهم لبخند زد. اومد و کنار من روی یه کُپه کتاب نشست و گفت: یه سیگار دارین بهم بدین؟ کاش داشتم. از پیرمرده گرفتم. رد کردم به دختره. انگشتاش کشیده بود. می‌شد چند دقیقه‌ای به انگشتاش نگاه کرد. بگی‌نگی دستش به من خورد. اون موقع بود که بهم گفت اسمش ثریاس. بعدشم سیگارش رو تو سینی، بغلِ چاقو خاموش کرد . کتابفروشه هم یه سه‌پایه از پشتِ قفسه‌های تاریک آورد بیرون و نشست روبه‌رومون. گفت: سرکار خانم امشب رو با ما می‌گذرونن. متاسفانه اتوبوس شهرستان رفته و امشب دیگه اتوبوسی به شهرستان نمی‌ره. کاش اتوبوس‌های بیشتری برای مسیر شهرستان می‌ساختن، خانم. اصلا در دنیای

معاصر، کشورهای پیشرفته دیگه مشکلی تحت عنوان اتوبوس ندارن.

ثریا با تعجب داشت به این سخن‌فرسایی کتابفروشه نگاه می‌کرد. من هم دستِ کمی از ثریا نداشتم. کتابفروشه ادامه داد که می‌دونین چرا؟ می‌دونین چرا کشورهای توسعه‌یافته دیگه مشکلی به نام اتوبوس ندارن؟ بعد کمی مکث کرد و وقتی مطمئن شد ما دوتا سر تا پا داریم گوش می‌دیم — البته من یکی سر تا پا که بخورد توی سرش، با یک ابرو و خرده‌ای داشتم ادای گوش دادن در می‌آوردم- گفت: چون شهرستان ندارن. ماایيم که این همه شهرستان داریم. نباید این همه شهرستان می‌ساختیم. مگه شاه نبود. شاه که بود اینقدر شهرستان نبود. الانو ببین برق کم شده. آب دیگه نداریم. بچه هم زاییدیم. اما چه می‌شه کرد. این‌ها رو که بگی بیخ بیخ. ماهواره که می‌بینین؟ این تو - بعد اشاره کرد به جایی که مثلا خودمون می‌باس بفهمیم تلویزیون منظورشه- فقط دروغ. هیچی دیگه نه‌ها. دروغ. می‌بافن. ثریا به من نگاه کرد و من فقط دستم رو فشار دادم روی دستش روی کُپه‌های کتاب. به روی خودمم نیوردم که چه حالی کردم. گرم شدم. بعدش به روبه‌رو خیره شدم و مثلا که دارم مهمون‌داری می‌کنم: هیتر رو روشن کنیم؟

سرد شده بود پدر سگ. هیتره هم کار نمی‌کرد. ال‌ام‌بی‌هاش سوخته بود و هر چی ور رفتیم نشد که نشد. کتابفروشه هم که

بساطش به هیتر وابسته بود و نگران شده بود مبادا امشب نتونه حالی بکنه رفته بود رو مُخش. از بحث درباره‌ی کشورهای توسعه‌یافته رسیده بود به پایین اومدن سطحِ کیفیِ تولیدات داخلی. مثال گرفته بود همین هیتر رو. می‌گفت: آخه این هیتریه که ایرانی‌ها بسازن؟ آخه تا کی من آنم که رستم بود پهلوان؟ ثریا زد زیر خنده. کتابفروشه هم خنده‌اش گرفت. منم یه لبخندی زدم و گفتم فکری بکن به جای این حرفا.

حالا فکرِ آقا چی بود؟ شب ما رو کشونده، بریم خونه‌ی بغلی. نه این‌که خونه‌ای و شومینه‌ای و این حرفا. نه. یه کارتون داده دست من. یکی خودش. رفتیم دمِ نگهبانی. در زدیم. یه یارویی از اون ته مه‌ها، تو خونه‌ی در حالِ ساخت، از دلِ تاریکی اومده. با کُتِ چرم. شلوارِ مشکیِ راسته بلند. کفشِ قیصری. اومده سمت ما. پشت بازو ردیف. رو گونه هم خط چاقو. تا رسیده می‌گه: آبجی بفرما. جان شما، ما رو برده تویِ یه چادر تو طبقه دوم ساختمون نیمه‌کاره. می‌بینیم یه پیک‌نیک، سه تا بلوک سنگ، یه نایلنِ نصفه‌ی تخمه وسطِ چادر. اول تعارف کرد که آبجی بره داخل. بعدش خودش رفت. پشت‌بندش ماها. تا وارد شدم می‌بینم که جا واسه من نیس. من باس وایسم. چون بلوک سه تاس. بیشتر بلوک نیس. تو اون ساختمون نیمه‌کاره همه بلوکا باس همون جایی باشن که هستن. بنده به قول جنوبیا سرِ چنگو بشینم. چی بگم. وایسادم. خودش دستش رو انداخت تو بلوک و با یه سیخ و یه پروانه، آورد بیرون. بعدش انگاری منتظر مهمون بوده زیپِ

جیبِ بالای کاپشنشو باز کرد، دو تا لول در آورد. رو کرد به ثریا. گفت: آبجی کدومو دوست داری؟ ثریا گفت: من اهلش نیستم. چه حالی کردم وقتی اینو گفت. خورد تو پَرِ یارو. یارو برگشت و گفت: قربون، اسم شما؟ من گفتم: شهابم. بعد از ثریا پرسید: آبجی؟ ثریا هم اسمشو گفت. بعد خودش گفت: من هیوام. نمی‌دونم پدرم چی فکر کرد اسم منو هیوا گذاشت. آخه هیوا هم شد اسم. همین چند روز پیش دیدم تو یه سریال اسم یه دختره هیواس. آخه فلون‌فلون شده کی اسمِ پسرش رو می‌ذاره هیوا، که تو. بعدش دست بُرد تو نایلن تخمه‌ها و چندتایی برداشت. دیدم زیر پای ما گُله گُله پوست تخمه‌ست. زمین رو آبیاری کرده بود با بزاقش پدر سگ. دستش رو بُرد سمت ثریا، خواستم حالشو جا بیارم که دیدم داره از کفِ دستِ عرقوی خودش تخمه‌ها رو می‌ندازه تو کفِ دستِ ثریا. ثریا هم می‌گیره. دعا دعا کردم نخوره لااقل اون لامصبا رو. دیدم نخیر داره می‌خوره. این‌طور که شد وقتی هیواهه تخمه به منم تعارف کرد از کف دستش چندتایی برداشتم و انداختم تو دهنم. انصافا هم تخمه‌ی خوبی بود. یارو سلیقه‌ی خوبی تو تخمه داشت. خوشم اومد یه لحظه ازش. بالاخره واسه خودش بود. شاد بود.

بعدش هیواهه حرف رو گرفت دستش و نئشه هم که بود وِر زد ها. فهمیدیم که تو همین آژانسِ بغل کار می‌کنه و یه نگهبانی‌ای هم واسه خونه خرابه‌هه می‌کنه. از بابتِ این کارِ دومش شبی سه‌هزار تومن عایدش می‌شد که باهاش می‌رفت جنس رو

می‌خرید و می‌زد به بدن و می‌گفت از پول زن و بچه‌م کم نکردم. اگه هم کسی زنگ می‌زد به آژانس که آقا اینجا وسط خونه خرابه و پای بساط نمی‌شنید. مگه اینکه هرتکی اون طرفا بود، واسه دست به آبی چیزی، یا مثلا مشتری می‌اومد با سنگ به شیشه‌ی آژانس می‌زد و می‌زد تا آقا به صرافت بیفته بره ببینه دزدی مزدی چیزی نباشه و بفهمه که بَه‌بَه مسافری به تورش خورده. برمی‌گشت تو خرابه، مدارکِ ماشینش رو از توی بلوکِ زیر پایِ ثریا برمی‌داشت و می‌رفت مسافره رو می‌برد و پول می‌گرفت، واسه زن و بچه‌ش لباس بخره و غذا. بچه‌ش بزرگ شه بشه یه پدر سگی مثل خودش. نه اصلا راه نداشت من از این یارو خوشم بیاد. با همه‌ی حسن‌نیتم رفته بودم تو کار یارو، ولی وقتی دست می‌بره تو بلوکی که ثریا نشسته و دستش رو هی توتر می‌بره تا با مدارکِ ماشین توی دستش بیاد بیرون، من دیگه حسن‌نیت رو می‌ذارم کنار. می‌گم که یارو می‌خاره. عجب پُر روییه‌ها.

بعدش کتابفروشه که دیگه حوصله‌اش سر رفته بود رفت و کارتونی رو باز کرد و بُرد بیرونِ چادر یه آتیشی با کاغذای باطله روشن کرد. ما هم پا شدیم و رفتیم اونجا. دیدم که یه اجاق‌سوز با سنگ اونجاس. دور و برشم پُره از کاغذ سوخته و یه کم پوستِ سیب‌زمینی. دو تا کارتونِ کاغذ چند دقیقه‌ای بیشتر گرممون نکرد. بین هیزما مجله هم گاهی بود که اون بهتر می‌سوخت. نمی‌خوام بی‌خود شاعرانه‌ش کنم. کاغذی که به کارمون نمی‌یاد بسوزونیمش بهتره.

دروغ نگم، هیچ‌چی مثل دیدنِ دختر از لابه‌لای آتیش نمی‌شه. ثریا نشسته بود اون‌ورِ آتیش. خودش رو جمع کرده بود. من این‌ور. کاغذا دود می‌شدن، ریزه‌های سوخته‌شون روی هوا بین من و ثریا می‌رقصیدن. از لابه‌لاشون ثریا رو تماشا می‌کنم. چه کار دیگه‌ای دارم بکنم؟ کتابفروشه داره می‌کِشه و از تهرونِ لامصب می‌گه. من دیگه عادت کردم. اینجا باید بتونی تحملِ شنیدنِ نِق‌های سیاسی رو داشته باشی. می‌گن دیگه. بعدِ چاق سلامتی‌شون یاد کله‌گنده‌های نظام می‌افتن و همیشه هم یه کله‌گنده یه گهی خورده که به نظرِ یارو نباس می‌خورده و دیگه مردم طاقتشون طاق شده. نگاه می‌کردم به رقصِ آروم خاکسترا روی هوا. پشتشم ثریا. لباسش رو تازه دیدم. رنگش خیلی خوب بود. نمی‌تونم بگم چی بود. اما به خاکسترا می‌اومد. به نشستنِ اینجا و پیش ما می‌اومد. اصلا بهترش می‌کرد. یا اگه بخوام راحت بگم، به نظرم رسید که زندگی‌م هیچ‌چی کم نداره. یعنی همین‌جا خوبه. همین‌وقتِ شب خوبه.

ثریا این‌ور و اون‌ور رو نگاه می‌کرد. اون دوتا که داشتن تخمه می‌شکستن. نمی‌دیدن. پا شدم رفتم سمتش و گفتم: چیزی شده؟ گفت: می‌خواد ببینه کجا می‌تونه بخوابه. بهش گفتم: ثریا خانم — مخصوصا گفتم "خانم" بفهمه آدم حسابی‌ام- اینجا که نمی‌شه بخوابین. بیاین بریم منزل من اونجا جای مناسبی برای شماست. کتابفروشه که کنجکاو شده بود بلند پرسید: چیزی شده؟ من گفتم ثریا خانم دارن دنبالِ جایِ خواب می‌گردن. بهشون گفتم که

اینجا مناسب نیست و توی مغازه هم جا نیست. پس بهتره بیان بریم منزلِ بنده. شما هم البته اگه خواستید بیایید. این‌جوری گفتم که حسابِ کار دستش بیاد. قصدم لاشی‌بازی نیست. جا می‌خوایم بدیم به بنده خدا. کتابفروشه گفت باید بمونه مغازه‌ش که آخرِ شب جابه‌جایی داره. همچین گفت "جابه‌جایی" یکی ندونه فکر می‌کنه که فعالِ گردن‌کلفتِ سیاسیه، پدر سگ! یه جماعتِ ابله که دور هم جمع می‌شن یه متاعی دور هم می‌زنن. فکرِ این بَبو تا کجا می‌ره، من در عجبم.

توی راه هیچی نگفتیم. آروم روندیم به سمتِ خونه‌ی من. فقط یه جا وایسادم یه بنزینی بزنم. زیرِ نورِ پمپ بنزین بهش نگاه کردم. ولو شده بود توی ماشین. چشماش رو هم بسته بود. پمپ به دست، بیرون ایستاده بودم و نگاش می‌کردم. اون‌ور دسته‌های بزرگِ پول تو دستای مامور پمپ بنزین بود. یه پیرمردِ خسته به نظر می‌رسید که داره می‌یاد سری بهمون بزنه، بگه بچه‌ها کاری می‌تونم براتون بکنم؟ ما یه نفسی بکشیم و بگیم قربون دستت مَرد، چاکرتیم. اما وقتی بهم رسید دیدم از اون ناتوهاست. پدرسگ برگشته می‌پرسه این دختره کیه با تو. می‌گم دختره اینجا نشسته، منم بنزینمو می‌زنم. تو رو سَنَنَه؟ بعدش پولشو پرت کردم و رفتم سوار ماشینم شدم. گاز دادم. تو آینه نگاهی بهش انداختم که داشت فحش می‌داد. بعدش اما چشممو انداختم روی ثریا که خوابش پریشون نشده بود و پیش خودم گفتم: یه بلا کشیدم و نفهمیدی.

به خونه که رسیدیم، از خواب بیدار، و خبرش کردم. اونم سرش رو چرخوند رو دستم و گفت: رسیدیم؟ چه زود. توی آینه‌ی ماشین سر و صورتش رو مرتب کرد. بعد رو به من چرخوند و خندون گفت: خیلی باحال بود خوابم. من عشق کردم، اما به روی خودم که نیوردم. صورتمو خشک گرفتم. گفتم پاشو بریم بالا. جاتو نشونت بدم. بلند شد و تند تند پله‌ها رو بالا رفت. به خونه که رسید ناغافل شاد و سرزنده شد. از در وارد نشده، جیغ کشید: چه خونه‌ت حس خوبی بهم داد. چه انرژی خوبی داره. می‌خواستم برم جاشو توی اتاق پهن کنم که بلند جیغ زد: تو طراحی می‌کنی؟ گفتم: آره، گاهی. شروع کرد به نگاه کردن به نقاشی‌هام. نه این‌که بخواد نشون بده داره حال می‌کنه. نه. واقعا داشت حال می‌کرد. تا حالا ندیده بودم کسی این‌جوری نقاشی‌هام رو نگاه کنه. خیره شده بود. هر دونه نقاشی‌ای که وارسی می‌کرد، صورتش رو نگاه می‌کردم که چه جوری می‌شه. نشه که عوض شه.

من بدنِ آدما رو می‌کِشم. گاهی‌گُداری. اگه کسی خونه‌م خواب باشه و من نخوام صدا بدم، ازش نقاشی می‌کشم. واسه همین همه لم دادن تو نقاشی‌هام. یه عکس هم از دخترِ رئیس داشتم که از روش زیاد کشیدم. همین‌جوری. تنها که می‌شم دست‌ودلم زیاد می‌ره به کشیدنِ دخترِ رئیس. هر بار یه جور می‌کشمش. اصلا معلوم نیس که همش یه نفره.

فصل یک

شنیدم هر خطی رو دستِ ما فقط یه بار می‌تونه بکشه. اگه بخوایم دوباره بکشیمش هیچ‌وقت همون خط نمی‌شه. شاید شبیهش بشه ولی هیچ‌وقت خودش نمی‌شه. مثل خودِ زندگی نیس؟ هر بار یه چیزی فرق می‌کنه. اونایی که می‌خوان کارشون رو ساده کنن میگن تقویمه که عوض شده. آره زمان عوض می‌شه. به درک. من فقط خطم رو می‌کشم. می‌خوام از هر دختری که دوسش دارم یه طرح بزنم. واسه خودم گاهی نگاه کنم. این‌جوری بهتره. می‌کِشمشون و می‌ذارمش یه گوشه‌ای.

ثریا روی یکی از طرح‌ها متوقف شد که استثنائا خودم رو توش کشیده بودم. دستام توی قاب جا نشده بود. علاجی کودکانه کرده بودم و در ادامه‌ی قاب، طرح دست‌هایم را روی دیوار ادامه داده بودم. دستم زمخت شده بود. سایه که زده بودم ترسناک‌تر هم شده بود. در آن طرح چشم‌هایم حالت ترسیده داشتند. انگار از دستان خودم می‌ترسیدند.

گفت: از طراحیت خوشم می‌یاد. واسه پول تلکه کردن نیست. واسه دلِ خودته. گفتم که همین‌جوری می‌کشم. و خواستم برم که پرسید: راستی، شغلت چیه؟ مردد شدم. فکرش رو نکرده بودم. گفتم: شب به خیر. و چه چیز بدی گفتم. یخی ساختم واسه‌ی رابطه که نگو. دیگه تا وقتی می‌خواست بخوابه هیچ چی نگفت. در حالی که معلوم بود چقدر چیزا تو مخشه. آخ آخ آخ. جاش رو در اتاق مهمان انداختم و خودم به اتاقم رفتم و پشت درِ بسته‌اش

۲۵

نشستم. یه مدت. همین‌جوری. هیچ کاری نکردم. یک بار پا شدم دستگیره را پایین دادم، می‌خواستم آب از یخچال بردارم. بی‌خیال شدم. گفتم بیرون نرم. نمی‌دونم چرا. گفتم بذار امشب بچرخه. تا ابد که قرار نیست امشب بمونه. پشت همون در خواب رفتم.

فردای آن شب، در هال نشسته بودم که از اتاق اومد بیرون. تا داشت می‌اومد فهمیدم که همه چی بین ما عوض شده. دیگه شاد نبود. دستشویی رفت و بعدش که بیرون اومد سریع لباس‌هاش رو پوشید و اومد سمتِ من و گفت که خیلی مزاحمم شده و می‌خواد بره. ازش پرسیدم آخه عجله‌ش واسه چیه. گفتم اگه به خاطر حرف دیشبمه معذرت می‌خوام من یه راننده آژانس ساده‌ام که شب‌ها می‌ندازه بیرون شاید مشتری‌ای بهش بخوره. اون گفت: نه دلیلی نداره بخوای بگی. تقصیر منه که پرسیدم. خود من هم اگه تو ازم می‌پرسیدی اینجا چی کار می‌کنم مثل تو جواب می‌دادم. حوصله نداشت می‌خواست بره. بهش گفتم کجا می‌ره که برسونمش. تعلل کرد. معلوم بود که جای خاصی مد نظرش نیست. فقط می‌خواست از خونه‌ی من بره بیرون. حالا من مونده بودم گُه کاریم رو چه‌طوری جمع کنم. یه شبم نتونسته بودم یه فرشته رو نگه دارم. اول صبح می‌خواس بره.

زنگِ در به صدا در اومد. جا خوردم. ثریا هم دوید توی اتاق. در رو پشت سرش قفل کرد. باورم نمی‌شد. چرا باید به خاطر یه

زنگِ ساده‌یِ در همچین کاری بکنه. دروغ نگم، اون لحظه حدس زدم یه بلایی سرم می‌یاد اما پیش خودم گفتم به دَرَک. بذار بیاد. اگه حالیش شه واسه اونه که بلاکِشی می‌کنم ارزشش رو داره. در آیفون دیدم که اون پسره هیوا اومده دمِ در. در رو براش باز کردم اما بالا نیومد. سرش رو به آیفون نزدیک کرد. گوشی رو برداشتم و گفتم جونم هیواخان؟ گفت که کتابفروشه گفته بیاد دنبال ثریا خانم. گفتم الان بهش می‌گم. رفتم و در زدم. صدایی از اون‌ورِ در نیومد، واسه همین بلند گفتم: ثریا خانم، اون پسره که دیشب تو خرابه دیدیم، اومده دنبالت، ببرتت کتابفروشی. در باز شد و دختر که شادِ شاد شده بود گفت: واقعا؟ بعدش تند تند کفش‌هاش رو پوشید و می‌خواست بره که نمی‌دونم چرا- آخه دست خودم نبود- گفتم: صبر کن منم بیام. می‌دونستم اگه اونجا بشینم دیگه هیچ‌وقت ثریا رو نمی‌بینم. گفتم برم. هر چه باداباد. پا شدم و پوشیدم. ثریا اصلا نگفت که من هم برم.

وقتی به دمِ در رسیدیم هیوا از دیدنم جا خورد، گفت: آقا شهاب، شما کجا میاین؟ گفتم: منم امروز بی‌کارم. گفتم باشم خدمت شما. طول راه فهمیدم که تمام دیشب رو هیوا پای همون گاز صبح کرده و حالا فکِش گرمِ گرمه. شروع کرد به روندن و همین‌جوری که گاهی‌گُداری بین راه با دستش گردن و سینه‌اش رو می‌خاروند، می‌روند. بوق هم نمی‌زد. فقط یه بار انگار داره کارِ چندش‌آوری می‌کنه واسه یه کامیون که دیگه رسما داشت به ما می‌خورد یه بوقِ کوتاه زد و بعدش هم زیر لبی گفت: ای حرام....

ولی مهربون‌تر از این حرفا بود که ادامه بده، رو کرد به من و گفت: اینا حواسشون نیس‌ها. می‌خواستم بگم: حواسش نیس؟ ما داریم اینجا سَقَط می‌شیم پدر سگ، تو می‌گی حواسش نیس؟ باور کنید از کنارش که رد شدیم خماری رو تو چهره‌ی راننده کامیون دیدم. ما رو که نگاه کرد انگار ما مسئول خماری راننده‌ی محترم باشیم، یک زهره چشمی آمد. شیشه‌ی ماشین رو دادم پایین تا سرم رو بِبَرم بیرون و هوار بکشم سرش که صدای فریاد هیوا بلند شد که بکش بالا اون رو، سَرده. چی بگم. تو ماشین اون بودیم. ثریا هم بود. پیش خودم گفتم: به وقتش حالیت می‌کنم. بعدش شیشه رو دادم بالا.

با همون دستمالی که باهاش شیشه‌ی ماشین رو تمیز می‌کرد، دماغ و عرقِ گردنش رو گرفت و آروم رو به من گفت: الان می‌رسیم جناب. منم مثل شما بودم. کم‌حوصله. گرمایی. اما داخل که باشی، بی‌حوصلگی از سرم می‌افته. اون داخل، درست نمی‌فهمی کِی روزه کِی شبه. یه چیزی می‌زنی روز و شب از یادت بره. روز اولم که رفتم شهردار اومد ظرفای غذاشو آورد واسه من، گفت: بشور. گفتم الان جا بزنم تا آخرش باس بشورم. آخرشم که یکی دو روز نبود پنج سال بود. واسه همین با همون ظرفا زدم تو سرِ شهرداره که حسابِ کار دستش بیاد. پریدن سَرَم و زدنم. تا می‌خوردم زدنم. ولی دیگه واسه‌ی من ظرف مرف نیورد. حساب کار دستش اومد. پرسیدم: چرا تو بودی؟ گفت: واسه یک کیلو. وکیلِ ابلهِ من هم کاری نتونس بکنه. باید برم سراغش. پرسیدم:

بار اولت بود؟ سریع گفت آره و همین‌جور که این رو می‌گفت یه چراغ قرمز رو رد کرد. یه ماشینی دیدم که پشتِ سرمون بوق زد. بعدش رو کرد به من و همین‌جور که دوباره عرق ظاهر شده بود روی گردنش، گفت: اما بین خودمون باشه، هیچ‌کی که از یک کیلو شروع نمی‌کنه. خود من از ده گرم شروع کردم، رسیدم به یک کیلو. یارو که بهم داده بود، لوم داد. باس تو همین روزا برم سر وقتش. چراغ قرمزِ دوم رو هم رد کرد. فکش گرم شده بود: آخه یه زنِ پابه‌زا داشتم نمی‌تونستم تو بمونم. یه جورایی به قاضی رسوندیم و اونم هوامو داشت. پنج سالی واسم زد. پرسیدم چند سال پیش بود. گفت: همین پارسال. یه چند ماهی تو بودم بعدش رأی‌باز شدم. می‌یام شبا کار می‌کنم صبح‌ها خودمو معرفی می‌کنم. نورِ دمِ ظهر تو صورتم افتاده بود واسه همین با تعجب گفتم: الان پس چرا نرفتی تو؟ یه نگاهی بهم کرد انگار غافلگیر شده باشه. بعدش دوباره دستمال رو از کنار دستیِ ماشین در آورد و عرقش رو پاک کرد. گفت: شما که غریبه نیستین یه بار که اومدم بیرون، دیگه نرفتم تو. گفتم بچه‌ام به دنیا اومده. پولی واسه‌ش در بیارم. شبا می‌رم آژانس کار می‌کنم. رئیسِ زندون هم هست که باید یه حالی بهش بدم. پرسیدم: چرا؟ گفت: آخه اون تو که بودم خیلی پُر رو بازی در آورد. یه حالیم به این مامورِ شرعیاتِ اونجا باس بدم. گفتم: اون چی کار کرده؟ گفت: ولش کن. یه حالی که بهش بدم حسابِ کار دستش می‌یاد.

به اینجای حرف که رسیده بودیم نزدیکای آژانس بودیم و می‌دیدم که کتابفروشه بیرون مغازه‌ش منتظر ما وایساده. یکی از شیشه‌های کتابفروشی اومده بود پایین و ریز شده بود کف خیابون. تا رسیدیم اومد سمتِ درِ ثریا و در رو براش باز کرد. تا ثریا پیاده شد یه چیزی درِ گوشِ ثریا گفت و معلوم بود که خبر خیلی بدیه چون ثریا بعدش رفت و یه گوشه‌ای نشست. بغلِ مغازه. سرش رو هم پایین انداخت. از کتابفروشه پرسیدم چی شده؟ گفت: تو نمی‌خواد تو این کارا دخالت کنی. و بعدش از جیبش یه پولی در آورد و خواست به من بده. گفتش: این واسه لطفی که دیشب کردی. ولی دلم می‌خواد بین خودمون باشه. تعجب کردم از کتابفروشه که دیشب همش از سیاست‌های درستِ توسعه می‌گفت و هُف‌هُف می‌کشید و حالا چنین احوالش عوض شده بود. از نتایجِ بَستِ کرمون بود، یعنی؟

هر چه بود دیگه اونجا جای من نبود. رفتم کنار ثریا و هرچی صبر کردم سرش رو بالا نیورد. بهش گفتم: من دیگه دارم می‌رم. خونه‌ی من همیشه خونه‌ی خودته. می‌دونم تنها نمی‌مونی اما اگه بودی خوشحال می‌شم بیای پیشم. سرِ ثریا تکانکی می‌خورد و انگاری داشت گریه می‌کرد. قلبم ریخت ولی کاری از دستم برنمی‌اومد. از سرِ خیابون یه ماشین گرفتم. از شیشه‌ی ماشین می‌دیدم که دارم دختری رو که این‌قدر ازش خوشم اومده با یه زندونیِ فراری و یه کتاب‌فروش تریاکی تنها می‌ذارم و می‌رم. می‌دیدم که دختره هم داره گریه می‌کنه. نورِ ظهر افتاده بود روی

صورتم و شکلک در می‌آورد. از شیشه‌ی کمک‌راننده باد می‌اومد عقب، و می‌خورد به صورتم. صورتم بین آفتاب و سایه‌ای که روش می‌افتاد گرم و سرد می‌شد. یک کم گوشه‌ی چشمم نم شد. ولی کاریش نداشتم. خودش بخار می‌شد و خشک می‌شد و بعدا توی یه دستشویی یه کم مزه‌ی شور می‌داد به آبی که روی صورتم می‌ریختم. باید سریع ماشین خودم رو بر می‌داشتم و می‌رفتم سر وقتِ دخترِ رئیس.

فصل دو

دو: خرابیم و

ثریا

اون پیرمـرد اومـد دم گوشـم و گفـت کـه امـروز صـبح اومـده و شیشه‌ی مغازه‌ش رو شکسته و گفته که به مـن بگه هرجـا هسـتم کلکم کنده‌س. گفته که منو می‌شناسه حتی با سر و ریختِ تازه‌ام. می‌دونه الان کلاه‌گیس سرمه. می‌دونه چـه لباسـایی پوشـیدم. می‌دونه لهجه‌ی شهرستانی گرفتم و خـودم رو آروم نشـون می‌دم. یه دخترِ فریب خورده‌ی شهرستانی تو تهرانِ بـزرگ. کتاب‌فروشـه آخرش گفت: زود گورتو گم کن و دیگه این طرفـا پیـدات نشـه. دیشب که باهـاش صحبت کـردم از اینکه شـب می‌خـوام پیشـش بمونم خوشحال بود. اما حـالا می‌دونه کـه اومـدم تِر بـزنم تـوی زندگیش.

رفتم و اونور نشستم روی یه سکو. بغلِ کتاب‌فروشـی. سـرم رو پایین انداختم. یه لحظه هـم نبایـد غافـل نمی‌شـدم. بایـد فکری می‌کـردم. اگه خـودمو ببـازم حتمـا زود منو پیـدا می‌کنه. بایـد حواسـم رو جمـع کـنم. می‌دونم چـه چیزایـی ازش دسـتمه. می‌دونم کـه اوضـام خیلی خرابه. حالا کـه همچیـن ظاهر مغمـومی گرفتم شـاید پیرمرده یه نگاهی به بر و روم بکنه دلش بسـوزه. اگه الان این دور و بر یه دستشویی بود و یه آینه، می‌رفتم و بر کـه می‌گشـتم دیگه

۳۳

پیرمرده طاقت نمی‌آورد. دلش می‌رفت. فقط این کلاه‌گیس و این تیپ کاری کرده مثل دختر بدبختا بشم. دخترایی که بدبختی می‌زان. اگه نه امثال این پیرمرده همیشه تو مُشتِ من بودن. تو اداره‌ها، تو خیابونا، تو خونه‌ها، حتی تو بغلِ زناشون کاری رو کردن که من خواستم. این‌جور آدما خیلی بدبخت‌تر از اونن که بخوان به من بگن نَه.

اون پسره، شهاب، اومد سمتم. بالای سرم وایسادو، حتما بازم می‌خواد واسه‌ی دیشب عذرخواهی کنه. چقدر ساده‌دله. فکر می‌کنه بین ما چیزی اتفاق افتاده. که من از دستش ناراحتم. بذار همین‌جوری باشه. بذار فکر کنه باید کاری برام بکنه. حرفش رو زد و رفت. منم سرم رو بالا نیوردم فقط کمی هق‌هق کردم که دور که می‌شه تو گوشش باشه که منو چه جوری تنها گذاشت. پسرِ بدی نیست. چیزای بدی هم که به نظرش می‌یاد رو به روی خودش نمی‌یاره. یه پسرِ مهربون که آخرِ شبا از آدمایی که خونه‌ش خوابیدن نقاشی می‌کشه. یه متاعی هم می‌رسونه دست مفنگی‌هایی مثل این پیرمرده.

وقتی خوب دور شد از جام پا شدم و رفتم سمت اون پسره هیوا. یه گوشه‌ای نشسته بود و سرش رو محکم فشار می‌داد. آفتابِ ظهر خورده بود تە کله‌اش و سردرد شده بود. قطره‌های عرق افتاده بود جابه‌جای صورتش، حتی زیرِ چشماش. صداش زدم: آقا هیوا. بدو پا شد و اومد سراغم. گفت: جانم، ثریا خانم. گفتم:

ببخشید امروز می‌خواستم یه کم مزاحم شما بشم. می‌دونستم که زن و بچه داره و تازه از زندون فرار کرده، واسه‌ی همین اضافه کردم: البته زحمتتون رو جبران می‌کنم. هیوا سرش رو پایین انداخت و معلوم بود که دلش رو لرزونده حرف زدن باهام. گفت: شما مثل آبجی مایین. در خدمتیم.

باید قبل از اینکه کتابفروشه می‌اومد، دور می‌شدم باهاش. گفتم: یه اتفاقی افتاده که باید برم تا اون‌ور شهر. شما می‌شه منو برسونین. بین راه براتون توضیح می‌دم. هیوا یه دستی زیر موهاش کشید و عرق پیشونی‌ش رو قاطی کرد با موهای جلوش. یه کم سرووضعش بهتر شد. صورت استخونی‌ای داشت که توی گونه‌هاش تورفتگی پیدا کرده بود. تا چند وقتِ دیگه صورتش می‌رفت تو و همین حالا هم یه نَمِه معلوم بود دندونای بغلش دارن می‌پوسن. بدنِ مفنگی‌ها رو خیلی خوب می‌شناسم. خیلی مفنگی جلوم لخت شده. دیدم که سینه‌هاشون می‌یاد یه کم جلو و شکماشون می‌ره یه خورده تو. دیدم که کِی زود می‌یان، کِی دیر. کِی نمی‌یان. می‌مونن تو تخت، خسته، نفس‌بریده. زنه می‌گه برو گمشو. می‌گه چی زدی پدر سگ؟ اونا هم بلند می‌شن یه گوشه‌ای وِل می‌چرخن. هیچی نمی‌گن. یه کم چیزی می‌خورن. شاید برگردن تو تخت. زنه اما پا شده، پوشیده، برمی‌گرده و بهشون می‌گه پولش رو اما باید حساب کنی. اونا هم چی بگن. یه گوشه وایمیستن. بی‌صدا. یعنی همین‌قدرش هم خوبه. دختره هم

پولش رو می‌گیره و می‌ره و زیر لب می‌گه مفنگی. در رو روشـون می‌بنده.

مـن همـه‌ی اینـا رو دیـدم. هیواهـه تـو مُشـتمه. بـدون اینکـه بـه کتاب‌فروشه هیچ چی بگه می‌ریم سوار ماشین می‌شیم. ماشین رو که روشن می‌کنه ازم می‌پرسه: کجا برم عشقی؟ هنوز هیچی نشده به من می‌گه عشقی. می‌گم یه کم از اینجا دور شو اول. می‌پیچه تو یه خیابون فرعی و همین‌جور می‌ره از این کوچه تو اون کوچه. من می‌یام جلو می‌شینم. همین‌جور که می‌رونه از بین صندلی‌ها می‌یام جلو و می‌ذارم که پام بخوره به رون‌های هیواهه. اونـم می‌رونه و کم‌کم دارم می‌بینم که چه ذوقی داره. جلو که می‌شینم کمربند رو می‌بنـدم و بهـش می‌گم کـه بـریم تـو بزرگـراه. بـین راه آدرس رو اون‌جوری که خودم دلم می‌خواد بهش می‌گم. وقتـی بهـش می‌گم بپیچه کـه می‌دونم وقت نمی‌کنه اسم خیـابون رو بخونه. ندونه دقیقا کجاییم بهتره. نیم سـاعتی تـو ترافیـک می‌مونیم. پُر حرفی می‌کنم. با لهجـه‌ی شهرسـتانی شـروع می‌کنم و از خـاطرات کـودکیم می‌گم تـو خونه‌های حیاط‌دار. از پدر بازنشسته‌ی ارتشیم می‌گم که آس‌وپاس از کار بر کنار شد چون احمق یه تیر از تفنگش خـالی شد تو جمعیت. جمعیت هم زدنش، هـم روزنامـه‌ها نوشـتن. هـم همکـارا پشتشو خـالی کـردن و کشـید و کشـید و کشـید و خـودم می‌رفتم بـراش می‌خریـدم و یـه روز تـو دستِ خـودم سـرفه کـرد و خون اومد و گفت به‌به مهمون ناخوانده، و من هر چی گفتم آخـه

۳٦

بـزنیم. الان دیگـه بـدون هنـدل راه نـداره موتـورت راه بیفتـه. از سوخت‌وساز افتاده.

زدم رو پاش و گفتم به جای این حرفا یه کمکی بهم بکن. با یه صدایی که یعنی حوصله‌ی پا شدن از جامو ندارم گفت: منو ولش کن. باید رو پای خودت وایسی. بهش گفتم: جانِ تو مجبور شدم. اگه نه دیگه بهت رو نمی‌نداختم. فقط باید یه تیکه بیای دنبالم یه جایی و خودی نشون بدی. گفت: من محاله از جام جُم بخورم. ولی هنوز جمله تموم نشده بلند شد و یه بطریِ پلاستیکی نوشابه از پشت یک پرده دراورد و گذاشت جلوش. رو سرِ بطری نوشابه‌هه یه زر ورق گذاشته بود. یه کم از متاع آماده شده ریخت روش و آتیش داد. خودشم سرش رو برد سمت لوله‌ی خودکاری که از وسط بطری داده بود داخل و یه کامِ بلند حبس کرد. تا چند لحظه اصلا این دنیاها نبود. نفسش رو چنان حبس کرده بود، انگار داره واسه جونش زیر آب نفس می‌گیره. وقتی بعد از حدودا یه دقیقه دود رو بیرون داد، رو کرد به منو، گفت: می‌بینی هنوز حجم ریه‌هام خوب بالاست. انگار یه عمر ورزشای هوازی کرده باشم. گفتم: چرند نگو امید. به من گوش کن. امید اما دوباره سرش رو برده بود پایین و اینو همین‌طور ادامه داد تا ربع ساعتی. بعدش بلند شد و برای این‌که زمین نخوره منو گرفت. بعدش شروع کرد به خندیدن و دستش رو همین‌جور که روی من بود آورد جاهایی که نباس می‌آورد. دستش رو زدم و تقریبا با سینه خورد روی پام. اما همون‌جوری موند و سرش رو گذاشت رو

پاهام. گرمای نفس کشیدنش رو می‌شنیدم که داره به رون‌هام می‌خوره. می‌دونستم که اگه کسی تو این دنیا به من اهمیت بده همین امیده. چه گرمایی داشت وقتی کنار من می‌اومد. انگار آرزوش باشم، نه دوستش. دستاش رو آروم از روی سطح پام بالا کشید و محکم از مُچ پام فشار داد تا به زانوم رسید. منم چشمام رو بستم و به حرکتِ آرومِ دستش رو بدنم فکر کردم. الان دیگه اون پسره هیوا حوصله‌اش سر رفته و داره بالا پایین می‌کنه بمونه یا بره. البته اون‌جوری که اون تو کف بود تا یه ساعت دیگه احتمالا می‌مونه تا خمار کنه و بعدش فحشش رو نثارم می‌کنه و راهشو می‌کشه و می‌ره.

امید سرشو آروم از روی رون‌هام بالا آورد و خودش رو انداخت رو سینه‌هام. منم چندتایی از دکمه‌های مانتوم رو باز کردم و اون رفت داخل مانتوم و من دکمه‌هام رو اون‌طرفِ سرش بستم. نگهش داشتم توی لباسم. چه مانتوی گل‌وگشادی بود. خنده‌ام گرفت. خودم هم آروم به لذت نئشه‌آورِ گرمایی که تو سینه‌هام حس می‌کردم تن دادم. مثل یه خواب بود که می‌دونستم قراره نیمه‌کاره باقی بمونه. آروم دستاش رو از کنارِ بدنم به زیر لباسم خزوند و بالا رفت. اطرافِ نافم داغ شد. بعدش دستاش به پشتم رفت و آروم با گیره‌ی سوتینم بازی کرد. من با زیرِ آرنجم دستاش رو فشار دادم که همون جایی که هستن بمونن و بیشتر ادامه ندن. اما دستاش گیره رو باز کرد و آروم از زیر بغلم اومد جلوی سینه‌ام و قبل از این‌که من بخوام بگم "امید، نکن"، فشار داد. دو طرف

بهم بده. نشستم کنارش و یه تیکه از متاعش جدا کردم. زدم سر یه قیچیِ کوچیک که داشت و آتیش رو زیرش روشن کردم. خوب که آتیش‌خور شد کَندمش و انداختمش لای تنباکوها کفِ دست امید. اون آروم بقیه تنباکو رو ریخت روشو، با انگشتِ شست و سبابه‌اش لهش کرد. نوک دستش سوخت که اصلاً به روی خودش نیوورد. گفتم: ضد ضربه شدی‌ها. خندید و گفت: مستیم و خرابیم و کسی شاهد ما نیست. بگذار که بجنبد کفل از تو کمر از من. خندیدم و با طعنه گفتم: می‌جنبه همون‌جوری تا حالا جنبیده. امید برگشت و نگاهی بهم کرد و گفت: تا کِی حرف حرف حرف. بابا این مملکت عمل می‌خواد. بعدش یاد یه جُک چرندی که یک بار برام تعریف کرده بود افتاد و زد زیر خنده. من هم آروم نشسته بودم اونجا و هیچی نگفتم خنده‌اش تموم شه. رو پای خودش می‌زد و می‌خندید. بعدش بلند شد و از روی کامپیوترش یه آهنگی رو زد بخونه. یه صدای جَزِ آروم اومد تو اتاق. یکی دوتا چراغ رو روشن خاموش کرد و بعدش هم پرده‌های خونه رو کشید. نورِ خونه شد نور شب. از بیرونم انگار هیچ نوری نمی‌اومد. اومد سمتم. نشست، گفت: می‌زنی؟ گفتم: نه، الان باید عقلم کار کنه. امید گفت: بذار خودم واست کار کنم. تو بشین فقط کیف کن. خواستی صدایی در بیار. نخواستی هم که هیچی. خودم به جای تو صدا هم در می‌آرم. گفتم: خفه شو. گفت: جونِ تو نگرانم از کار بیفته. بذار یه هِندلی چیزی

این چه حرفیه. مهمونِ ناخونده دلش رو انقدر خالی کرد که باز بگه برام بگیر.

هیواهه از همون اول جذب داستان من شد و وقتی که تموم شد می‌دیدم تو چشماش، که از ظلمی که به من رفته طاقتش طاق شده. شده فردینِ زن‌های فریب‌خورده و بدبخت. بهش گفتم که دم یه کوچه وایسه تا من برگردم. خودم از ماشین پیاده شدم و از داخل اون کوچه سریع یکی دو تا کوچه عوض کردم تا رسیدم به انتهایِ کوچه‌ای که مد نظرم بود. نگاهی انداختم و مطمئن شدم که کسی نیست. بعدش سنگی برداشتم و زدم به شیشه‌ی طبقه دوم. داشت دیر می‌شد که پنجره باز شد و امید سرش رو کشید بیرون و گفت: جووون! زندگی ما دارِ مکافات بود تا تو برسی. بیا بالا. بعد در رو برام باز کرد. از پله‌ها که می‌خواستم برم بالا دیدم درِ خونه‌ی طبقه اول بازه و یه دسته مو از لای در افتاده بیرون. همسایه‌ی پیر همین‌جوری وایساده بود، بدون اینکه تکون بخوره. ببینه کی داره میاد تو. خوشبختانه منو نشناخت تو اون سر و وضع. من یه روز به حساب این همسایه می‌رسم.

امید در رو که باز کرد گفت: بُتِ عیار هر روز به شمایلی در می‌یاد. بعدش از جلوی در رفت کنار و من وارد شدم. یه پرده‌ی حصیر آویزون کرده بود که هال رو از اتاق خوابش جدا می‌کرد. دو تا تهویه‌ی هوا هم گذاشته بود دو جای خونه. خودش نشست پای یه میز و شروع کرد به ریز کردن تنباکو. بهم گفت: یه کمکی

صورتم و شکلک در می‌آورد. از شیشه‌ی کمک‌راننده باد می‌اومد عقب، و می‌خورد به صورتم. صورتم بین آفتاب و سایه‌ای که روش می‌افتاد گرم و سرد می‌شد. یک کم گوشه‌ی چشمم نم شد. ولی کاریش نداشتم. خودش بخار می‌شد و خشک می‌شد و بعدا توی یه دستشویی یه کم مزه‌ی شور می‌داد به آبی که روی صورتم می‌ریختم. باید سریع ماشین خودم رو بر می‌داشتم و می‌رفتم سر وقتِ دخترِ رئیس.

رو. یه کم زیرشون رو فشار داد. اونا هم آروم بالا رفتن. حس می‌کردم یه کم نمِ عرق نشسته زیر گودیِ سینه‌هام که با دستاش اون نم رو بالا کشید و دور نوک سینه‌هام غلتوند. صدای نفس کشیدنش رو می‌شنیدم که هر لحظه بلندتر می‌شد. بعدش دستاش از همون زیر اومد بالا و از زیرِ لباس اومد و رو گردنم ظاهر شد. من چشمام رو بستم و خودم رو به جریانِ آرومِ دستاش رو گردنم سپردم. یه کم نفس‌نفس زدم و بی‌اختیار دستم رفت روی پشتش. و لباسش رو کمی بالا داد. دیدم که می‌خواد سرش رو از توی مانتوم در بیاره ولی من نمی‌خواستم. واسه همین با دستام سرش رو بیشتر فشار دادم به سینه‌ام. لباسم رو بالا داد و سرش رو برد زیر لباس. لباسم تنگ بود و داشت به بدنم فشار می‌آورد. یه جور فشاری که دوست داشتم. تیکه‌های بدنم آروم‌آروم خیس می‌شد و بالا می‌اومد. حدقه‌ی چشمم تنگ و باز می‌شد. خیلی تنگ و بعدش خیلی باز. خیلی زیاد. بعدش دستاش رو از توی لباسم در آورد و گذاشت دو طرف پاهام، و فشار داد. من هم پاهام رو به هم بستم و فشار دادم. دستای اون و پاهام من هر دوتاشون فشار می‌دادن که هر چی می‌شه پاهام به هم نزدیک‌تر بشه. مردمکم خیلی تنگ شد. فقط دیگه سیاهی موهاش رو می‌دیدم که انگار همه‌ی دور و برم بود. همه‌ش یه سایه‌ای بود دور و برم که من نمی‌شناختمش.

سوسکی اون طرفِ خونه مُرده بود. بین موزاییک‌ها سیاهی انداخته بود. چشمام رو باز کردم و خیره شدم بهش. داستان

زندگی این سوسک‌ها رو از حفظم. سوسک‌هایی که یه روز از توی چاه دستشوییِ‌ای جایی تو خونه‌های ما پیداشون می‌شه. خونه‌هه آپارتمان هم باشه بازم هستن. خونه حیاط‌دار که باشه مار هم هست. یه مدت گوشه‌های خونه دیده می‌شن تا یه روز خودشون مرده پیدا می‌شن یا ما می‌کشیمشون. به همین سادگی. جاروشون می‌کنیم و می‌اندازیمشون توی سطل، یا اگه بددل نباشیم با دست شاخک‌هاشون رو می‌گیریم و ولشون می‌کنیم وسط آشغال‌ها.

امید دیگه داشت زیاده‌روی می‌کرد. مثل همیشه. موتورش روشن شده بود و دور موتورش دست خودش نبود. هی ادامه می‌داد و تندتر می‌شد. موتور من اما دیگه به اندازه‌ی کافی کارش رو کرده بود. حالا برگشته بودم و می‌خواستم با دستام یه کاری بکنم. مثلا بدن خودم رو نجات بدم، نه این‌که شلوار کسی رو پایین بکشم. با دستم سرِ امید رو فشار دادم تا پایین بره و بالاخره وقتی از شرِّ سرش روی پوستم راحت شدم دست انداختم تو و گیره‌های باز شده رو دوباره بستم. اون هم که دیگه فهمیده بود، لش افتاده بود کنار من و پاهاش رو تکون می‌داد. بی دلیل به جلو نگاه می‌کرد. آدم خوبی بود. همیشه می‌شد روش حساب کرد. داغ می‌کرد مثل اون روز. سرم جیغ می‌کشید. بهم می‌گفت که رسما عوضی‌ام. ولی باز هم راهم می‌داد که بیام. باز هم زنگی چیزی به من می‌زد و می‌گفت دوباره می‌خواد ببینتم. بازم بهم می‌گفت بُتِ عیار.

امید بلند شد و تا دم یخچال رفت و با دوتا لیوان آب انبه اومد سراغم. از دستش گرفتم و بهش گفتم: اوضام خیلی خرابه رفیق. امید گفت: سخت گیرد روزگار بر مردم سخت‌کوش. و بعدش اشاره‌ای کرد به معامله‌اش اون پایین. خنده‌ام گرفت و می‌دونستم اگه بخندم شاید امید کمکم کنه. پس خندیدم. دلِ ساده‌ای داشت. منو هم واقعا دوست داشت. نه اونجوری که حالا بخوام خیلی بزرگش کنم. یه لحظاتی کنارش حس می‌کردم خوشحالم.

بهش گفتم که اون امانتی‌ای که بهش دادم رو می‌خوام. گفت: چرا؟ گفتم: لازمم شده. گفتش مساله‌ای نیست و رفت و از توی کمد لباسش همون استوانه‌ی فلزی‌ای رو که بهش داده بودم آورد و، گذاشت روبه‌روم. گفت: راستی، گفتی نگاه بکنم توش چیه، یا نکنم؟ با عصبانیت بهش گفتم: نه، تو حق نداشتی نگاه کنی. امید آروم جوابم رو داد: خیله خب بابا! نگاه نکردم. حالا مشکلت حل شد بری گورتو گم کنی یا نه. بهش گفتم که امروز روز خوبی واسه بازی در آوردن نیست. چون امروز یکی دیگه هم بهم گفته که برم گورم رو گم کنم و این واسه یه روزم کافیه. امید که داشت یه نخی که قبلا بار زده بود رو روشن می‌کرد بهم گفت: آخه تو با کیا می‌پلکی؟ منم زدم زیر خنده و گفتم: خواستگارا طبق طبق. امید هم دود رو بیرون داد و رفت تو فکر. می‌دونستم که داره به بدنم فکر می‌کنه. خیلی خوب می‌دونست که دارم باهاش بازی می‌کنم ولی نمی‌تونست کاری بکنه. دلیلش هم خیلی ساده بود. اون واسه‌ی این بازی‌ها ساخته نشده بود. اون ساخته شده بود که

خودش باشه و شاد باشه. البته نه خودش شده بود و نه شاد. با این همه هیچ کار دیگه‌ای هم از دستش بر نمی‌اومد.

از توی کمد لباسش یه دست لباس و شلوار زنونه واسه‌ی خودم جور کردم. خیلی جدی بهم می‌گفت نمی‌دونه اونجا چی کار می‌کنن. منم خنده‌ام گرفته بود که براش مهمه من فکر نکنم دختر می‌آره. مطمئن بودم که زورش رو می‌زنه ولی تورش همچین پهن و بزرگ هم نیست. همینه که من توی تورش جای بقیه رو گرفتم. فکر می‌کنه چه ماهی‌ای به تورش خورده. ساده‌دلِ احمق.

یه کلاه‌گیسِ تازه هم از کیف دستی‌ام در آوردم و خودم رو جلوی آینه مرتب کردم. زیرچشمی نگاهی به عقب من می‌کرد و معلوم بود بد فاز تخمی گرفته. قبل از رفتن بهش گفتم که یه خورده پول می‌خوام. اولش کاری نکرد. معلوم بود داره فکر می‌کنه که چی کار کنه. اما بچه‌ی خوبی بود و پا شد رفت دست کرد تو جیباشو، واسم پول آورد. واسه همین که بچه‌ی خوبیه منم تا به حال باهاش خوب بودم. حالا اون فکر کنه من بدجنسم. من در نهایت واسه این پسره خیرش رو می‌خوام. باس راهش رو بکشه و بره. یا بهتر بگم با هر چی گیرش می‌یاد حال کنه. منم به قدری بهش می‌دم که واسه خودش داستانایی داشته باشه که قبلِ خواب مرور کنه.

براش آدرسی رو روی کاغذ نوشتم و بهش گفتم که سه روز دیگه بیاد به این محل و بگه با من کار داره. سرم داد بکشه و بگه که داداشمه و منو ور داره و بره. هر اتفاقی که افتاد حتما منو برداره و با خودش بیاره. حالا من هر چی گفتم یا هر اتفاقی افتاد. امید اول خوب گوش داد. بعدش پِقی زد زیرِ خنده و گفت: بی‌خیال، این چه چرندیاتیه سر هم می‌کنی. منم خیره شدم تو چشماش و گفتم: باور کن لازمت دارم. شاید روز طلایی من و تو همین سه روز دیگه باشه. روزِ طلایی.

بعدش از درِ واحد امید بیرون رفتم. قبل از خروج از دیدرسش وسط راه‌پله ایستادم و برای امید دستی تکون دادم. می‌دونستم هیچ کدوم از دخترایی که میان خونه‌ش وسط راه‌پله نمی‌ایستن دستی تکون بدن و همین کار کافیه که اون منتظرم باشه. این سه روز رو بشماره و به موقع جایی باشه که ازش خواستم. جایی که بهش نیاز دارم. آروم از جلوی خونه‌ی همسایه رد شدم و یه لحظه هم حتی چشمای پیرزن رو دیدم که از لای کُپه‌ی مو و تاریکی به من خیره بود. خواستم وایسم و چشماش رو از حدقه در بیارم ولی بی‌خیال شدم. راهم رو ادامه دادم و زیر لب گفتم: به وقتش.

سه: کسی

شهاب

اول صبح می‌باس برم دخترِ رئیس رو بپام. حالا از ظهر گذشته، تازه رسیدم به خونه‌م که ماشین رو بردارم. هنوز توی خونه بوی عطر ثریا میاد. کاش دیشب یه کم موسیقی می‌ذاشتم. کاش یه کم می‌رقصیدم. مطمئن شده بودم که ثریا رو برای آخرین بار بود که دیدم. کلید ماشین رو برداشتم و راه افتادم سمت خونه‌ی دختر رئیس. خیلی به موقع رسیدم چون درست همون لحظه‌ای که وارد کوچه‌شون شدم دیدم که ماشین دختر رئیس ته کوچه‌س. پام رو فشار دادم روی گاز و افتادم دنبالش. از سر کوچه انداخت تو خیابون بغلی و آروم گرفته بود گوشه‌ای، داشت می‌رفت. معلوم بود که هیچ عجله‌ای نداره. من هم سرعتم رو هر چقدر که می‌شد کم کردم. دو طرف خیابون درختای بلند چنار بودن و، نور خورشید از لابه‌لای اونا می‌افتاد روی شیشه‌ی جلوی ماشینم. یه دستم رو از وقتی سوار ماشین شده بودم گذاشته بودم روی دستی و، رونده بودم. دستم عرق کرده بود. بازش کردم و آوردم جلوی صورتم تا فوتش کنم. درست وسط همین فوت کردن بود که دخترِ رئیس ناگهانی چرخید. به کدوم سمت؟ شروع کرد به دور زدن و برگشتن. درست به سمتِ من. سریع آفتاب‌گیرِ راننده رو

دادم پایین و تا می‌تونستم سرم رو گرفتم بالا که پُشتش گم بشه. همین‌جور روندم به سمتش. وقتی داشت از کنار ماشینم رد می‌شد سرم رو چرخوندم، ببینم داره بهم نگاه می‌کنه یا نه. نگاه نمی‌کرد. نه به من و نه انگار به جاده. مسخ شده بود انگار.

از کنارم رد شد و رفت. احساس خفگی کردم. ماشین رو آروم گرفتم کنار و یه ذره شیشه رو دادم پایین. یه نفسی چاق کردم و دور زدم. خیلی آروم فرمون رو چرخوندم. از شیشه‌ی ماشین یه کم باد با یه کم آب اومد و ریخت روی گونه‌م. به همین سرعت بارون گرفته بود. شیشه رو پایین نگه داشتم تا باد بیشتری به صورتم بخوره. یه‌کم هم دستم رو دادم بیرون و باد رو که می‌خورد به موهای دستم حس کردم. حسِ گنگ عجیبی داشتم. این دخترِ رئیس همیشه با من یه کاری می‌کرد که نمی‌فهمیدم چیه. پشت سرش آروم روندم و اون هم خیلی آروم رانندگی می‌کرد. گربه‌صفت بود این دختر رئیس.

دم در خونه‌اش ایستاد و از ماشینش پیاده شد و رفت داخل. من همون حوالی جای پارک پیدا کرده بودم. از ماشین پیاده شدم تا چند قدمی راه برم. جلوی پام برگای درختا روی زمین افتاده بود. اون دور یه نوری تو خونه‌ی رئیس روشن شد. مطمئن شدم که رفته طبقه‌ی بالا. واسه همین قدم‌زنان به سمت در خونه‌شون رفتم. ماشین دختر رئیس دوجاش ضربه خورده بود. شیشه‌ی کوچیک راننده بغلش هم شکسته بود. توی ماشین یه چندتا بسته

کاغذ باطله افتاده بود. یه ظرف بستنی هم افتاده بود جا پایِ کمک راننده. دیدم که آینه‌ی روبه‌رو ترک خورده. یه گوشه‌ی دیگه‌ی ماشینم یه چندتا لکه بود که نمی‌فهمیدم چی می‌تونه باشه. از ماشین دور شدم. و آروم زیر بارون برگشتم و سوار ماشینم شدم. دختر رئیس با یه کیسه دستش برگشت و سوار ماشین شد. کیسه رو انداخت عقب ماشین و ماشینش رو روشن کرد. منم پشت سرش انداختم. همون مسیر قدیمی رو روند. شیشه‌ی ماشینش رو داد پایین و دستش رو از شیشه گذاشت بیرون. آستیناش رو داده بود بالا و آرنجش رو گذاشته بود لب شیشه. می‌دیدم که سایه‌بازی آفتاب رو آرنج دختر رئیس غوغا کرده. پشت چراغ قرمز گوشی‌ش رو درآورد و با یه شماره‌ای تماس گرفت. تماسش خیلی زود تموم شد و سرش رو پایین انداخت. وقتی هم چراغ سبز شد تا مدتی هنوز سرش پایین بود. از بس ماشین‌های پشتِ سر بوق زدن دوباره به راه افتاد. من اما بوق نزدم. فقط نشستم و به دختر رئیس نگاه کردم. کمی از گردنش از پشت روسری بیرون اومده بود و می‌شد دسته‌های بالا رفته‌ی مو رو دید. شیارهای موازی متعددی روی موهای پشت گردنش افتاده بود. دلم می‌خواست گردنش رو نقاشی بکشم.

مدتی توی بزرگراه‌های بیرون شهر روند. پونزده کیلومتری به این سمت. چند کیلومتری به سمت دیگه. بعد دور یه میدون یه‌دفعه سرعتش رو زیاد کرد و من که تازه داشتم به لذتِ رخوت‌بارِ تعقیبِ اون دختر خو می‌گرفتم دوباره خودم رو جمع کردم و

پشت سرش گاز دادم. دیوانه‌وار خیابونا رو رانندگی می‌کرد و معلوم بود مقصد مهمی پیدا کرده. کوچه‌های شهر رو یکی پس از دیگری می‌پیچید و دم هر کوچه از سرعتش کم می‌کرد و تویش را نگاه می‌نداخت. به مردمی که آروم در گوشه کنار کوچه راه می‌رفتن. اما انگار دنبال کسی نمی‌گشت. فقط داشت نگاه می‌کرد. من از دیدنِ مردم سیر شده بودم اما با دیدن اون دختر من هم شروع به دیدن اون کوچه‌ها کردم. شب‌های زیادی رو تو کوچه‌هایی مثل این گذرونده بودم. منتظر توی ماشین. دم در یه خونه. کمی ترسیده. وقتایی که معمولا پشت بازوم رو می‌اندازم دم شیشه و منتظر می‌مونم. با چهره‌ی خیلی جدی. طوری که هیچ‌کس توجهش به من جلب نشه. یا زیاد به من خیره نشه. پیش خودش بگه به من ربطی نداره این مرد اینجا چه می‌کنه. حالا اما من هم کنجکاو و بدون هراس داشتم نگاه می‌کردم. به دختری که توی کوچه با لباس ورزشی قرمز و پیرهن سفیدش دم درِ لابی خونه‌اش ایستاده بود و به من نگاهی کرد. از اون دخترهایی که آدم گُر می‌گیره. و البته به تعقیبم ادامه می‌دادم. روز کم‌کم داشت به غروب نزدیک می‌شد و هنوز دختر رئیس به جایی که می‌خواست نرسیده بود. بالاخره دم یه کوچه ایستاد و از ماشینش پیاده شد. کوچه‌ی پر زرق‌وبرقی نبود. محله‌ای هم نبود که چندان خوش‌نام باشه. کرکره‌های یکی دو سوپری قدیمی پایین کشیده شده بود و روی یکی از آن‌ها نوشته بود درود بر... و مابقیِ جمله خط خورده بود. بالای "درود بر..." هم نوشته شده بود "مرگ

بر...." زیرِ "درود بر ..." هم نوشته شده بود "هزار بار درود بر..."
و دوباره زیر "هزار بار" نوشته شده بود "سگ پدر". روی کرکرهی
دیگه هم هنوز پوستری از یکی از انتخابات هشت یا نُه سال پیش
مونده بود. هیچ‌کس به صرافتِ کندن اون نیوفتاده بود. نه مامور
شهرداری. نه اهالی کوچه. نه نماینده‌ی پیروز، نه کاندیدِ بازنده.

کنار کرکره‌هـای بسـته، کرکـره‌ی بـاز یـه خیـاطی بـود کـه
می‌شناختمش. چون قبلا چند باری لباسای دخترِ رئیس رو براش
آورده بودم. پیرمردی بود محمد نام که همیشه از ضبط کـوچکش
صدای هایده می‌اومد. زیرچشمای سیاهی داشت و از صورتش
نمی‌شد فهمید چند سال عمر داره. موهاش جوان بود. گونه‌هاش
پیر. پیشونیش کوتاه بود و بدون چروک، امـا دور گردنش از بـس
چروک افتاده بود به سیاهی می‌زد. معمـولا لباس سیاهِ بدون
آستینی می‌پوشید و همیشه‌ی خدا توی مغازه‌اش سیگاری در حال
سـوختن تـوی زیرسـیگاری بـود. تکـه‌های پارچـه‌ی پاره‌شـده از
لباس‌ها گُله‌گُله روی زمین افتاده بود و روی میز اتو هم مچاله‌ی
ده‌هـا لبـاس روی هـم. محمـد همیشـه بـا مـن از موسیقی حرف
می‌زد. می‌گفت: ایـن رو گوش می‌دی؟ و صدای هایده رو زیاد
می‌کرد و بعد از چند ثانیه صدای ضبط رو کم می‌کرد و می‌گفت:
گوش دادی؟ کی مثل اینا می‌خونه تو این رَپِرها؟! من هـم هـر بـار
بهش می‌گفتم که مـنم رپ گوش نمی‌دم. ولی ادامـه می‌داد و تا
چند دقیقه همین‌طور که سعی می‌کرد سوزن را نخ کُند از رپرها بد
می‌گفت. از کاباره‌های قبل انقلاب هـم بـد می‌گفت. از شـهر نـو

هم بد می‌گفت. که این دیگه خیلی تازگی داشت. از دخترهای امروزی بد می‌گفت ولی همیشه‌ی خدا یکی از همین دخترا آخرای شب سروکله‌اش پیدا می‌شد و می‌اومد تو و می‌گفت: آقا محمد! این شلوار من آماده نشده هنوز؟ بعدش آقا محمد آروم پا می‌شد و می‌گفت: صبر کن، الان یه ذره از کارش مونده انجام بدم بپوشیش بری. بعد دختره رو نگه می‌داشت و براش صدای هایده رو زیاد می‌کرد و خودش زیر لبی یه کم هایده می‌خوند و از روی تلِ لباسی که روی میزِ اتو بود، شلوارِ دختره رو پیدا می‌کرد و و زیر فاقش رو می‌داد زیر دستگاه دوخت. بعدش آروم با دستش بالای فاق رو فشار می‌داد و دوباره می‌برد زیر دستگاه دوخت. بعدش دو طرف زیپِ جلو رو با دستاش لمس می‌کرد که بالا اومدگی‌ای چیزی نداشته باشه. بعد شلوار رو بر می‌داشت و می‌برد و می‌ذاشت روی یه جای خالی روی همون میز اتو و یه چکش بر می‌داشت و آروم می‌زد روی فاق شلوار. روی بغل‌های فاق. آروم می‌زد جایی که شلوار زیپش تموم می‌شه. بعدش یه کم آب بر می‌داشت و می‌ریخت دو طرف زیپ و دستمالی رو نگه می‌داشت روش. با دو تا دستش آروم دستمال رو نگه می‌داشت. بعدش یه دستمال دیگه رو خیس می‌کرد و می‌زد زیر این دستمال. یه کم هم آب می‌ریخت روی همین دستمال و با اتوی داغ می‌اومد و روی اون دستمال سفید رو که حالا جاخوش کرده بود روی محل شرمگاهِ شلوار، اتو می‌کرد. با دستش گاهی گوشه‌های دستمال رو بالا می‌داد و از صاف بودن آن زیر مطمئن

می‌شد. بعدش دوباره اتو رو ادامه می‌داد. تمام این مدت هم اون دختر داشت جلوش رژه می‌رفت و می‌گفت: آقا محمد زود باش دیگه. آقا محمد. و اون هیچ عجله‌ای نمی‌کرد. این کارش که تموم می‌شد دختره دستش رو جلو می‌آورد که شلوارش رو بگیره. اما آقا محمد شلوار رو توی دستش نگاه می‌کرد و همیشه یه نخ بود زیرِ فاق شلوار که بیرون زده بود و محمد اون رو بالا می‌کشید و با دندونش پاره می‌کرد. بعد شلوار رو به دختره می‌داد و دختره بدو می‌پرید توی اتاقِ پرو، که فقط یه پرده بود که خود محمد بگی‌نگی می‌تونست اون‌ورشو ببینه و مشتری نمی‌تونست. دختره تند تند شلوارش رو عوض می‌کرد و محمد فقط سرش تو کار خودش بود. در حال ور رفتن با فاق یه شلوار زنونه‌ی دیگه. بعدش پرده چند بار کنار می‌رفت، چون پرده‌ی درست و حسابی‌ای نبود. ولی هیچ‌وقت اون‌قدر کنار نمی‌رفت که منِ مشتری چیزی ببینم. آخرِ کار دختره که می‌اومد بیرون راضی بود و برای اطمینان شلوار رو روی پاش به محمد نشون می‌داد و می‌گفت: آقا محمد، به نظرتون خوبه؟ بعد محمد سرش رو از میزش بالا می‌آورد و نگاهی به شلوارِ پوشیده شده می‌نداخت و می‌گفت: جلوش که خوبه. و بعدش با دست اشاره می‌کرد که دختره بچرخه و دختره که می‌چرخید می‌گفت: پشتشم خوب وایساده. بعدش دختره به آقا محمد می‌گفت: چقدر شد آقا محمد؟ محمدم می‌گفت: چیزی نشد. قابل تو رو نداره گُلم. و دختره اصرار می‌کرد که خواهش می‌کنم عجله دارم آقا محمد،

بگو چقدر شد. و آقا محمد آروم می‌گفت: هر چی دوست داری. بعدش دختره یه پولی می‌ذاشت و از مغازه بیرون می‌رفت و دست محمد هم بدون اختیار، انگار توی یه حرکت آروم و بدون تعلل، می‌رفت سمت پول و بدون اینکه اون رو بشماره می‌نداخت توی کشوی زیر دستش و با همون دستش می‌رفت سمت رادیو و صداش رو زیاد می‌کرد. صدای هایده می‌پیچید توی مغازه‌اش. یه پُکی هم به سیگاری می‌زد که تمام این مدت داشت می‌سوخت و حالا خاکسترش اندازه‌ی کل سیگار مونده بود روش. بعد اون شلواری رو که زیر دستش بود به من نشون می‌داد و می‌گفت: خوب شد؟ و من چی بگم؟ شلوارِ دختر رئیس بود، من چی داشتم بگم. فقط سعی می‌کردم دختر رئیس رو توی اون شلوار فرض کنم و می‌گفتم فکر کنم خوبه.

حالا دختر رئیس رفته بود توی مغازه‌ی این محمد و این برای من عجیب بود. چرا مثل همیشه نداده بود کارش رو امثال من براش بکنن؟ حواسم رو جمع کردم تا ببینم داخل مغازه چه اتفاقی می‌افته و دیدم که انگار بین دو طرف یه بحث حسابی شکل گرفته. محمد به سمت دختر رئیس می‌اومد و سرش داد می‌زد. دختر رئیس هم سر محمد جیغ می‌کشید. آخرش هم دیدم که محمد رفت و از گوشه‌ی اتاق پروِش یه بسته‌ی سیاه‌رنگ در آورد و داد به دختر رئیس. اون هم بسته رو که گرفت از درِ مغازه اومد بیرون و در رو محکم به هم زد. اومد سوار ماشینش شد و بسته رو پرت کرد عقب ماشین.

سوار ماشین شد. اما تا چند دقیقه راه نیفتاد. همین‌جور نشست توی ماشینش و سرش رو تکیه داد به فرمون. بالاخره راه افتاد. منم پشت سرش. اما خیلی زود توی کوچه‌ی بعدی ایستاد و چراغای ماشینش رو خاموش کرد. جایی که ایستاده بود این‌قدر تاریک بود که نمی‌شد دیدش. خواستم از ماشین پیاده بشم و برم ببینم کجا رفته توی اون تاریکی، اما ترسیدم که شاید جلو رفتن من همه چی رو خراب کنه. واسه همین منم توی ماشینم که یه کم اون طرف‌تر توی کوچه‌ی روبه‌رو پارک کرده بودم نشستم و منتظر موندم. ربع ساعتی شد و هیچ خبری نشد. طوری که ترس بَرَم داشت که اصلاً تو اون تاریکی ماشینی در کار نیست و منم که فکر می‌کنم هنوز ماشینش اونجاست. شاید از اون‌ور کوچه رفته و من گمش کردم. بالاخره تصمیم گرفتم که برم و سر و گوشی آب بدم. از ماشین پیاده شدم و داشتم از خیابون رد می‌شدم که یه‌دفعه دیدم که محمد سوار موتورش از روبه‌روی من رد شد. سرم رو برگردونم تا شاید منو نبینه. پشتِ سرِ محمد، نور تند دیگری افتاد روی صورتم، و گردن و سرم رو روشن روشنِ روشن کرد. سیاهی رفت چشمام از بس نور تندی بود. وقتی دوباره چشمام رو با پلک زدن به راه انداختم دیدم ماشین دختر رئیس داره از من دور می‌شه. احساس کردم یکی هم کنار دختر رئیس نشسته بود. بدو دویدم سمت ماشینم و اون رو روشن کردم. دور گرفتم و انداختم توی خیابون. ماشین دختر رئیس رو نمی‌دیدم و این داشت اعصابم رو به هم می‌ریخت. تا آخرِ خیابون رو با سرعت

هرچه تمام‌تر روندم و آخرِ خیابون که رسیدم فقط برای اینکه کاری کرده باشم دل رو زدم به دریا و پیچیدم توی یکی از کوچه‌ها شاید پیداش کنم. از اون کوچه به چندتا کوچه‌ی دیگه پیچیدم و هی این‌ور و اون‌ور رفتم ولی خبری از ماشین نبود که نبود. هر چی این‌طرف و اون‌طرف رفتم نتونستم ماشین رو پیدا کنم. یه لحظه غفلت کرده بودم و گمش کرده بودم. داشتم از عصبانیت دیوانه می‌شدم. نمی‌دونستم چی کار کنم. واسه همین برگشتم و، سمت خونه روندم. به این امید که فردا صبح دوباره دختر رو از درِ خونه تعقیب کنم.

گوشی موبایلم رو خاموش کردم تا مبادا رئیس زنگ بزنه و از من بخواد بگم امروز چه شد. گفتم خاموش می‌کنم و فردا که کارم رو درست انجام داده بودم داستانی برای امشب هم می‌سازم. اون‌وقتِ شب بدون حضور ثریا دوباره تهران مثل همیشه شده بود. همان گندابی که مجبوری هر روز از آن آب برداری و توی حلقت بریزی. هوا تاریک شده بود که رسیدم در خونه‌ام. کلید رو انداختم و داشتم تو می‌رفتم که قبل از من کسی وارد خونه شد. از روی بوی عطرش شناختمش. خودش بود. دختره. ثریا بود. دست خودم نبود که این‌قدر ذوق کردم. برخلاف همیشه اون استیلِ خودم رو حفظ نکردم و توی چهره‌ام معلوم بود که از دیدن ثریا ماتحتم عروسی‌ست. تو همین حالت بودم که ثریا آروم، اما تند، گفت: تو رو خدا زود در رو ببند. در رو بستم و اون از پله‌ها مثل یه آهوی ترسیده پرید و رفت بالا و من هم با عجله رفتم و

٥٦

درِ واحدِ خودم رو براش باز کردم. تا رفت داخل، پرید و پشت در ایستاد. من هم رفتم و در رو بستم. از چشمیِ در شروع کرد به نگاه کردن به بیرون و بعدش انگار آروم شده باشه، پرید توی بغلم. منو سفت گرفت توی بغلش. دستام پشت ثریا روی هوا مونده بود. نمی‌دونستم باید چی کار کنم. باید به سینه‌ام فشارش می‌دادم؟ انقدر همه‌چیز غیرمنتظره بود که گیج شده بودم و منِ احمق آخرش هم دستام رو فشاری ندادم. ای گوساله.

از توی بغل من اومد بیرون و، رفت وسط هال شروع کرد بلند بلند حرف زدن. مثل اولین لحظاتی بود که دیشب به خونه رسیده بودیم. دوباره از همه چیز تعریف می‌کرد و هی بالا پایین می‌شد. اولین کارم این بود که کاری که امروز هزار بار به خودم لعنت فرستاده بودم چرا دیشب نکردم رو انجام دادم. آهنگی رو از روی لپ‌تاپم پخش کردم. خونه از صدای موسیقی ملایم جَز پر شد. موسیقی‌ای که شب‌ها باهاش نقاشی می‌کشیدم. موسیقی تنهایی‌های من. تنهایی‌های زشت و مفصلِ من.

بعد نگاهی به ثریا انداختم که همین‌طور آروم‌آروم داشت با اون آهنگ می‌رقصید. انگار اون آهنگ رو به قصد بدنِ اون ساخته بودن. واسه این‌که بدنش تکون بخوره. انحناهاش رو نشون بده. واسه این‌که امثال من بشینن و نگاه کنن و حسرت بخورن. پول بدن تا نگا کنن. پول بدن تا حسرت بخورن. تازه متوجه شدم چهره‌ی ثریا از دیشب تغییرات زیادی کرده بود. خیلی زیاد.

خوشگل‌تر شده بود. تازه متوجه شدم که دیگه ثریا مثل دیشب به نظرم یه دخترِ بی‌پناهِ شهرستانی نمی‌اومد. امشب واسه‌ی خودش ملکه‌ای بود. دیشب توی دستاش النگو بود اما امشب مثل دختر رئیس دست‌بند به دستاش داشت. دیشب توی گردنش هیچی نبود. امشب مثل دختر رئیس یه طلای سفید کوچولو توی گردنش بود. تازه می‌تونستم ببینم بدن ثریا چه شکلیه. دیشب اون‌قدر مانتوش گل‌وگشاد بود که به نظرم می‌رسید به قول دوروبری‌ها یه دستگیره‌ای داره واسه گرفتن. اما امشب می‌دیدم هیچ کم‌وزیادی نداره. پشتش که به من بود، چشمم روی بدنش از هیجان بالا می‌رفت. ولی روش رو که برمی‌گردوند، نگاهم از خجالت سُر می‌خورد. می‌افتاد روی زمین. جایی که نگاهم رو نگه می‌داشتم، هر بار که تنِ ثریا بهم نزدیک می‌شد.

رفتم و، از داخل یخچال دو تا لیوان شیر ریختم. ثریا لیوان رو که از دستم می‌گرفت گفت: نگران شدم. آخه هر چی به گوشیت زنگ زدم خاموش بود. می‌ترسیدم امشب خونه نیای یا تنها نباشی. راستی اگه مزاحمت شدم برم. دستپاچه جواب دادم: نه، ثریا خانم. گفتم که اینجا منزل خودتونه هر وقت خواستین بیاین. بعد رو کرد به من و گفت: شما همیشه گوشی‌تون رو خاموش می‌کنین؟ من نشستم روی مبل خونه و همین‌جور که سعی می‌کردم به خودم مسلط باشم جواب دادم: نه، امشب یه اتفاقی افتاد ترجیح دادم خاموش کنم. بعد ثریا اومد و روی همون مبل کنار من نشست و خیره به چشمای من نگاه کرد و گفت: چه

اتفاقی؟ اگه کاری من می‌تونم براتون بکنم. هر کاری بهم بگین. شما خیلی به من لطف کردین. جبران کنم. من یه چیز داغ درونم پایین ریخت. یه مذاب داغ.

نمی‌خواستم مثل دیشب گند بزنم. واسه همین نمی‌دونستم چه جوری این همه سوال که درباره‌ی این حضور ناگهانی ثریا تو خونه‌ام برام به وجود اومده بود رو بپرسم. مدتی که از شیر خوردنمون گذشت رفتم و یه برگ کاغذ آوردم و زیردستی قدیمیم رو هم آوردم و نشستم روبه‌روی ثریا. به من نگاه کرد و بلند پرسید: چه کار می‌کنی؟ شروع کردم به نگاه کردن به چهره‌اش و کشیدن چند خطی روی کاغذ از روی اون. بهش گفتم: دوست داشتم چهره‌تون رو نقاشی کنم. ثریا یه‌دفعه با دستش روی صورتش رو پوشوند و جیغ زد. گفت: تو رو خدا این کار رو نکنین. من با تعجب مداد و کاغذ رو گوشه‌ای گذاشتم و وقتی دیدم ثریا داره گریه می‌کنه از خودم حالم به‌هم خورد. دوباره منِ احمق کاری کرده بودم. می‌خواستم خودم رو بزنم که چه کودنی شدم من. اما نشستم سر جام و نمی‌دونستم چی بگم. شروع که کرد به حرف زدن فقط گوش کردم و دلم ریخت. آروم آروم ولی با تمام وجود.

چهار: شاهد

ثریا

بعد از این‌که از خونه‌ی امید زدم بیرون، خودم رو رسوندم به اون‌ور کوچه و رفتم و از یه سوپری یه شماره جدید واسه‌ی خودم خریدم و سیم کارتش رو گرفتم دستم. قبل از اینکه سیم کارت گوشیم رو عوض کنم یه لحظه روشنش کردم. تا روشن شد، شروع کرد به زنگ خوردن. بهنام بود. ترسیدم. ولی زود حواسم رو جمع کردم و گوشی رو قطع کردم. یادم افتاد که شماره‌ی اون پسرِ دیشبی رو می‌خوام. حفظش کردم. قبل از اینکه سیم‌کارت رو عوض کنم یه اس‌ام‌اس برام رسید. دیدم که بازم بهنامه. پیش خودم گفتم که اگه بخونمش بهتره. نوشته بود که: مادرتو به عذات می‌شونم ثریا. سریع پاکش کردم و سیم کارت رو درآوردم، انداختم توی یه کارتون خالی که اون طرفا برای انداختن آشغال گذاشته بودن. بعد سیم کارت جدید رو گذاشتم توش.

رفتم به شعبه بانکی که توش صندوق داشتم. بین راه اتفاق خاصی نیفتاد، البته یه لحظه به نظرم رسید یه موتوری دنبال منه که بعدش از کنار تاکسی‌ای که من توش نشسته بودم رد شد و فقط یه نگاهی به سینه‌های من انداخت. سینه‌های من. ابله. بعد امانتی‌ای که پیش امید گذاشته بودم رو گذاشتم توی صندوق و از

مامور اونجا پرسیدم ببینم تا چه ساعتی از روز می‌شه اومد و وسایلی رو برداشت. ازم پرسید: شما قصد دارین خیلی زود امانت خودتون رو بردارین؟ آخه اگه این قصد رو دارین براتون بهتره اینجا نذارینش. پرسیدم: چرا آقا؟ گفتش: آخه اینجا مراحل اداریش برای برداشتن امانتی‌ها چند ساعتی طول می‌کشه. چون جناب رئیس باید زیر ورقه رو امضا کنن و جناب رئیس این روزا کمتر میان بانک. من آروم خندیدم و، وقتی مطمئن شدم که ماموره رو چند ثانیه در حال دیدن خنده‌ی خودم معطل کردم بهش گفتم: آخه من می‌ترسم که این رو الان از اینجا بردارم. چیز مهمی توش نیس. ولی برای من خیلی مهمه. ماموره یه کم چهره‌ش تو هم رفت. حدس زدم امکان داره با این حرفی که زدم بره و واسه دیدن یه چیز شخصی من درِ اون صندوق رو باز کنه. واسه همین ادامه دادم: البته نه اون‌جور شخصی‌ای. چون شما رو که عرض نمی‌کنم... اینجا یه جوریه آدم چیزای خیلی شخصیش رو تو خونه‌ش پنهون کنه بهتره. ماموره از من پرسید: شما کجای خونه نگهشون می‌دارین؟ من هم که می‌دونستم دیوث می‌خواد به کجا برسه گفتم: من زیر تختم نگه می‌دارم، چطور مگه؟ خطرناکه؟ ماموره خندید و من هم باهاش خندیدم. بعدش خواستم راه بیفتم بهش گفتم: می‌تونم شماره‌ی تو رو داشته باشم، روزی که خواستم بیام بهت زنگ بزنم تو از جناب رئیس امضا رو واسه من بگیری؟ ماموره گفت: آره عزیزم، چرا نمی‌تونی؟ یادداشت کن... منم یادداشت کردم تو گوشیم و،

گوشی رو گذاشتم تو کیفم و بدون خداحافظی شروع کردم به رفتن. ماموره پشت سرم گفت: خداحافظی؟ من سرم رو برگردوندم و متعجب بهش گفتم: ما که زود همدیگه رو می‌بینیم، نیازیه؟ اونم خیلی آروم جواب داد: نه. بعد من فقط برای اینکه آخرین حال رو به اون بی‌پدر بدم آهسته آهسته از اون بخش اومدم بیرون که هر چی می‌خواد نگاه کنه. به بخش عمومی بانک که رسیدم سریع راه رفتنم رو درست کردم و، به در که رسیدم تند در رو باز کردم، پریدم سر خیابون که یه تاکسی بگیرم. بهش گفتم منو برسونه درِ خونه‌ی مازیار.

هنوز به اون‌طرف شهر که می‌رم حالم شروع می‌کنه به خراب شدن. چقدر از روزهای عمرم رو در حال رفتن به اون ورا گذروندم. چقدر همه‌ی خیابونا و کوچه‌های اون اطراف رو می‌شناسم. الان سایه‌ی اون آپارتمانه می‌افته روی ماشین. الان یه کم از برج میلاد رو می‌شه دید. الان یه دست‌انداز داره. این خیابون سه‌تا دست‌انداز داره و دوتا چراغ قرمز. یه پاساژ بزرگ داره وسطش که بغلش همیشه مامورای پلیس ایستادن و همین‌جور که زنای جورواجور با پوششای جورواجورشون از کنارشون رد می‌شن پلیس برمی‌گرده و نگاهی می‌ندازه و نگاهی به بی‌سیمش می‌ندازه و همیشه می‌دونه که می‌تونه به هر کدوم از این آدما بگه: خانم! ببخشید، یه لحظه تشریف بیارین اینجا. و خانمه هم که برمی‌گرده دیگه اون خانمی نیست که از کنارش رد شد. شده یه دیگِ نفرت. یه دیگِ بزرگِ ترس و نفرت. می‌خواد

که بپره و بگه «گم‌شو کثافت»، با این حال گاهی می‌گه «من که کاری نکردم چرا آخه؟» خیلی وقتا پلیسه هیچ‌چی نمی‌گه، چون دلیلی نداره که بگه، یا از اون بالاتر بوی نفرت رو دوروبرش می‌شنوه. داستانیه که همه می‌دونن و همه توش نقشاشون رو ایفا می‌کنن. داستانِ زندگیِ یاجوج و ماجوج ما.

حالا راننده‌هه داره به من نگاه می‌کنه که یه کم دارم گریه می‌کنم. یه کم. چون بیشتر از ناراحت بودن، می‌ترسم از کار احمقانه‌ای که دارم می‌کنم. به راننده می‌گم که سرِ کوچه پیاده می‌شم و ازش می‌خوام منتظرم وایسه. دلم می‌خواد بهش بگم اگه دیر اومدم هم بهم زنگ بزنین، که نگاهی به چهره‌یِ سرد راننده می‌کنم که همین حالا شروع کرده به حل کردن یه جدول روی داشبوردش و می‌شه سیگار بهمنش رو دید که کنار فندک بی‌رنگش افتاده. می‌شه حتی دید که خاکستر سیگار کفپوش راننده رو سیاه کرده. از ماشین دور شدم و وارد کوچه شدم. پیاده‌روی نامنظم کوچه دوباره یادم اومد. پیاده‌روهایی که باید برای راه رفتن توش هی این‌ور و اون‌ور شی. نمی‌تونی صاف، راحت رو بکشی و بری. باس هر لحظه حواست جمع باشه که اینجا سرتو خم نکنی شاخه خورده تو چشمت. اونجا اگه نری وسط کوچه، نمی‌تونی از کنارِ ماشینِ پارک شده توی پیاده‌رو رد شی. وسط کوچه هم تازه خودش اول داستانه. ماشین از طرفی که باید بیاد میاد و از طرف ممنوع هم می‌یاد. هیچ کدوم هم به هم نمی‌گن «آقا نیا ممنوعه». همه توی این قانون‌شکنیِ بی‌صدا راهشون رو می‌کِشن و می‌رن. زن‌ها هم

هر روز تو پیاده‌رو با کیسه‌های خرید دارن رد می‌شن و ظهرها هم دختر دبیرستانی‌ها توی کوچه می‌رن و جیغ می‌زنن و مو می‌کشن. چقــدرم موهاشــون رو بیــرون می‌نــدازن کــه دوره‌ی مــا، جرات نمی‌کردیم.

به جلوی آیفون تصویریِ تو رسیدم. اگه الان در بزنم تو در رو باز می‌کنی و من نابود می‌شم. ولی بــاز انگـار دلم می‌خـواد در بزنم. اصلا دلم می‌خواد در که می‌زنم لخت باشم. تو از آیفون تصویری ببینی کـه یـه دخترِ لخت کـه سرش رو هـم پایین داده دم درت ایستاده. تو درش رو باز کنی منتظرش باشی با هـر لباسی کـه می‌خوای و هر بازی‌ای کـه دلت می‌خواد. شاید همـون خنده‌ی همیشگی که می‌گفت: بیا تو پدرسگ.

ولی در نمی‌زنم. فقط اونجا وایمیستم و نگاه می‌کنم.

دیگه طرفای شب شده بود. باید فکری برای یه جا واسه گذروندن شب می‌کردم. به اون پسره شهاب زنگ زدم. خاموش بود. دوباره زنگ زدم خاموش بود. بعدش به صرافت افتادم اگه کتابفروشــه آدرس ایـن پسره رو بـه بهنام بده چـی. باید مـی‌رفتم و جلـوی کتابفروشــه خــودم رو آفتابی می‌کـردم. مطمئن می‌شـدم کمکـم می‌کنه دیگه یا نه. آخه هـر چی باشه مـن بـا اون کـودن سَر و سِرهایی دارم و این حرفای اضافی به دهنش نمی‌یاد. رسیدم به مغازه‌اش. پیاده شدم و کرایه رو دادم و خودم رفتم تو.

مثل همیشـه یه کتـاب داغـون قـدیمی رو گرفته بـود دستش و،
معلوم بـود توپـه توپـه. منو کـه دیـد اول نشناخت و ادامـه داد بـه
خوندن اون کتابه که کودن توی روزنامه هم پیچیده بودش. کدوم
مامور اطلاعاتیِ احمقی آخه دنبال توئه که نمی‌گیرتت؟ اما واسـه
من فرصتِ خوبی بود که مطمئن شم بهنام اونجا تو مغازه کمین
نکرده باشه. وقتی مطمئن شدم همه چی امنه به کتابفروشه خودم
رو نشون دادم. قیافه‌ش تغییر کرد. خواست که بره سـمت تلفنش
که دستم رو گذاشتم رو دستش و گفتم: پدر سگ اگه گُه‌بازی در
بیاری مادرتو میارم جلو چشمات. امشب اطلاعاتی‌ها اینجا رو
روی سرت خراب می‌کنن. اونم دستش رو برداشت. به من گفت:
ثریـا جـون، کـدوم زیـر آب زدن؟ بی‌خیال ما رفیقیم مثلا. مـن
نگرانت بودم کلی. کجا رفتی صبح. خداحافظی‌ای چیـزی. مـا کـه
دست‌بوس هستیم همیشه. منم بهش رو کردم و گفتم: آخه عزیزم
گفتم یه کم ازت دور شم نسوزم از این همه عقل و درایـت تـو. از
این‌که بهش تیکه پرونده بودم ناراحت شد و رفت و گوشـه‌ای کـز
کرد. می‌دونستم می‌خواد شاعربازی در بیاره. از مولانا بگه و از
جَمـادی مُـردم و نـامی شـدم و بعـدش بزنه تـو نـخ سـعدی و از
مصیبت‌هاش بگه و بعدش یه دوتا ایرج میرزا بخونه که منو خر
کنه و آروم که کرد، بگه: بابا ما که خیلی تو کار هَمیم. ولی بهـش
راه نـدادم. گفتم که یه جا می‌خوام واسه خواب. گفتش همـون جا
پیش خودش بخوابم. بهـش گفتم کـه پیش اون احسـاس راحتی
نمی‌کنم. گفتش: می‌خوای بری پیش همـون پسـره دیشبیه؟ بهـش

گفتم: نه اون از اون هوسبازاس. دیشبم می‌خواس یه کارایی بکنه. بهم گفت: جدی؟ چرا صبحی نگفتی بی‌پدر رو... پریدم وسط که مهم نیس حالا بگو چی کار کنم. می‌دونستم همیشه کلید چند تا خونه‌ی اعیونی دستشه که سری بزنه و نگهبانی کنه. که می‌رفت دلقک‌بازی در می‌آورد واسه‌شون، اراجیف می‌بافت. اون‌قدر می‌بافت تا خوش خوشانشون بشه و کلید یه جایی رو بهش بدن، خواست یه دخترِ ترگل ورگل بزنه زمین، نیاره تو این دخمه‌ش تو انباری چروکش، لای کتابایی که بسته‌بسته هر شب می‌سوزونه که حتی دور و برش نباشن، یه وا اطلاعاتی‌ها میان ببینن. روشنفکرِ دوزاری.

دسته کلیدش رو از توی کاپشنش درآورد و یه کلید داد بهم. آدرس خونه رو برام رو کاغذی نوشت و داد دستم. گفت: برو اینجا. قبلِ رفتن، گونه‌مو بردم جلو و گفتم: آفرین حالا یه بوس بده. اونم با عشق یه بوس کرد که بوی سیگارش خورد تو دماغم. از مغازش اومدم بیرون و اونم باهام اومد دم در. یه تاکسی گرفتم و قبل از نشستن، آدرس خونه‌ای که گفته بود و بهش دادم. بعد، از کتابفروشه خداحافظی کردم و سوار تاکسی شدم. یه خیابون که رفت ادا در آوردم که یه چیزی یادم رفته بود و آدرس خونه‌ی اون پسره شهاب رو به تاکسی دادم که منو برسونه اونجا. و کلید خونه‌ای که فروشنده‌هه بهم داده بود رو از شیشه‌ی ماشین انداختم بیرون. امشب آخرای شب اون فروشندهه می‌ره و با کلید دیگه‌ای که داره درِ اون آپارتمان رو باز می‌کنه و آهسته می‌ره تو

اتاق و یه سیگاری واسه‌ی خودش روشن می‌کنه و یکی دو تا سرفه می‌کنه به این امید که من از خواب پا شم و تو اون وضعیت ازش بپرسم: چیزی شده؟ اون بگه که امشب اونم جایی نداشته که بخوابه و گفته بیاد اینجا که حواسش هم به من باشه. بعدش شلوارش رو در بیاره و بیاد سمت تخت من و کمربندش رو هم تو دستش نگه داره که مثلا واسه‌ی شوخیه. واسه‌ی بازیه. منو بزنه. خودش داغ شه. داغ‌تر شه. بعدش دیگه به هیچ دری‌وری‌ای که تو مُخشه فکر نکنه، جز این‌که یکی زیرش خوابیده و اون باید هر چی می‌خواد خودش رو خالی کنه، واسه اینکه اینجا جهان سوم بوده و اون مفنگی نسل سوخته‌ست. مفنگیِ دوزاری.

حالا می‌تونس خیالم راحت باشه که اون یارو به فکر خونه‌ی این پسره شهاب امشب نمی‌افته و من می‌تونم اونجا با خیال راحت سر کنم و بعدش هم شاید این پسره رو کاریش کردم که مواظبم باشه. پشت بازوهای خوبی داشت که به کمکم می‌اومد. دم خونه‌ی پسره پیاده شدم و رفتم و در زدم. هر چی در زدم کسی در رو باز نکرد. گوشیش هم هنوز خاموش بود. خیلی نگران شدم. فکر اینجاش رو نکرده بودم. نمی‌فهمیدم این پسره‌ی احمق امشب کدوم گوری رفته که نیومده خونه. می‌خواستم ول کنم و برم که دیدم یه ماشینی نزدیک شد و نورش که اومد جلوتر، دیدم خودشه. با قیافه‌ی آروم و غمگین. حتم داشتم که از یه روزِ پُر مصیبت برگشته و الان با یکی دوتا خنده و شوخی به چنان خوشبختی‌ای می‌رسه، که می‌تونم امشب و دو سه شب دیگه‌ای

که لازم هست رو تو خونه‌ش بگذرونم. رفتم جلـو و شـروع کردم به خندیدن. با یه اشتیاقی که واسه‌ی خودم هم تازگی داشت.

فصل پنج

پنج: ما

کتابفروش

منتظر این پسره بودم که زودتر پیداش شه و یه چیزی با خودش بیاره. کاپشن همیشگیم رو پوشیده بودم و تازه یه باکسِ تازه‌ی وینستون قرمز خریده بودم و گذاشته بودم گوشه‌ی مغازم. از صبح هم چراغ این انباری خراب شده بود و هر چی خواسته بودم که برم و درستش کنم دست رو دست کرده بودم و همین‌جور مونده بود تا حالا. هوس کرده بودم که یه سیگاری توی انباری بکشم. پا شدم برم درِ مغازه رو ببندم و بیام. اما دم در که رسیدم دیدم یه دختری داره میاد تو. پیش خودم گفتم: نطلبید دیگه. حالا این نطلبیده رو مُراده. رفتم تو کار دختره. بهش گفتم که خوش اومدین. در حالی که من از این آدما نیستم که از این حرفا بزنه. اونم واسه یه دخترِ شهرستانی با اون النگوهاش. اومده کتابِ "مردان مریخی زنان کوفت" رو بخره؟ "بامدادِ خمار" هوس کرده؟ بدبختن اینا به خدا. دلمم براشون می‌سوزه، اما چه می‌شه کرد. اومد سمت من و خواست یه چیزی بگه که درِ مغازم دوباره باز شد. صورتم رو برگردوندم و دیدم که اون پسره‌س. اومده. یه چیزی به نظرم همون وقت رسیده بود ولی نمی‌دونم چی. خلاصه شهابه اومد و همین‌جور که دست می‌دادیم، داد دستم. منم گرفتم

و پشتمو کردم و یه نگاهی بهش انداختم. متاعِ خوب می‌آورد. از اینش خوشم می‌اومد. رو که برگردوندم دیدم شهابه افتاده تو کار دختره. منم گفتم نوشِ جونش. خودم برم یه ملالی در کنم. شایدم این‌جوری نبود. مطمئن نیستم.

رفتم تو انباری و تازه دیدم اینجا که تاریکه تاریکه. خلاصه با نور فندک کورمال کورمال رفتم نشستم سر جام و به هزار مکافات با همون نور فندک در آوردم چوقیدم. شروع کردم به کشیدن. ناگهان درِ انباری باز شد. دلم هُری ریخت ولی دیدم که پسره‌س. اومد و بهم گفت که دختره بیرونه و یه کتابی می‌خواد. پا شدم رفتم دم در با حسن‌نیت که ببینم این دختره چی می‌خواد. تا رسیدم بیرون می‌بینم که گردن منو گرفته و می‌گه حروم‌لقمه دیگه منو بی‌محل می‌کنی؟ تازه فهمیدم که این همون یارو چیزه‌س. ثریاهه. خودش رو مثل شهرستانیا کرده من نشناختم و جِری شده. منم بهش گفتم: آخه عزیز دلم، تو این‌قدر ماهرانه خودت رو عوض کردی که نشناختم. بعدش گفتم: من عزیزم بدون تو اصلا سرده هوا واسم. چی کار کنم برات؟ گفت که امشب جایی نداره. منم عشق کردم. می‌دونستم دوباره میاد طرف خودم. گفتم: فعلا بیا این پسره واسم جنس آورده. یه خورده بشین بعدش می‌برمت یه جایی. رفتیم تو، دیدم دوباره شد یه دختر شهرستانی. مظلوم نشسته کنار پسره و پسره هم هیچی نشده، شده مرد ایرونی و کم مونده کُتش رو تعارف کنه. پیش خودم گفتم من دهن شما دو تا رو سرویس می‌کنم. و شروع کردم به

وراجی کردن. از بحران‌های مالیِ بین‌المللی گفتم. از ضعفِ تولیدات داخلی گفتم. به ثریا هم هی گفتم آبجی آبجی تا حالیش بشه. بعدش هم که هوسِ کشیدن کردیم دوتا کارتون برداشتیم و رفتیم پیش این پسره هیوا. هیوا اومده، زحمت کشیده بردتمون داخلِ چادرش، بهمون تخمه تعارف کرده، انگار نه انگار. دوتا الدنگ نشستن اون‌ور و از تو آتیش این یکی به اون یکی نگاه می‌کنه و اون یکی هم می‌بینه که اون داره نگاه می‌کنه خودش رو زده به مظلومی و چهره‌شو کرده مثل مریم باکره.

خلاصه بعدش پسره‌ی احمق اومده و می‌گه که می‌خواد دختره رو ببره شب پیش خودش. من پیش خودم می‌گم آخه دیوث، من و تو چه صنمی با هم داریم که تو می‌خوای دختری که اومده پیش منو ببریش خونه‌ت. خلاصه چه می‌شه کرد، دختره مسخش کرده بود دیگه. ثریاهه خودشم می‌خواست و نمی‌شد جلوش رو گرفت. من بهونه کردم که قرار مهمی اون شب دارم و گذاشتم گورشون رو گم کنن. رفتن و من شب اونجا با هیواهه کشیدیم تا طرفای صبح. دم‌دمای صبح بهنام اومده شیشه‌ی مغازه‌ی منو شکونده و می‌گه ثریا کجاس. من می‌گم: بهنام خان، این چه کاریه؟ در بزن می‌یام درتو باز می‌کنم. آخه چرا می‌شکونی؟ بهنامه شده واسه‌ی ما لات و هی این چیز و اون چیز رو می‌شکونه و می‌گه من می‌خوام مادر این دختره رو به عزاش بشونم. من بهش گفتم: بهنام جون، من که خودم بهت گفتم این یکی که به پُست من خورده با بقیه‌شون فرق می‌کنه. تو باور نکردی. گفتم این یکی

رو باید بپایی. با این یکی یه جور دیگه تا کنی. دیدم بهنامه واقعا شاکیه و الانه که سر و صورتم رو بریزه بهم. بهش گفتم که پیش من نیومده ولی اگه اومد سریع بهش خبر می‌دم. بالاخره آروم شد و راهش رو کشید و رفت. من هم پیش خودم گفتم من مادری از تو سرویس کنم ثریا. به هیوا گفتم برو دنبال این دختره و ورش دار بیا. می‌گه: کجا؟ من تازه می‌فهمم اوه اوه آدرس این پسره رو هم ندارم. زنگ زدم این و اون. فهمیدم اصلا یارو کیه و قبلا طراح مراح بوده، دانشجوی اخراجی و دستم اومد با کی طرفم. پشت بازوهاش یه خورده ارثی مرثیه و اصلا یارو کلا غلط می‌زنه. هیواهه رفت و منم تا ظهر که اینا بیان اونجا چوقیدم و زدم و خودم رو با لاطائلات سرگرم کردم. می‌بینم کی با خانم اومده؟ همون شهابه. رفتم سمتش و بهش گفتم که من این بهنام را سر جاش می‌شونم. صبحی شیشه‌ی منو شکسته. جا خورد. ترس رو تو چشمای دختره می‌دیدم. رفت و به اون شهابه یه چیزایی گفت و پسره هم گورش رو گم کرد. رفتم اون طرف مغازه که تا این واسه خودش فکراش رو می‌کنه و می‌فهمه که باید امشبه رو تو بغل اینجانب سر کنه، یه دوری زده باشم. از همین حالا یه خورده داغ شده بود. تو فکرای خوبی بودم که برگشتم و دیدم دختره داره با ماشین این پسره هیوا می‌ره. عجب دیوث شدن ملت.

دراز کشیدم تو انباری روی چندتا روزنامه و خوابم برد. می‌دونستم باز دختره سرش به سنگ می‌خوره و سر و کله‌ش پیدا

می‌شه. شب که شده دیدم اومده و بهم می‌گه حالا کلید یکی از خونه‌هات رو بهم بده. منم کلید رو بهش دادم و اون راهشو کشیده رفته. خودشم می‌دونست بره اونجا، من ولش نمی‌کنم.

کتابفروشی رو زودتر از وقت همیشگی بستم و چمدونم رو برداشتم و با ماشینم مستقیم روندم سمت آپارتمان. از آسانسور رفتم بالا. توی راهرو فقط یه پیرزنه رو دیدم که داره با یه سبدِ خریدِ میوه اون موقع شب تو اون راهرو می‌پلکه. پیرزنه از این چهره‌ها داشت که معلوم نبود چند سالشونه، فقط نشون می‌داد که کلی بدبختی کشیده. اصلاً کاری بهش نداشتم. گفتم که راهم رو از بغلش بگیرم و برم. نمی‌خواستم تو این بازی بیفتم که بخواد براش میوه‌هاش رو حمل کنم و کمکش بدم و از این حرفا. تا کلید رو تو در واحد انداختم که بی‌سروصدا وارد شم، حس کردم با سرعت به سمتم اومد. با ترس برگشتم و می‌بینم که داره منو نشون می‌ده ولی چیزی نمی‌گه. هیچ‌کس دیگه‌ای هم اون دور و بر نیست. توی راهروی خالی فقط این پیرزنه هستش که انگشت اشاره‌اش رو سمت من گرفته. سریع کلید رو چرخوندم و رفتم تو. در رو پشت سرم بستم و توچشمی نگاه کردم. هنوز وایساده بود. نشستم روی زمین تا یه کم فکر کنم چی کار کنم. صدای قدم‌هایش رو شنیدم. دوباره از چشمی به بیرون نگاه کردم. این بار ته راهرو وایساده بود و خیره به در نگاه می‌کرد. با یه جور چشمِ بیمار. یه جور چشمِ وحشیِ بیمار. مثل چشم گربه‌ها وقتی داری باهاشون بازی می‌کنی و اونا تو دستات مثل

عروسک شدن و تو داری دستت رو می‌کِشی روی سینه‌ی گربه‌هه و هی تکون می‌دی، تکون می‌دی. گربه‌هه مستقیم تو رو نگاه می‌کنه و تو هم تصمیم می‌گیری که بهش خیره شی. بعد تو چشماش که نگاه می‌کنی می‌بینی که هیچ‌چی نیست. خیلی چیزا هست اما هیچ چیزی که بشه فهمید نیست. مسخره به نظر می‌رسه، چون همین‌قدر مسخره هست. تو نمی‌دونی چی می‌خواد ازت گربه و نمی‌دونی خودت هم از ادامه‌ی ناز کردن اون گربه چی می‌خوای و فقط ادامه می‌دی به ناز کردن و کردن و اون گربه‌هه آروم می‌افته روی دستت و هنوز خیره مونده به چشمات. بغلِ گردنش یه لکه‌ی سیاه افتاده که بین سفیدی بقیه پوستش به چشم می‌یاد. بعدش که تو دیگه با تشدید یک حس ناامنیِ مشکوک در درونت از ناز کردن اون گربه دست برمی‌داری، گربه یه لحظه به تو می‌پَره و بعدش در دومین حرکت، می‌بینی که پریده عقب و داره فرار می‌کنه. نه تا آخر راهرو. تا وسط راهرو و اونجا آروم شده و داره راه می‌ره و دمش هم تکون می‌خوره. می‌دونی که از تو رنجیده و داره نشونت می‌ده اینو. و تو با وجود اون که می‌دونی اگه بری جلو اون فرار می‌کنه و بدون اینکه یادت بیاد که تو هم دیگه نمی‌خواستی که اون رو ناز کنی دوباره می‌ری سمت اون و گربه‌هه هم راهشو می‌کشه و می‌ره اون طرف‌تر. تو همیشه یادت می‌ره هیچ‌وقت برای دوست شدن با یه گربه نباید اونو تعقیب کنی. گربه‌ها از تعقیب شدن متنفرن. متنفر.

اینو گفتم چرا؟ چون ثریا گربه‌صفت بود. و من این رو می‌دونستم و اون هم می‌دونست که من این رو می‌دونم. خیلی ساده هم بود که چرا من اینو می‌دونستم چون همه‌ی این کارها رو با خود من کرده بود. تک‌تکشون رو و من تک‌تک کارا رو اشتباهی باهاش کرده بودم و حالا هم داشتم اشتباه می‌کردم و می‌دونستم این رو و دیگه دلم می‌خواست اشتباه بکنم. دلم می‌خواست که این رابطه رو به گُه بکشم. به لجن. به جایی که بهش تعلق داره.

داستان آشنایی من با ثریا به چند وقت قبل برمی‌گرده که این دختره رو توی یه مهمونی دیدم. پشت یه بار کوچیک نشسته بود و داشت واسه‌ی خودش زیتون پرورده می‌خورد. گوشه‌ی آشپزخونه. کنار بالکن کوچیکی که آشپزخونه داشت. من تا وارد مهمونی شدم و دیدم که چقدر شلوغ پلوغ و پُر دود و دمه گفتم برم پشت بار بشینم. از بین چندتا آقا و خانم رد شدم و می‌بینم پشت بار پُره از ظرفای یه‌بار مصرف و تو هر ظرف چایی ریخته شده و توی چایی هم ته‌سیگاری افتاده. بعد دیدم که کلی سیگار کنار یا روی کیک‌ها خاموش شده و خلاصه کلی بریز و بپاش. اونجا کنار یه دختره نشستم که روش اون‌ور بود و به یه پسره که کنارم ساقی‌گری می‌کرد گفتم که یه پیک به من بده. پسره هم یه دستش رو برد سمت مخلوط‌کُن و من روم رو که برگردوندم دیدم دختره هم روش رو برگردوند. و خوب من خیلی ازش خوشم اومد. از استیلش. از چهره‌اش. یه پیرهن سیاه پوشیده بود

با شلوار لی و دور گردنش رو چند تا چیز مختلف انداخته بود. موهاش رو که تازه از آرایشگاه اومده بود توی چند طرفِ سرش بُرده بود. یه طرح عجیب روی موش که درست نمی‌فهمیدمش و بهم حس غریبی می‌داد. پای بار باهاش شروع به حرف زدن می‌کنم و این حرف زدن ادامه پیدا می‌کنه، ادامه پیدا می‌کنه و تا آخرای مهمونی همه‌ش باهام حرف می‌زنه و به حرفای روشنفکرانه‌م گوش می‌ده و از اینکه من این‌ها رو می‌دونم تعجب می‌کنه و بعضی وقتا که می‌خنده من دلم می‌ریزه. آخرای شب صاحب‌خونه اومد و به ثریا گفت که ماشین براش اومده و اون هم اشاره کرد که الان می‌یاد. با تعجب پرسیدم: کی ماشین خواستین؟ جواب داد: ببخشید باید برم، کاری یادم افتاده. جواب دادم: واسه‌ی منم دیگه دیره. شما مسیرتون کجاس؟ اون یه کم صبر کرد: احتمالا می‌رم خونه‌ی مادربزرگم. بهش گفتم که می‌رسونمش. و از صاحب‌خونه خداحافظی کردیم و از آسانسور پایین اومدیم. به آژانسه پولی دادم و رفت و خودم جلوتر رفتم تا ماشین رو واسه‌ی ثریا بیارم. بین راه یه لحظه به عقب نگاه کردم و حالا ثریا رو توی مانتوش می‌دیدم. یه مانتوی قهوه‌ای تیره پوشیده بود که تا روی زانوهاش می‌رسید و یه شال رو انداخته بود روی سرش. با طرح عجیب موهاش و اون شال مثل یه الهه‌ی هندی شده بود.

سوار ماشین که شد بوی عطری که داشت برام خیلی عجیب بود. یه عطر تند که بوش تمام داخل ماشین رو پر می‌کرد، یا بهتر بگم

به اِشغال خودش در می‌آورد. از این عطرایی نبود که هر کسی به خودش بزنه. ماشین رو روشن کردم و راه افتادم. بین راه یکی دو بار دیگه به صورتش نگاه کردم و هر بار به نظرم می‌رسید که چیزی توی صورتش عوض شده. بالاخره واسه‌ی بنزین زدن دم یه پمپ بنزین وایسادم و پیاده شدم. مامور پمپ بنزین اومد سمتم. از دور معلوم بود که از اون عوضی‌هاس. از اونا که یه دختر رو که با یه مرد می‌بینن دیوث‌بازی در می‌یارن، پول می‌خوان، شیتیل می‌خوان، بوس می‌خوان. ابلهن دیگه مردم. اینا هارشون کردن. خلاصه از اون مامورا بود. قبل از اینکه به ماشین برسه، رفتم جلو سمتش و پول رو گذاشتم لای پولای توی دستش و گفتم: خانمم خوابه. سمت ماشین نیای که بیدار می‌شه، می‌ترسه. اون هم یه کم دستم رو فشار داد و گفت: باشه عزیزم نمی‌یام. و بعد دستش رو برد سمت کف دستم و اونجا رو هم ماساژ نرمی داد. دیوث. دیوث.

روندم به سمت مغازه‌م. بین راه هیچ حرفی بینمون رد و بدل نشد. هیچ حرفی. اصلا یه بار هم نگفت می‌خوام برم خونه‌ی مادربزرگم، یا از این حرفا. جلوی درِ مغازه که وایسادم. بهش گفتم یه لحظه اینجا منتظر باش تا من برگردم و رفتم توی مغازم. دسته کلید آپارتمان رو برداشتم و چمدون کوچولوم رو هم برداشتم.

وقتی دید با یه چمدون برگشتم، با عصبانیت گفت: اون چمدون چیه؟ منم بهش گفتم : زبونتو به دندون بگیر. می‌بینی. بعد اون هیچی نگفت. فقط اخم کرد و نشون داد که از این وضعیت راضی نیست. نزدیک‌ترین آپارتمان رو به مغازه‌م انتخاب کرده بودم. چند دقیقه بعد رسیدیم. وقتی پیاده شد در رو محکم بست. می‌خواست از همین جا جِریم کنه. رفت و سوارِ آسانسور پارکینگ شد و قبل از این‌که من برسم دکمه‌ی طبقات رو زد. من اونجا منتظر موندم تا الدنگ‌بازی خانم تموم بشه دوباره آسانسور بیاد پایین. وقتی بالاخره درِ آسانسور باز شد، دیدم داره می‌خنده و به من نگاه می‌کنه. تو همین مدت کاملا عوض شده بود. انگار کلاه‌گیس گذاشته بود. ماتیک صورتش یه جور تازه‌ای شده بود. گونه‌هاش خیلی سرخ‌تر شده بود. الان چهره‌اش داغت می‌کرد. داغ. من هم داغ شدم. من که وارد آسانسور شدم خودش رو چسبوند به من. با کفلش به من زد و گفت: حالا یه ذره با ما راه بیا. منم خنده‌ام گرفت. چمدونم رو هم دستم گرفته بودم. توی راهرو کسی نبود و ما رسیدیم دمِ درِ خونه. آهسته در رو باز کردم و هنوز چراغ‌ها رو روشن نکرده بودم، ثریا شروع کرد به بوسیدنِ من. من هم شروع کردم به بوسیدنش و همین‌جور با دستم دنبال دکمه‌ی چراغ می‌گشتم. همین که چراغ رو با دستم روشن کردم اون زد روی دستم و چراغ رو خاموش کرد. بعد خودش رو انداخت روی دستای من. من هم اونو روی دستام بالا آوردم و سرم رو انداختم توی سینه‌هاش. اونم دو تا دستش رو به دیوار

تکیه داد. اگه ولش می‌کردم پرت می‌شد زمین. ولی می‌دونست با
مـن کـاری کـرده کـه محالـه اون رو ول کـنم. بعـدش دسـتاش رو
انداخت دور کمرم و همون بالا می‌خواست لباس منو هم در
بیاره. بلندش کردم و بردمش و روی تخت انداختمش. بعد دستم
رو انـداختم روی سینه‌اش و اون سرش رو خـم کـرد. پاهـاش رو
دور مـن حلقه کرد و کمرگاهـش رو گرفتم و بلندش کـردم و خـودم
رو چسبوندم به بین پاهاش و اون همین‌جور سرش رو خم کرده
بود و موهای بلندِ سیاهش آویزون بود و من می‌دیدم. بعد دستم
رو از روی سینه‌اش پاییـن کشیدم و آوردم بین پاهاش و کشیدم
روی شلوارش. چند بار کشیدم و دیگه نمی‌دونسـتم از داغـی چـه
کار کـنم. مـدت‌ها بـود کـه این‌جـوری داغ نشـده بـودم. عیـش رو
روی گردن دختره می‌دیدم که انگار نفسش بند اومده تـوی دسـتای
مـن. و مـن دسـتم رو بـردم زیـر پیـراهنش، روی سـینه‌اش، و اون
دستش رو فشار داد روی دستم. انگار می‌خواد که ادامه ندم. ولی
جـوری فشـار نمی‌داد کـه کـارم رو ول کـنم و مـن هـم ادامـه دادم و
دسـتم رو بـردم زیـر سـوتینش و سـینه‌هاش رو تـو مشـتم گـرفتم.
سـینه‌های کـوچیکی داشـت بـا انحنـایی زیبا. اون هـم سـرش رو
انداخته بود عقب و مـن سـینه‌اش رو می‌دیدم کـه تنـد تنـد بـالا و
پاییـن می‌شـد. بعد دستم رو بـردم سـمت پشتِ کمـرش تـا گیـره‌ی
سوتینش رو باز کنم. ولی اون شروع کرد به مخالفت کردن طوری
کـه ترسـیدم دارم دیگه اون‌جـوری‌ای کـه داشـت حـال می‌کـرد ادامـه
نده. منو در همین چند دقیقه معتـاد کـرده بـود بـه خودش تـوی

۸۱

تخت. بعد از کمی مکث عنان از دستم کند و سوتینش رو باز کردم. ناگهان آروم شد. چشماش که تا حالا بازِ باز بود و غرق لذت، بسته شد و خطوطی روی چهره‌اش با هر حرکتِ دست من ایجاد می‌شد که نمی‌فهمیدم لذته یا درد. عشق یا بیزاری. به اینجا که رسید در بردن دستم سمت شلوارش تعلل کردم و بعدش که تصمیم گرفتم ببرم دیدم که آروم دستش رو آورد و روی دستم گذاشت و من که داشتم به چشمای بسته و صورت بی‌تفاوتش در کنارم نگاه می‌کردم پیش خودم گفتم: باشه یه شب دیگه. امشب می‌خوای این بازی رو در بیاری سرِ من. باشه. می‌خوای قشنگ‌تر باهات بخوابم، می‌خوابم دفعه بعد. تا نصف راه رو هم که رفتیم، فقط باید ادامه‌اش بدیم.

گرچه تا آخرای شب یکی دوبار وسوسه شدم برم و چمدون رو بردارم و بیارم و کارمو باهاش بکنم، اما بی‌خیال شدم. دیدم آروم کنار من خواب رفته و دلم نیومد که کاریش داشته باشم. چمدون هم همون‌جوری موند اون گوشه‌ی اتاق. بدون استفاده. صبح که بیدار شدیم مثل دوالپایی بود که چسبیده به من. می‌خواست با من هر جا که می‌خوام برم بیاد و من هر چی می‌گفتم «آخه تو برو دنبال کارای خودت شب بیا اینجا»، یا می‌گفتم «تو اصلا اینجا بمون تا من شب بیام» قبول نمی‌کرد که نمی‌کرد. انگار واسه خاطر همون دیشب، دچارِ من شده.

با خودم بردمش کتاب‌فروشی و گذاشتم همون دور و بر وقت بگذرونه. اون روز قرار خاصی نداشتم و طوری نبود که اون طرفا بپلکه. اگه هم کسی می‌اومد می‌تونستم به ثریا بگم بره تو انباری تا طرف می‌ره و بعدش بیاد بیرون. اونم تمام روز سر حالِ سر حال بود و از من درباره‌ی این چیز و اون چیز سوال می‌کرد و من رامِ رامش شده بودم. هر لحظه‌ای که می‌گذشت بیشتر جذبش می‌شدم. انگار نه انگار همین دیشب می‌خواستم که با اون چمدونِ همیشگی برم سراغ یه دختر که خورده به تورم. به جاش عین این بود که یه آشنای قدیمیه که عقل و هوش منو از دوران دبیرستان و بازی‌های اون زمان برده و این هنوز مونده روی دلم. همه‌ی این کارا رو تو یه شب کرده بود. یه بار هم وقتی من رفته بودم توی انبار اومد آهسته تو و بدون اینکه بفهمم سرش رو خزوند روی گردنم. طوری که دلم هُری ریخت پایین و می‌خواستم همون لحظه به پاش بیفتم که با من بخوابه. دوباره مثل اول دیشب با من حال کنه و بذاره که ادامه بدم. خودش رو از من دریغ نکنه.

تو این وضعیت بودم که یه صدایی از داخل مغازه شنیدم. پریدم و رفتم تا دم در مغازه و دیدم که اون بهنامه اومده که تا اون‌وقت من فکر می‌کردم که یه آدم حسابیه که هر چند روز در میون میاد مغازم و از کتابای تازه می‌پرسه و گشتی لابه‌لای اونا می‌زنه و بعدش بیشتر مجله‌های قبل انقلاب رو می‌خره و از مغازه می‌ره بیرون. رفتم و سلام و حال‌احوالی باهاش کردم. اون هم شروع

کرد به حرف زدن در مورد اُپرایی که اخیرا دیده و فکرش رو به خودش مشغول کرده. با جزئیات از اون اُپرا می‌گفت که اجرای داستان گوژپشت نوتردامه که بازیگراش همه‌ش با سایه‌های همدیگه می‌رقصن و دستشون هیچ وقت به بدن همدیگه نمی‌رسه و همین‌جوری داشت ادامه می‌داد که دیدم ثریا با یه شمایل تازه از درِ انباری اومد بیرون. موهاش رو محکم پشت سرش بسته بود و روسریش رو هم دور گردنش گره زده، آویزون کرده بود. بلند بلند حرف می‌زد و قدم بر می‌داشت. یه بوت پوشیده بود که تا زیر زانوهاش می‌رسید. رو به من گفت: استاد! این داخل زیاد از حد تاریک مونده، شما باید فکری برای چراغش بکنین اگه نه کسی نمی‌تونه مجله‌های خوب شما رو پیدا کنه. من هم که دستپاچه شده بودم گفتم: بله ثریا خانم، حق با شماست. بعد دیدم که ثریا رفت و جلوی بهنامه وایساد و چشماش رو دوخت به بهنام. رو کرد به من و گفت: استاد! شما دوستتون رو به من معرفی نمی‌فرمایید؟ من گیج شده بودم که چی بگم و اون بهنامِ دیوث برگشت و خیلی شیک گفت: اسم من بهنامه. من زیاد به کتاب‌فروشی ایشون سر می‌زنم و از دوستای ایشون هستم. ثریا هم قبل از اینکه من بخوام چیزی بگم گفت که من هم از دوستای قدیمی‌شون هستم. تازه به این منطقه‌ی شهری اومدم و حالا بیشتر می‌تونم بهشون سر بزنم. بعد ثریا همین‌جور که داشت حرف می‌زد به سمتِ درِ خروج رفت و بهنام هم باهاش راه افتاد. طوری که حتی برنگشتن و از من خداحافظی

۸٤

فصل پنج

کنن. اونجا بود که فهمیدم که این ثریا چنان خانه‌خراب کن است که نگو.

فصل شش

شش: نیست

ثریا

احتمالا تا حالا فهمیدی که من اون دختری که بار اول به نظرت اومـده نیسـتم. اون روز مجبـور بـودم کـه اون تیـپ رو بـزنم و اونجوری باهات رفتار کنم. اگه صبر کنی و به حرفم گوش بدی می‌فهمی چرا. امیدوارم بتونم خودم رو درست بهت معرفی کـنم. ببین من از چند سال قبل اون کتاب‌فروش رو می‌شناختم. سال‌ها پیش. پدرم با اون – که نمی‌دونم می‌دونی یا نه اسم واقعی‌ش رو، چون اونی که به همه می‌گه دروغـه- تـوی جلسـه‌های ادبـی آشنـا شده بود. طولی نکشید که دعوتش کرد خونه‌مون. تـوی خونه‌مون پدرم حاکم مطلق بود. آدم بدبختی بـود. همـه بایـد اون کـاری کـه اون می‌خواست رو می‌کردن. یه مدت رفته بـود و تـوی سـوریه تـو یه شرکت آمریکایی کار کرده بـود و بعدش اونجا دعـواش شـده بـود و برگشته بود ایران و دیگه همـه‌ش نِق می‌زد از این‌کـه ایـران هیچی به درد نمی‌خوره و به بهونه‌ی همین هیچ کـاری نمی‌کرد و از پدرش که هنوز زنده بـود پول می‌گرفـت و می‌داد مـا بخـوریم. خودش هم انصافا خرجی نمی‌کرد، جز خرج سیگارش. بقیـه‌اش رو هم آهسته می‌رفت و آهسته می‌اومـد تـا بـه مـا بگـه هـر کـاری دوسـت دارین بکنیـن فقـط بـه مـن نگیـن. دلـش می‌خواسـت تـا

آخرین لحظه‌ی عمرش یه پادشاهِ لَش بمونه. خو کرده بود به این. سرت رو درد نیارم. واسه‌ی خوشی‌ش هم می‌رفت شب شعر و این حرفا. از تو این جلسه‌ها یه روز با همین آقا اومد خونه‌ی ما و من و مامانم رو از این‌ور و اون‌ورِ خونه صدا زد که آقا ما رو تماشا کنه و ما هم دوستِ جدیدِ بابا رو تماشا کنیم. بابا هیچ‌وقت مهمون دعوت نمی‌کرد و هیچ‌وقت کاری به کار ما نداشت و حالا یکی رو دعوت کرده بود و اون که اومده بود همچین ما رو دور هم جمع کرده بود و با عشق نشون دوستش می‌داد که برای هر دوتامون تازگی داشت و من خودم تازه با خانواده بودن رو اون‌وقت برای بار اول حس کردم. چند ساعتی که این مردک پیش ما موند خیلی خوش گذشت و کلی هم از بذله‌گویی‌هاش خندیدیم و پدر هم خیلی مهربان شده بود. فکر کردم که رابطه‌م با پدرم عوض شده و بین ما صمیمت تازه‌ای شکل گرفته. اما این صمیمیت یه شب هم دووم نیاورد و از فردا صبح دوباره پدرم مثل قدیم شد؛ غریبه‌ای که هرچند وقت یه بار می‌آد و دستوری می‌ده و می‌ره. خیلی غمگین بودم و کم‌کم داشت خاطره‌ی اون روز هم از یادم می‌رفت که دوباره پدرم یه شب با اون مرد اومد خونه‌مون و با تعجب دیدم که همه چیز عین دفعه قبل شده. پدرم دائم داره می‌خنده و ما هم دوباره به هم نزدیکیم طوری که هیچ‌وقت نبوده‌ایم. مادرم تصمیم گرفت کاری کنه شب‌های بیشتری این دوستِ بابا بیاد خونه‌ی ما و هر روز به پدرم می‌گفت که چقدر دوست جدیدش مرد خوبی‌ست. پدرم

هم که از این دوستتش خوشش می‌اومد، بیشتر اون رو دعوت کرد. اوایل هفته‌ای دوبار و کم‌کم بیشتر و بیشتر. تا اینکه بعد از کمتر از یه ماه اون کتابفروشه عملا تو خونه‌ی ما زندگی می‌کرد. هر روز اونجا بود. تو این مدت تغییراتی که خونواده‌ی ما هم کرد، خیلی زیاد بود. کلی چیزهایی که هیچ‌وقت بین ما نبود؛ حالا رایج شده بود. پدرم با همه‌ی ما مهربان شده بود و کم‌کم شوخی‌هایی درباره‌ی همدیگه می‌کردیم و به هم می‌خندیدیم. کمی بعد توی خونه‌مان ماهواره نصب شد. اولش بیشتر شبکه‌های خبری رو می‌گرفتیم و آخر شب فقط مردها می‌نشستند و شویی هم نگاه می‌کردند و بعد کم‌کم همه با هم نشستیم و شو نگاه کردیم و کم‌کم همه با هم نشستیم و هر چیزی که پخش می‌شد نگاه می‌کردیم و درباره‌ی هرچه به فکرمان می‌خورد با هم حرف می‌زدیم و همه شادتر بودیم. در این مدت هم من با تمام وجودم عاشق دوست بابا شده بودم. اون کسی بود که همه‌ی چیزهایی که قبلا به من نمی‌دادند رو به من داد. طوری شد که در دبیرستان هم از یه آدم گوشه‌گیر تبدیل شدم به یه دخترِ فعالِ پُرهیاهو. و تو این مدت چیزی که همیشه قلب منو گرم می‌کرد فکر کردن به اون کتابفروشه بود. به خاطره‌هایی که باهاش داشتم. به چند باری که اینجا اونجا به خاطر هم‌خونگی پیش اومده بود که منو لخت، یا درست‌تر که بخوام بگم با لباسِ کم‌تر، ببینه. به همه‌ی این‌ها فکر می‌کردم و انرژی می‌گرفتم.

پدرم در اثر این معاشرت‌های طولانی دستخوش تغییر شد و تصمیم گرفت به خاطر خونواده‌اش بره و کار کنه و پول در بیاره. زمانی که پدرم گفت داره دنبال کار می‌گرده خیلی خوشحال شدم، چون می‌دونستم وقتی پدرم بیرون بره بیشتر می‌تونم به دوستش نزدیک شم. اما دوستش هم همون شب به ما گفت که می‌خواد کلا از پیش ما بره و بره یه شهرِ دیگه زندگی کنه. ما همه شبِ خیلی غمگینی رو گذروندیم.

اون شب توی تختخوابم به رفتنِ دوست بابام که فکر کردم گریه کردم. فردا صبحش فهمیدم که پدر همون صبح کاری پیدا کرده و رفته مشغول شده، ولی دوستش مریض شده و چند روزی بیشتر پیش ما می‌مونه. کلی ذوق کردم. اون روزا عجیب‌ترین روزای زندگیم بود. روزایی که بعدها فهمیدم زندگیم رو عوض کرد. من هر روز صبحِ زود از خواب بیدار می‌شدم و کل روز می‌خندیدم و هر چه انرژی داشتم می‌ذاشتم و نمی‌ذاشتم یه لحظه اون مرد احساس تنهایی کنه و فقط یه وقتایی که مادرم بهش سر می‌زد می‌ذاشتمش تنها، که ببینه بهش حق هم می‌دن واسه خودش آزاد باشه. این چند روز به سرعتِ برق و باد گذشت و فقط هر روز تعداد دیدارهای مادرم باهاش بیشتر شد و به نظرم می‌اومد که کتابفروشه حالش بدتر شده و بدتر و من می‌رفتم که زیاد دور و برش نباشم، استراحت کنه. بیشترِ روز رو توی زمین‌های کم‌وبیش بایرِ اطراف خونه‌مون می‌گذروندم و واسه‌ی خودم خوش بودم و هروقت که دیگه احساس می‌کردم شارژم داره خالی

می‌شه برمی‌گشتم و سری به کتابفروشه می‌زدم و ولو اگه خواب بود نگاش می‌کردم. نمی‌دونم روز چندمی بود که پدرم رفته بود سرِ کار و کتابفروشه همین‌جور مریض‌تر شده بود که دم ظهر وقتی که می‌دونستم خوابه و مامانم هم تاکید زیاد کرده بود که نَری تو اتاقش که مبادا خوابش بپره، با این وجود دلم رو به دریا زدم و گفتم که دیگه طاقت ندارم. آهسته آهسته راهرو را طی کردم مبادا مادرم صدای پام رو بشنود و رازم برملا شه. یواشکی درِ اتاق رو باز کردم و وارد شدم. تمام مدت هم با سرم داشتم بیرون رو می‌پاییدم که مبادا مادرم متوجه کارم شه. اتاقِ همیشگیِ کتابفروشه خالی بود و حدس زدم برای تغییرِ حس‌وحال رفته به اتاق پشتی که حالت انباری بزرگی داشت و خنک‌تر هم بود، و آنجا خوابیده. برای همین به سمت اون اتاق دومی رفتم. نور کمی ازش بیرون می‌زد. صداهایی هم از درونش شنیده می‌شد. گیج شده بودم و بدون اینکه دست خودم باشد سرم رو داخل بردم و دیدم کتابفروشه روی زمین دراز کشیده و مادرم روش، پشت به من، نشسته. منحنی‌های کمر مادرم رو می‌دیدم که زیباتر از چیزی بود که فکر می‌کردم. عرقی هم نشسته بود روی کمرش. فروشنده‌هه با دستش کفل‌های مادرم رو گرفته بود و فشار می‌داد و با شدت زیادی فشار می‌داد. مادرم سرش رو خم کرد به عقب و شُره‌ی موهاش ریخت پایین روی سر کتابفروشه. بعد دیدم که کتابفروش با شدت از جاش بلند شد و از کفل مادرم رو بلند کرد و پاهاش رو از زمین فاصله داد تا مادرم رو روی زمین

بگذاره. بعد خودش همین‌طور که پشت مادرم بهش بود به کارش ادامه داد. مادرم به پایین خم شده بود و جوری که هیچ‌وقت صدا نداده بود ناله می‌کرد؛ ناله‌ای که هنوز که هنوزه توی گوشم می‌شنوم. من مسخِ دیدن این صحنه شده بودم و بی‌مبالات. همون‌وقت پام خورد به چیزی روی زمین و صدایی داد. نفسم توی سینه حبس شد و تمام وجودم رو اضطراب فرا گرفت. وقتی سرم رو بالا آوردم دیدم که کتابفروشه همین‌طور که داشت کارش را می‌کرد از گردن سرش رو چرخونده و داره بهم نگاه می‌کنه. چشمم که به چشمش افتاد میخ‌کوب شدم. یکی از دستاش رو از روی کفلِ مادرم بر داشت و به سمت من اشاره کرد که بهشون بپیوندم. خودم رو خیس کردم. بدون اینکه چیزی بگم یه قدم از اونجا فاصله گرفتم. بعدش دو قدم، بعد بیشتر. تا اینکه از اتاق که اومدم بیرون، دویدم به سمت کوچه و از اونجا هم زمین‌های بایر اطراف و دیگه هم تا آخرای شب که می‌دونستم بابام حتما اومده خونه، برنگشتم. وقتی برگشتم دیدم که کتابفروشه درازکش و ناله‌کنان گوشه‌ی خونه افتاده و مادرم داره به پدرم سرِ سفره‌ی غذا می‌گه که خیلی حالِ دوستش خرابه و پدرم با ناراحتی دستی روی سر مادرم می‌کشه و ازش عذر می‌خواد که مجبور شده این همه بیمارداری کنه و مادرم هم می‌گه که واسه‌ی پدرم هر کاری می‌کنه و هر دو همدیگه رو بوسیدند.

دوست بابام تا ده روز خودش رو به بیماری زد و پدرم هیچ شکی نکرد. من اما هر ده روز رو در اضطراب دائم گذروندم. مطمئن

بودم که منو اون موقع دیده و حالا تو فکره خفه‌ام کنه یا چیزی. برخلاف این حس اما، هر روز که می‌گذشت رابطه‌ی کتابفروشه با من عادی و عادی‌تر شد. البته هنوز احساس می‌کردم که از دستم عصبانی‌ست، نه به خاطر این‌که اون رو در اون موقعیت دیده‌ام و ازم می‌ترسد، بلکه شاید به این خاطر که ازم خواسته بهشون بپیوندم و قبول نکردم.

در عین این اضطراب دائم، اون روزها من هم انگار به نوعی مسخ اون مرد بودم. بعد از سه چهار روز رفتم و باز هم خودم رو به پشت در اون اتاق رسوندم و نشستم و به صدای اون‌ها گوش کردم. صدای اون‌ها. دیگه جرات نکردم که وارد اون اتاق بشوم. می‌دونستم اگه یه‌بار دیگه در اون صحنه باشم حتما وقتی که فروشنده دستش رو بلند می‌کنه و به من اشاره می‌کنه بدون اینکه دست خودم باشد به سمت اون‌ها می‌روم و بین راه هم لباس‌هام رو در می‌آورم.

بعد از چند روز مادرم هم تغییر کرده بود و کمتر از قبل ادا در می‌آورد، چه جلوی من و چه جلوی پدرم. شب‌ها بیشتر از قبل خودش رو به هر دو مرد نزدیک می‌کرد که اوایل به نظر پدرم عادی می‌اومد و فکر می‌کرد که این هم جزو آداب پرستاری‌ست. و بعد کم‌کم هر روز که از کار به خانه برمی‌گشت مادرم بیشتر و بیشتر به دوستش نزدیک مانده بود و روز دهم که اومد تو، دید که مادر و دوستش روی تخت با هم خوابیده بودند و وقتی پدرم

سـر اونهـا داد کشـید، دوسـتش وسـایلش رو از گوشـه‌ی اتـاق برداشـت و از خونـه‌ی مـا فـرار کـرد ولـی مـادرم مونـد و بـه پـدرم گفت: چرا چی؟ مگه چه اشکالی داره؟ دوستِ خودمونه. بعد پـدرم سـرش جیـغ کشـید و کتکـش زد و مـادرم فقـط تـا آخـرش می‌گفت: به خدا هیچ‌چی اشکالی نداره، هیچ‌چی اشکالی نداره. و بابام می‌زدتش. بعد بابام اومد سمت من و من فکر کردم که اومد که منو ببوسه و ازم دلجویی کنه ولی دیدم که اومد و منو هـم زد. منو حتی بدتر از مامان زد. خیلی بدتر از مامان. بعدش بابام تـا آخر عمرش زیاد باهام حرف نزد. فقط یه چند بـاری دوبـاره منـو زد. خیلی خیلی بد. یعنی واقعیتش شاید سالی دو بـار. بقیـه سـال مرد خوبی بود و فقط حرف نمی‌زد امـا اون دو شـب در سـال رو می‌اومد و در عین اون سکوتِ دیوانه‌کننده‌اش منو می‌زد. مامانم بعدِ رفتن کتاب‌فروشه اصلا حرف بابام رو گوش نمی‌کرد. حرف هیچ کی رو گوش نمی‌کرد. بعدش با اولین مـردی کـه بـه تـورش خورد از شهرستان رفت و بعدش شنیدم که از پیش اون اولیه هـم رفتـه تو دارودسته‌ی یه سـری آرتیسـت و بعـدش دسـت بـه دسـت شده و حالا به هر کسی راه نمی‌ده و خاطرخواه هم داره حتی.

من از اون زندگی کوفتی اومدم بیرون و خودم رو بالا کشیدم و بـا هزار بدبختی تونسـتم بـرم دانشـگاه و شـروع کـنم بـه درس خونـدن. یه مدت توی خوابگاه زندگی کردم و با انـواع دخترا اونجا آشـنا شدم. کم‌کم شروع کردم به شـناختن هـر کدومشـون و پـای حرف خیلی‌هاشون نشستم. به خودم گفتم مـن تـو زندگی ریده بـودم و

حالا دیگه باید اون چیزی که باید بفهمم رو بفهمم. خیلی کارا کردم. تئاتر کار کردم. که کارگردان عوضی از آب در اومد. بی‌خیال نشدم زدم تو کار موسیقی که هم کلاسی‌ای که بهم درس می‌داد عوضی از آب در اومد و یه فیلم دستش مونده بود که زندگی منو تا یه مدت سیاه کرد. بی‌خیال نشدم. خودم رو آوردم و کشوندم و کشوندم بالا. جوری که تبدیل شده بودم به یه دختر مودبِ تحصیل‌کرده که با خانواده‌های سرشناس هم در ارتباطه و برای شرکت‌های سرشناس هم کار می‌کنه و به مهمونی‌های جور واجور دعوت می‌شه. اون زمان من تو یکی از همین مهمونی‌ها که رفته بودم یه لباس شبِ سیاه پوشیده بودم و موهام رو بالای سرم آویزون کرده بودم و نشسته بودم گوشه‌ی بار مهمونی. تنها نشسته بودم چون هیچ‌کسی رو اونجا خیلی نمی‌شناختم. صاحب مهمونی از من خوشش می‌اومد و منو دعوت کرده بود. اواسط مهمونی بود که یه مردی اومد و نشست کنار من. روم رو برگردوندم تا نگاهش کنم و دیدم یه مرد با پیشونی کشیده و چهره‌ی جاافتاده‌ای اونجا نشسته بود. از چهره‌اش خیلی خوشم اومد برای همین خودم رو بهش نزدیک‌تر کردم و گذاشتم با من گرم بگیرد تا بفهمم چه‌جور آدمی‌ست. شروع که به حرف زدن کرد من شیفته و شیفته‌تر شدم. هر جمله‌ای که می‌گفت مثل این بود که از جایی از زندگی من صدایی در می‌اومد که چه‌قدر درست چه‌قدر درست. انگار همه‌ی چیزهایی که سال‌ها

می‌خواستم بگم این مرد توی سرش پخته بود. به من گفت که اسمش بهنامه و من هم خودم رو معرفی کردم.

نصفه‌های شب شده بود و ما هنوز اونجا گرم صحبت بودیم. بهنام بلند شد و به من پیشنهاد داد برای دیدن چندتا از تابلوهاش به خونه‌ش برم. نقاش برجسته‌ای بود و در مورد تابلوهاش توی روزنامه‌ها می‌نوشتن. کمی مردد شدم. اشکالی نداشت اون شب دیرتر برم خونه و بهنام رو آدم قابل اعتمادی می‌دیدم. قبول کردم. بین راه بهنام یه بنزینی اگه اشتباه نکنم زد و رفتیم به یه خونه‌ی آپارتمانی. اونجا ماشین رو زد توی پارکینگ و ما پیاده شدیم. اون منو راهنمایی کرد توی آسانسور و بعدش من یه لحظه اشتباهی دستم اومد روی دکمه‌ی طبقات و هنوز بهنام نیومده، درِ آسانسور بسته شد. کلی خجالت‌زده برگردوندم آسانسور رو پایین و از بهنام که داشت با تعجب و خنده به من نگاه می‌کرد عذر خواستم. رفتیم بالا. یه خونه‌ی بزرگِ خالی بود که فقط توش چندتا تابلو گذاشته بود. بهم گفت که تابلوهاش رو برای تزئین جهت فروش خونه‌های نوساز استفاده می‌کنه. اینکه الان کلی از تابلوهاش توی خونه‌های مختلفی توی شهر که همه‌شون خالین گذاشته و بعدش برای اینکه من باورم بشه یه دسته کلید از توی جیبش در آورد و نشونم داد. بعدش یه دفتر از توی کیفش درآورد و توش کلی آدرس به من نشون داد که محل آپارتمانایی بود که می‌گفت. من از این همه صداقتِ غیرمنتظره و رفتارهای غریبش انگار به یه خوابی فرو رفته بودم و دلم نمی‌خواست از

۹۶

این خواب بیرون بیام. دلم می‌خواست که ذهن منو با خودش ببره، منم بهش قول می‌دادم که باهاش هر جا می‌رفتم. از اون شب خاطره‌های خیلی روشن دیگه‌ای یادم نمونده، چون ما همین‌جور مشروب خوردیم و خوردیم تا اینکه سرمون گرم شد و بعدش کلی خندیدیم و کم‌کم ولو شدیم روی زمین و سرمون رو گذاشتیم روی شانه هم و فردا صبح که از خواب بیدار شدم دیدم که توی سینه‌ی من به خواب رفته. صبح رو با همدیگه گذروندیم. شاد و سرخوش. طرف‌های ظهر بهم گفت که بریم و سری به یه کتاب‌فروش که می‌شناسه بزنیم. شاید کتاب تازه‌ای اونجا به تورمون بخوره و بعد از اون بریم و یه فیلمی ببینیم. هیچ‌وقت توی عمرم به اندازه‌ی صبحِ اون روز شاد نبودم. البته تا ظهر. وقتی وارد اون کتاب‌فروشی شدیم، حس می‌کردم کل خونه‌ی شیشه‌ای خوشبختی من داره می‌لرزه و درست حس کرده بودم. اون کتاب‌فروشی بوی جایی رو می‌داد که زندگی توش جاری نبود، بوی کسی رو می‌داد که زندگی رو نمی‌شناسه چون زندگی رو می‌شکنه، چون بدبختی می‌سازه. اون دوست قدیمی بابا اونجا نشسته بود و با اولین نگاه فهمیدم که نه تنها منو شناخته که دوباره با عین همون نگاه سال‌ها بهم زُل زده. نگاهی که آدم رو لخت می‌کرد. تا تونستم از زیر نگاهش در بیام چند دقیقه‌ای طول کشید. توی همین مدت بهنام رو کشید کنار و شروع کرده به حرف زدن باهاش. دیدم که بین حرف‌هاش داشت منو نشون می‌داد و بهنام هر بار که برمی‌گشت توی نگاهش انگار

یه چیز تازه‌ای بود. دیگه تو نگاش شور نبود، جذبه نبود. خـودم رو باخته بودم و نمی‌دونستم باید چی کار کنم. زیر سینه‌هام خیس شده بود. یه جور میل قدیمی باعث می‌شد که جلـوی اون کتابفروشه خودم رو ببازم و نتونم خودم رو به دست بگیرم و بهنام که اومـد و رودررو کرد مـن هیچی نتونسـتم بگـم و بهنام شروع کرد به داد زدن سر مـن و قبل از اینکه مـن هیچی بفهمم دیدم که تنها موندم توی کتاب‌فروشی. بهنام هم مدت‌هاست که فحش‌هاش رو به من داده و از اینجا دور شده. کتابفروشـه به مـن نزدیک شد و دستش رو دور گردن من انداخت. مـن می‌دونستم که تـوی دسـتای اون هیچـی نیسـتم و باید عین کاری که از من می‌خواد رو براش انجام بدم. و از مـن می‌خواسـت که یه لباسـای دیگه‌ای رو بپوشم. لباسایی که اون به مـن می‌داد. لباسای قبایل مختلفِ ایـران لرها، کردها. از هـر کـدوم از ایـن لباسـا فقـط یه تیکه‌ای رو می‌کنـد کـه بـدنم بیشـتر معلـوم بشـه و بعدش به مـن می‌گفت که اون رو بپوشم، که براش با اون لباس کـردی برقصم، که براش با اون لباس لـری برقصـم، کـه براش لخت شم و بیام سمتش. و لباسـای هـر قومی رو کـه تـوی تَنَمـه بکنـم و بـرم روی پاهاش بلغزم روی فاق شلوارش و با دستام گرمش کنم. اون هـم همه‌ش منو می‌ذاشت کـه تـا همین‌جا ادامـه بـدم و وقتی کـه مـن اون‌قـدر داغ می‌شـدم کـه می‌خواسـتم بپـرم روش، اخـم می‌کرد و نمی‌ذاشت دستمو ببرم سـمت بندوبساطش. دلـم می‌خواست تـو

٩٨

فصل شش

دستم بگیرمش و این دست خودم نبود. می‌خواستم. از سال‌ها پیش می‌خواستمش.

کتابفروشه منو پرت کرد اون‌طرف و خودش خزید و رفت توی انباریش. انباریش چراغ نداشت و من هر چی سعی می‌کردم که نگاه کنم که اون تو چه خبره نمی‌فهمیدم. اون اما توی تاریکی انگار زندگی می‌کرد. همیشه تا ولش می‌کردی می‌رفت و توی اون تاریکی خودش رو گم می‌کرد. فقط گاهی از رویِ نورِ سرِ سیگارش می‌شد فهمید کجاست. هر بار هم که یه مشتری منو می‌دید یه داستانی می‌ساخت برام. یه بار جلوی یه مشتری من دخترش بودم که از شهرستان تازه رسیده بودم تهران. یه بار من یکی از شاگردهای قدیمیش بودم که اومده بودم به استادم عرض ارادتی کنم. گاهی آدم دیگه‌ای با سرنوشت دیگری. ولی دختر دیگه‌ای که همیشه دوست داشت باشم دختر هرزه‌ای بود که داخل انباری که می‌رفتیم اون رو احضار می‌کرد و اون رویِ هرزه‌ی من که بالا می‌اومد روی بدن اون فروشنده می‌افتاد و می‌ذاشت از بوی بدنش لذت ببرم، از بودن کنار بازوها و دستاش لذت ببرم. ولی هیچ‌وقت نمی‌ذاشت که دستمو ببرم اون تو. همیشه دستش رو می‌زد روی دستم و اگه خیلی اصرار می‌کردم منو پرت می‌کرد یه طرف دیگه، و پا می‌شد. می‌رفت. تا یه مدت منو تحویل نمی‌گرفت، طوری که هر بار می‌ترسیدم برای همیشه از دستش داده‌ام. ولی باز یه مشتری می‌رسید و یه بازیِ تازه توش ساخته می‌شد و ما ادامه می‌دادیم.

تا این‌که دیروز تو اومدی داخل. من خیره شده بودم به اون کتابفروش و منتظر بودم که ببینم چه بازی‌ای با من شروع می‌کنه. اما دیدم این‌قدر براش رسیدنِ متاع مهم‌تر بود که تمام حواسش رفت پی جنس و پرید توی انبار تا همون‌وقت شروع به کشیدن بکنه. من هم از فرصت استفاده کردم و با تو شروع به حرف زدن کردم. پیش خودم گفتم این بهترین فرصت برای منه که از زیر مسخی که توش اسیرم بیرون بیام و برای همین به تو پناه آوردم. حالا که اون بیشتر از من، اسیر متاعش بود، من هم دلم می‌خواست رها شم. تمام شب امیدوار بودم که با درایت خودت منو کنار خودت نگه داری و با خودت ببری که تو این کار رو کردی و منو آوردی به خونه‌ت. من هم وقتی به خونه‌ی تو رسیدم کلی خوشحال شدم و حتی تا مدتی فکر می‌کردم وارد بهشت شده‌ام. به تو نگاه می‌کردم، به طراحی‌های ساده‌ای که می‌کنی و نگاه ساده‌ای که به زندگی داری و تمام وجود من پر از لذت بود. اما نیم‌ساعتی که گذشت فکری شدم که با این کاری که کردم تو رو هم در خطر انداختم و نمی‌تونستم خودم رو به خاطرش ببخشم. واسه همین رفتم توی لاک خودم و فردا صبح هم که دیدم کتابفروشه آدرستو پیدا کرده و هیواهه رو فرستاده دنبالم، مطمئن شدم که ادامه‌ی موندن من با تو برات بد می‌شه. با این همه، دلم نمی‌ذاشت تو رو رها کنم و واسه همین وقتی تو به من گفتی که می‌خوای با من بیای بهت گفتم که باشه بیا عزیزم. امیدوار بودم اونجا شاید خودت از دیدن چیزایی که می‌بینی

متوجه شی که من تو چه شرایط سختی هستم که دارم تو رو تنها می‌ذارم. وقتی رفتیم اونجا کتابفروشه اومد سمت من و منو تهدید کرد که اگه با خودش نمونم منو می‌کشه و هر کسی که با من باشه رو هم نابود می‌کنه. این شد که من اومدم سمت تو و با همه‌ی حرف دلی که داشتم تا باهات بزنم دست به سرت کردم که از این مهلکه نجاتت بدم. خودم اونجا موندم. اون پسره هیوا اونجا بود و به صرافت افتادم اگه با اون فرار کنم شاید بتونم یه مدت حواس‌ها رو از تو پرت کنم. بعدش با اون هیوا تا غروبِ امروز بیرون بودم و اون رو که تونستم دست به سر کنم به تو زنگ زدم که برنداشتی. خیلی ترسیدم. پیش خودم گفتم معلوم نیس به خاطر من تا همین حالا چقدر بلاها که سرت آوردن. رفتم پیش کتابفروشه تا بهش بگم با تو کاری نداشته باشه. اون اما با دیدن من جوری رفتار کرد که انگار براش دیگه اهمیتی ندارم و بعدش به من کلید خونه‌ای رو داد که اگه می‌خوام برم، برم و اونجا بخوابم و من هم اون کلید رو گرفتم. ولی بین راه به خودم گفتم که این بهترین فرصته که خودم رو برسونم به آغوش تو و نجات بدم. اینه که الان روبه‌روی تو نشستم و کاش می‌ذاشتی که سرم رو بذارم روی شونه‌هات، شهاب.

هفت: بگذار

شهاب

وقتی که گفت می‌خواد سرش رو روی شونه‌هام بذاره، از اعماقِ وجودم شروع به گُر گرفتن کردم. داستانی که برام تعریف کرده بود اگرچه از هر نظر عجیب و غریب و ساختگی می‌اومد اما توی ذهنم رسوخ کرده بود و باعث شده بود ثریا رو نه تنها مثل قبل، که بیشتر دوست داشته باشم و می‌خواستم که اون برای هر مدتی که خطری براش وجود داره اینجا پیش خودم بمونه، تا بتونم ازش دفاع کنم. آدمی نبودم که زیاد اهل درگیری باشه اما از ترسو بودن هم بدم می‌اومد. هر چی باشه تو این سال‌ها یه پشت بازویی رقم زده بودم و این نفرِ روبه‌روم بود که باید از دیدن من به وحشت می‌افتاد.

ثریا اومد و کنارم نشست و سرش رو گذاشت روی پاهام و خودش هم پاهاش رو از کنار مبل آویزون کرد. اگه دستم رو دراز می‌کردم می‌تونستم مچ‌های زیبای پاش رو با دستام بگیرم. حالا اونجایی بود که می‌تونستم از نزدیک سینه‌هاش رو ببینم که چه‌طور یه کم سفت شده‌ن و انحنای خودشون رو به لباس ثریا دادن. موهای ثریا رو اما نمی‌شد نوازش کرد. موهای سفتی داشت. موهای فِری که دستای آدم توشون فرو می‌رفت و بعدش

موقع بیرون آوردن گیر می‌افتاد. انگار موهاش می‌پیچید و مثل پیچکی که می‌خواد درختی که دورش تنیده رو خفه کنه اون موها هم به دستای من فشار می‌آوردن. ثریا خودش این رو می‌دونست و برای همین می‌ذاشت دستات رو توی موهاش بکنی و بعدش خونسرد منتظر می‌موند ببینه چطور اون دستا توی موهاش خفه می‌شد و می‌مُرد.

انگار چیزی یادم اومده باشه از ثریا پرسیدم: خوب با همه‌ی این اتفاقاتی که برام تعریف کردی متوجه یه چیز نشدم. ثریا کمی هراسان سرش رو روی دستام به بالا چرخوند و نگاهم کرد و گفت: چی رو؟ گفتم: همه‌ی این حرف‌ها رو از اینجا شروع کردی که من می‌خواستم چهره‌ات رو نقاشی کنم و تو نذاشتی. هی منتظر بودم بفهمم چرا، ولی نگفتی. ثریا توی چشمای من نگاه کرد. معلوم بود که داره سعی می‌کنه برای سوالم جوابی رو آماده کنه. احساس می‌کردم در حال مزه مزه کردن جواب‌های مختلفه تا از بینشون یکی که مناسب‌تره رو انتخاب کنه. اما درست وقتی که انتظار جواب در من به بالاترین حالت رسید، ثریا فقط گفت: این یه راز شخصیِ منه. نمی‌تونم به کسی اون رو بگم.

راز شخصی؟ این حرفی بود که اگه هرکس دیگه‌ای به من می‌زد به نظرم مضحک می‌اومد اما همین حرفِ مضحک از دهن ثریا که بیرون می‌اومد گیرایی عجیبی داشت. ثریا دختری بود که

انگار می‌تونست هر کسی رو دچار خودش کنه. مثل یه شهرزاد امروزی. برای این هم جذب نمی‌کرد که کسی اون رو نکُشه یا چیزی شبیه این. برای این جذب می‌کرد چون می‌تونست از ضعف‌های ما برای خودش استفاده کنه. می‌دونست که همه‌ی ما ضعف‌های بیشماری داریم توی سرمون، که اون کافی بود چندتایی از اون‌ها رو به هم وصل کنه و بعدش بذاره ما هم در این بین چشم‌چرونی‌هامون رو روی بدنش بکنیم و تق. اون به هدفش رسیده بود، کاری رو که اون می‌خواست با رضایت براش می‌کردیم و در ازاش پاداش می‌گرفتیم. می‌تونستیم به بدنش نزدیک‌تر بشیم. نزدیک و نزدیک‌تر و همیشه هم دلمون می‌خواست از این بیشتر نزدیک شیم. با تمام وجودم حس می‌کردم که آدمی مثل من توی دستای ثریا است و با هر چرخشِ انگشتِ ثریا به سمتی که اون اشاره می‌کنه راه می‌ره.

سرم رو پایین آوردم و آروم رو سر ثریا گذاشتم. اون چشماش رو بست و لب‌هاش رو منتظر لب‌های من نگه داشت. من می‌خواستم که بوسیدنش رو شروع کنم اما هر بار بعد از اینکه به لب‌هاش می‌رسیدم یاد کتابفروشه می‌افتادم و رابطه‌ی عجیبی که ثریا با اون مرد داشت. بوسیدن رو که شروع می‌کردم یه‌دفعه چیزی درونم باعث می‌شد بزاق کم بیارم، که دهنم خشک بشه. که احساس خفگی بکنم و از لب‌های ثریا دور بشم.

نیم ساعت یا بیشتر تلاش کردم به کارم ادامه بدم اما هر بار چهره‌ی کتابفروشه برایم واضح و واضح‌تر می‌شد و لب‌های ثریا هم دور و دورتر. ثریا در تمام این مدت چشماش رو بسته و منتظر لب‌های من مونده بود. پیش خودم فکر می‌کردم الان توی ذهن این دختر چی می‌گذره و هر بار به صرافت می‌افتادم که اون هم داره به کتابفروشه فکر می‌کنه. یا به بهنام. می‌دونستم که چشماش رو بسته تا منو نبینه و یاد همه‌ی بدبختی‌هایی نیفته که توی مسیرش سبز شدن تا رسیده توی آغوش مردی مثل من. می‌دونستم که هم اون و هم من فکر می‌کنیم که رابطه‌ی ما جز از سر ناچاری و احمقانه چیز دیگه‌ای نیست. این بود که ثریا رو بلند کردم و بهش گفتم که روز سختی رو گذرونده و بهتره که بره بخوابه. ثریا هم قبول کرد و من رفتم و مثل دیشب جایی رو براش انداختم و بهش گفتم اونجا بخوابه. اون همین‌طور که داشت می‌رفت وایساد و به من نگاه کرد که نشسته بودم روی مبل هال و با تعجب پرسید: تو نمیای پیشم؟ جواب دادم که توی اتاق دیگه‌ای می‌خوابم که اون هم راحت باشه. ولی ثریا اصرار کرد و گفت: خواهش می‌کنم بیا کنار من بخواب. من می‌ترسم. بهش نگاه کردم و گفتم: باشه میام حتما. تو برو بخواب، کمی به کارهام می‌رسم و بعدش میام پیشت. ثریا انگار خیالش راحت شده باشد رفت و درِ اتاق رو پشت سرش نیمه‌باز گذاشت. سایه‌اش هنوز روی در افتاده بود و معلوم بود که دم در ایستاده. فکر کردم شاید می‌خواد برگرده تا چیزی به من بگه، برای همین

سرم رو جلو بردم تا ببینم چه کار داره. اما چیزی که دیدم از جنس دیگه‌ای بود. ثریا داشت پیرهنش رو از سرش در می‌آورد و من می‌تونستم سایه‌ی بدنش رو، که افتاده بود روی در، ببینم. سایه‌ی شکسته‌ای بود که بدنش رو در دو تکه نشون می‌داد. انگار دختری داشت اون‌جا عریان می‌شد که در چند بُعد زندگی می‌کرد. سایه‌ی یکی از سینه‌هاش روی در افتاده بود و سایه‌ی سینه‌ی دیگه‌اش روی دیوارِ پشتِ در. دیدم که دستش آروم پشتِ سرش رفت و گیره‌ی سوتینش رو باز کرد و بعد سینه‌هاش حرکت آرومی به سمت بالا کرد و دوباره به پایین برگشت. سوتین را مخصوص بیرون در انداخت. پاهام بی‌اختیار شده بود و به نفس‌نفس افتاده بودم. سایه، دستاش رو خم کرد و به سمت دکمه‌های شلوارش برد و برخلاف انتظارم فقط دکمه‌ی بالایی رو باز کرد و بعد اون رو همین‌طور گذاشت و در رو بست و از در دور شد.

داشتم از هوسِ بدن ثریا توی خودم می‌پیچیدم و نمی‌دونستم چه کاری بکنم. تصمیم گرفتم خودم رو با چیزی سرگرم کنم تا ذهنم برای انجام کار مناسب تصمیم می‌گرفت. کمی نوشیدنی خوردم و کمی این طرف و اون طرف خونه رو گردگیری کردم تا اینکه چشمم به طراحی‌هام افتاد که روی دیوار چسبانده بودم. طاقت نیاوردم و پیش خودم گفتم درسته که ثریا دلش نمی‌خواد من از چهره‌اش نقاشی کنم اما این دست خودم نیست. چیزی درونم باعث می‌شد ناخودآگاه به سمت کاغذ سفید برم. وسوسه‌ای در

من افتاده بود مثل وسوسه‌ی خط. انگار منحنی‌هایِ بدنِ ثریا جوری ذهن و روح منو در خودشون اسیر کرده بودن که کاری نمی‌تونستم بکنم جز اینکه برم و کاغذ رو بردارم و خودم رو از شرِّ اون خطوط رها کنم. به سمت میزم یورش بردم و کاغذی رو برداشتم و شروع کردم به طراحی. خطوط انگار از دستم روی صفحه‌ی کاغذ می‌چکیدن. اول یه بیضی کشیدم که توش سرِ ثریا رو بکشم اما هر چی جلوتر رفتم دیدم که گرچه سر ثریا شبیه بیضی‌ست اما دست من به این سمت می‌رفت اونو شبیه مثلث بکشه. طراح نسبتا خوبی بودم و توی این سال‌ها یاد گرفته بودم که شمای کلی چهره‌ی یک نفر رو با چندتا خط اولم ترسیم کنم اما حالا هر کار می‌کردم دستم طراحیِ همیشگی را پس می‌زد و سرم هم به دوار افتاده بود؛ دواری که قبلا تجربه نکرده بودم.

کاغذی که داشتم روش طراحی می‌کردم رو پاره کردم و پا شدم و کاغذ تازه‌ای رو برداشتم، اما دوباره عین بار اول شد. دستم خطوط رو اون‌جوری که دلش می‌خواست می‌کشید. ته‌چهره‌ی ثریا البته همیشه انگار توی نقاشی بود. ته‌چهره‌ای مبهم که تنها خودم می‌فهمیدم ثریا است. پرسپکتیو هم در طراحی کنار رفته بود و اعضای بدن ثریا هر کدوم در ابعادی متفاوت و غیرمتناسب روی کاغذ کشیده می‌شدن. انگار دستا و پاهای اون هر کدوم نشونه‌های متفاوتی بودن که باید برای پرستش دیده و ستایش بشن. به طراحیم ادامه دادم و یک ساعتی طول کشید. در

نهایت به جایی رسید که دیگه دستم به طراحیِ بیشتر نمی‌رفت و پا شدم دست و صورتی بشورم.

توی دستشویی که بودم به نظرم رسید از بیرون صداهایی می‌شنوم. هر چی گذشت صدا عجیب‌تر به گوشم می‌رسید. متوجه شدم داره از دهن خودم خارج می‌شه. یه صدای گرگ‌مانند که بی‌اختیار از دهنم بیرون می‌اومد. انگار در حال زوزه کشیدن باشم. ترسیدم و سریع دست و صورتم رو شستم و بیرون پریدم. هنوز احساس می‌کردم درونم همون صدا ادامه داشت. روی مبل نشستم و سرم رو بین دستام فشار دادم، اما فایده‌ای نداشت. اون صدا هنوز توی سرم بود و باز داشت بلند و بلندتر می‌شد، جوری که معلوم بود می‌خواست از درونم بیرون بیاد و بیرونِ من ادامه پیدا کنه. دیگه کار به جایی رسیده بود که داشتم احساس خفگی می‌کردم. دوباره خودم رو به دستشویی رسوندم و سعی کردم عُق بزنم. اما هرچه می‌خواستم عُق بزنم از ته گلوم تنها صداش در می‌اومد. انگار چیزی دیگه‌ای درونم نبود که بریزه بیرون. واقعیت هم همین بود که درون من چیزی نبود که بیرون بیاد جز یه صدا. صدایی که انگار سال‌ها زندونی بوده و امشب می‌خواست خودش رو از زندونی که توش اسیر بود بیرون بیاره.

برگشتم توی هال و به سمت اون نقاشی رفتم. نشستم پشت میزم و دوباره مدادم رو توی دستام گرفتم و به طراحی خیره شدم. هر چه بهش نگاه می‌کردم بیشتر متاثر می‌شدم. انگار چهره‌ی درون

نقاشی مدام تغییر می‌کرد. هیچ دو لحظه‌ای نبود که چهره‌ای که کشیده بودم رو یک‌جور ببینم. و هر بار که نگاهش می‌کردم گرچه تغییر می‌کرد اما باز هم ثریا بود، خودِ ثریا. اما کدوم ثریا؟ من خودم هم ثریا رو نمی‌شناختم. پس چرا فکر می‌کردم که این طراحیِ عجیب و غریب شبیه اونه. نمی‌فهمیدم معنیِ این احساسِ شباهت چی بود؟ آیا حس می‌کردم که ثریا رو شناخته‌ام بدون اینکه دلیلی برای اثبات آن داشته باشم؟ مطمئن بودم هر چیزی که امشب از دهنش بیرون اومد ساختگی بود اما انگار تک‌تک حرفای امشبش توی ذهنم نفوذ کرده بود و واقعیت جدیدی رو برام ساخته بود. واقعیتی که حالا باید با استناد به اون هرچی عقلم می‌گفت رو بریزم بیرون.

احساس کردم که طراحی‌ای که دارم می‌کِشم هنوز ناقصه و چندتا خط دیگه باید بهش اضافه کنم. دستم دوباره به سمت کاغذ رفت و بی‌اختیار به کارش ادامه داد و بعد از چند دقیقه روی طراحی خشک موند. روی صورت ثریا چندتا خط دیگه کشیده بودم. خطوطی که هر طراحی اون‌ها رو پاک می‌کنه، اضافه کرده بودم. احساس کردم دیگه کارِ دستم با اون کاغذ تموم شده. سرم رو بالا آوردم و نگاهی به نتیجه‌ی نهایی انداختم. تازه فهمیدم که چرا سرِ ثریا رو مثل مثلث می‌دیدم. چون دوتا سر اونجا بود. کنارِ سرِ ثریا سرِ یه مرد افتاده بود. انگار چسبیده به هم. انگار هر دوتاشون بدنِ واحدی داشتن. انگار دو نفر بودن و با هم که خوابیده بودن بدن‌هاشون به هم وصل شده بود و دیگه نمی‌شد بدن‌هاشون رو

از هم جدا کرد. ولی توی چهره‌ی هیچ کدومشون شادی نبود. توی چهره‌ی هر دوتاشون یه جور عصبانیت بود. عصبانیتی که به کسی که به نقاشی نگاه می‌کرد منتقل می‌شد. ترس تمام وجودم رو پر کرده بود و نمی‌دونستم باید چی کار کنم.

می‌خواستم پا شم و برم توی اتاق و طراحی رو نشون ثریا بدم و بهش اعتراف کنم که ازش می‌ترسم، که عمیقا دوستش دارم اما از نزدیک شدن بهش می‌ترسم. می‌ترسم که هر بار منو یکی دیگه ببینه، اینکه حل بشم در خاطره‌ی ترسناکِ یکی دیگه، اینکه کشته بشم. که تموم بشم. بهش بگم که هیچ‌وقت نباید به خونه‌ی من پاشو بذاره. می‌خواستم پا شم و ثریا رو از خونه‌ام بندازم بیرون اما از طرف دیگه هم احساس می‌کردم که دیگه دیر شده. دیگه کاری از دست من بر نمی‌یاد.

نمی‌دونستم چه کاری باید بکنم. گوشیِ موبایلم رو روشن کردم. دلم می‌خواست یکی رو پیدا کنم که امشب باهاش حرف بزنم. احساس می‌کردم باید این کار رو بکنم. بین شماره‌ها چرخیدم و تنها کسی که هوایش را کردم دخترِ رئیس بود. هنوز هر وقت که یاد صورتش می‌افتادم و همون یکی دو باری که با من تیک زده بود، از شادی لبریز می‌شدم. به امروز که فکر می‌کردم و لحظه‌ای که با ماشینش از کنارم رد شد احساس خُنکی به من دست می‌داد. اگه امروز دختر رئیس رو گم نمی‌کردم شاید همه‌ی اتفاقاتی که سرم آمد، نمی‌افتاد. هر جا که اون می‌رفت می‌رفتم و

این‌جوری آخر و عاقبت بهتری داشتم. من هیچ‌وقت کنارِ دختر رئیس نترسیدم. دختر رئیس منو جایی نمی‌برد که بترسم. همیشه کنارش که بودم بادی تو غبغبم می‌انداختم و راه می‌رفتم. هر بار لباس‌هاش رو که بردم و دادم خیاطی، موقع برگشت چند باری به لباس‌های تاخورده‌اش عقب ماشینم نگاه کردم و به رانندگیم ادامه دادم. بویِ عطرِ دختر رئیس انگار همه‌ی جاهایی که اون رفته و می‌ره و می‌خواد بره هست. دلم می‌خواست خونه‌ام بوی اون عطر رو می‌داد. نه عطرِ گیجی که حالا دور و برم بود.

دستم رفت روی اسم دختر رئیس و شماره‌اش رو گرفتم. نمی‌دونستم چرا. نمی‌دونستم چه چیزی می‌خوام بگم. حرفی نداشتم بزنم. بعد از چندتا زنگ، تلفن برداشته شد و صداش رو شنیدم که از اون‌ور خط می‌گفت: بله جانم؟ صداتون نمی‌یاد دوباره تماس بگیرید. و قطع کرد. دوباره زنگ زدم. می‌خواستم دوباره صداش رو بشنوم. و دوباره شروع کرد به گفتن حرف‌هایی مثل دفعه قبل. صدایی از داخل خونه‌م شنیدم که اهمیت ندادم و بار سوم هم زنگ زدم. بار سوم خیلی دیرتر برداشت و وقتی برداشت شروع کرد به فحش دادن به من. فکر کرده بود که یکی از مزاحم‌هاش هستم و من هم گوشی رو نگه داشتم تا حتی اگر شده فحش‌هاش رو بشنوم. همون لحظه بود که درِ اتاقِ هال خونه‌ام باز شد و دیدم که کتابفروشه از اون وارد شد و تمام بدنش خونی بود و به من خیره شد. قبل از اینکه من چیزی بگم کفش‌های ثریا رو دمِ درِ اتاقِ من دید و بعدش نگاهش افتاد به

سوتینی که باز شده افتاده بود این‌ور درِ اتاق توی هال. حتی فرصت نکردم از جام بلند شم. بهم حمله‌ور شد و با چوبی که دستش گرفته بود محکم به پیشونیم زد. صدایی شنیدم مثل شکسته شدن. دوباره ضربه‌ای به سرم زد و من حرکتِ آروم و گرمِ خون رو روی پیشونیم دیدم که از گوشه‌ی چشمم به پایین سُرید و از روی فکم شروع به ریختن کرد. گوشی از دستم افتاد. لحظه‌ای که سرم به زمین خورد گرمای عجیبی رو توی بدنم حس کردم. گرمایی که انگار از تمام بدنم به سمت دهنم اومد و اومد و بعد از دهنم بیرون ریخت. و من می‌شنیدم که از دهنم داره صدایی بیرون می‌آد. صدایی آشنا. صدایی که امروز چندباری خواسته بود بیرون بیاد و نتونسته بود. بالاخره فرصت کرده بود خودش رو نجات بده و به جهان بیرونِ من بپیونده. قبل از اینکه چشمام روی هم بیفته می‌شنیدم که از داخلِ گوشی دختر رئیس داشت می‌گفت: این صدای چی بود؟ تویی؟ خودتی؟ چرا با من این کارا رو می‌کنی؟ من دیگه طاقت ندارم. خواهش می‌کنم منو بیشتر از این اذیت نکن....

هشت: بجنبد

کتابفروش

دوباره نشستم پشت در و ثانیه‌ها رو شمردم تا مطمئن شم که پیرزنه راهش رو کشیده و بالاخره از اون راهرو رفته بیرون. در رو که باز کردم و دیدم که راهرو خالیه، نفسی چاق کردم و چمدونم رو برداشتم و وارد راهروی خالیِ خونه شدم. کف آپارتمان از سنگ بود و این طرف و اون طرفش تیکه‌های کوچیکی از کابینت‌های آشپزخونه افتاده بود که کارگرای ساختمانی هنوز وصلشون نکرده بودن. رنگ چندتا از دیوارای خونه تموم شده بود ولی بعضی دیوارا حتی هنوز گچ‌کاری هم نشده بودن. چندتا از پریزای اونجا رو زدم، ولی تنها چراغی که روشن شد لامپ کوچکی بود که توی دستشویی کار گذاشته شده بود. درِ دستشویی رو بیشتر باز گذاشتم تا نورش کمی توی هال رو روشن کنه. سایه‌ی خودم رو می‌دیدم که بزرگ روی دیوار افتاده و سایه‌ی چمدونی که دستم بود از اون هم بزرگ‌تر. مثل یه کارمند دون‌پایه شده بودم که برای تفریح خودش رو به خونه‌های خالی می‌رسونه تا زن‌های بی‌کس‌وکار رو در ازای زندگی مصیبت‌بار خودش زخمی کنه و حال کنه و قهقهه بزنه. در خیال خودم نمی‌خواستم همچین آدمی باشم ولی به ثریا که

می‌رسیدم افسارم دست اون بود. آهسته رفتم و درِ اتاق خواب رو
باز کردم. توی نور کمی که توی اتاق می‌اومد می‌تونستم بدن ثریا
رو زیر پتو ببینم. چه آروم خوابیده بود . باید چمدونم رو
می‌ذاشتم زمین، یه نخ سیگار روشن می‌کردم و اون که به دیدن
من عادت کرد لباس‌هام رو در می‌آوردم. ولی تصمیم گرفتم که
حتی بهش مجال یه نخ سیگار رو ندم. چمدونم رو باز کردم. یه
تسمه‌ی کوچیک رو در آوردم و گذاشتم روی زمین. بعدش یه
بطری که پر بود از مواد بیهوشی در آوردم و گذاشتم کنارش که
اگه گُه زیادی‌ای خورد دم دستم باشه. یه چاقوی کوچولو هم اون
تو بود که هیچ‌وقت خدا ازش استفاده نکرده بودم اما اون شب با
دیدنش خوشحال شدم و دم دست گذاشتمش. لباسم رو در
آوردم و به جاش یه پیراهن رکابی سیاه پوشیدم که سوغات
آمستردام بود و داغم می‌کرد. صدای نفس‌های بلند ثریا رو از زیر
پتو می‌شنیدم و این هر لحظه منو بیشتر جذب جزئیات کاری
می‌کرد که درگیرش بودم. حتی یه لحظه به نظرم رسید که امشب
باید شب مُثله کردن ثریا باشه، نه شبِ خوابیدن باهاش. رفتم و
کنار تختش ایستادم. بدنش زیر پتو بزرگ‌تر از قبل به نظر
می‌رسید و خرخرهای سینه‌اش رو می‌تونستم بشنوم. سرم رو
بردم نزدیکش و کمی بوی تریاک به گوشم خورد. فکر کردم که
عروس هزار داماد که می‌گن همین پدر سگ رو می‌گن.

روی تخت کنارش نشستم و به فکر فرو رفتم. این دختر منو به
کارهایی کشونده بود که هیچ‌وقت فکرش رو نمی‌کردم. می‌دیدم

که اون شب حتی می‌تونم اون دختر رو بکشم اگه کاری که می‌خواستم رو نمی‌کرد و این چیزی بود که برای خودم هم تازگی داشت. همیشه حدودی برای خودم داشتم که از اونا تجاوز نمی‌کردم اما امشب همه چیز فرق داشت. از اون دختر و کاری که می‌تونست با من بکنه می‌ترسیدم. خیلی زیاد.

از سمت دیگه این فکر ولم نمی‌کرد که پا شم و برگردم و از اون خونه بیرون برم. که دیگه تا می‌تونم از دیدن اون دختر پرهیز کنم و بذارم زندگیم به راه خودش ادامه بده. منهای اون. هر لحظه این فکر توی سرم محکم‌تر شد. جای من اونجا نبود و من این رو می‌دونستم. پا شدم و آروم لباس‌هام رو دوباره عوض کردم و وسائلم رو دوباره گذاشتم توی چمدونم. آروم آروم برگشتم سمت در خروجی. بین راه توی تاریکی پام خورد به یه چوب و اون چوب افتاد روی زمین. حس کردم که ثریا توی تختش جابه‌جا شد. ترسیدم. از جام تکون نخوردم تا مطمئن شدم که از خواب بیدار نشده و دوباره به راهم ادامه دادم. چراغ دستشویی رو خاموش کردم و کورمال کورمال به سمت در رفتم. قبل از باز کردنِ در نگاهی به راهروی خالی انداختم و از سکوتی که همه‌جاش بود مطمئن شدم. تا در باز شد و نور راهرو روی صورتم افتاد صدای یه جیغ شنیدم. یه جیغ بلند. گیج گیج شدم. چشمام که به نور عادت کرد دیدم که اون پیرزنه درست دم در توی راهرو ایستاده و داره با دستش به من اشاره می‌کنه و جیغ می‌زنه. توی دست دیگه‌اش هم میوه‌هایی بود که خریده بود.

۱۱۷

چشمای زن انگار از کاسه در اومده بودن و اون با همون چشما به من خیره شده بود. یه صدایی داشت که مستقیم می‌رفت توی ذهنم. یه جیغِ تندِ دیوانه‌کننده. نمی‌دونستم باید چی کار کنم. یه کم دستم رو بردم سمتش تا صداش رو خفه کنم ولی هر چقدر دستم جلوتر می‌رفت صدای جیغش بیش و بیشتر می‌شد. داشتم از صدای جیغش کر می‌شدم. همون لحظه بود که یکی گردن منو از عقب گرفت و شروع به فشار دادن کرد. به سختی نفس می‌کشیدم و توی چشمای پیرزن می‌دیدم که شاد شده و هر چی نفسم تنگ‌تر می‌شد صدای جیغش کم و کم‌تر می‌شد. تا این‌که وقتی چشمام کاملا سیاه شد صدای پیرزنه قطع شد. مدت کوتاهی توی همون سیاهی بودم و بعد که به خاطر شُل شدن دستای دور گردنم چشمام باز شد دیدم که پیرزنه دیگه روبه‌روم نیست. رفته بود. اما مگر این ممکن بود؟ مگر قبلا چک نکردم که رفته بود؟

برای نجاتِ جون خودم بی‌اختیار با آرنجم به عقب ضربه‌ای زدم که محکم خورد به کسی و دستاش از گردنم باز شد. بعد برگشتم و یکی دو ضربه‌ی دیگه بهش زدم که افتاد روی زمین. نور راهرو که از در تو اومده بود افتاده بود روی یه چوب که کنار دیوار گذاشته بودم. همون چوبی که دقایقی قبل پام بهش خورده بود. به سمتش رفتم و بلندش کردم و در اولین حمله‌ای که فردِ افتاده روی زمین به من کرد با بیشترین قدرتی که داشتم چوب رو توی سرش فرود آوردم. انگار درجا نشست. فقط یک تکون خورد و

بعد هیچ و رد خون رو می‌دیدم که داشت از توی تاریکی بیرون می‌اومد و می‌اومد توی نوری که من توش ایستاده بودم. خون که بهم نزدیک شد رفتم تا درِ خونه و به راهروی بیرون خیره شدم. هیچ‌کس توی راهرو نبود. خالیِ خالی. انگار نه انگار که همین چند دقیقه قبل اون پیرزن داشت اینجا جیغ می‌کشید. هیچ‌کس بیرون نیومده بود. نفسی از راحتی کشیدم و در رو بستم و توی تاریکی نشستم پشت در.

هیچ صدایی نمی‌اومد. نمی‌دونستم چی کار کنم. به طرز دیوانه‌کننده‌ای غمگین شده بودم. می‌دونستم که ثریا رو کشتم و حالا دیگه هیچ‌وقت نمی‌تونم اون رو زنده ببینم. می‌دونستم اژدهایی که در من زندگی می‌کرد امشب بعد از سال‌ها از قفسش اومده بیرون و من که خودم رو لایق خوشبختی نمی‌دونستم ولی با این حال دلم می‌خواست فقط مال من باشه، خوشبختی رو کشتم. حالا خونِ خوشبختی جلوی پام بود. چوبِ بغل دستم روی زمین افتاده بود و بوی خون می‌داد. روش می‌تونستم لکه‌های کوچک خون رو ببینم. تصمیم گرفتم که چراغ دستشویی رو روشن کنم و نگاهی به ثریا بکنم. هنوز امید مختصری در دلم بود که شاید زنده باشه. با زانوی لرزان سمت دستشویی رفتم. رفتم داخلش و، در رو بستم. توی آینه به چهره‌ی خودم نگاه کردم. آدمی که قبلا توی بانک کار می‌کرد و گاهی کتابی می‌خوند و بعدش اومد و این کتاب‌فروشی رو زد و هر روز بدبخت و بدبخت‌تر شد و تنها تفریحش انتربازی واسه‌ی یه سری مایه‌دار

بود که اونا رو بخندونه و باهاشون دوست باشه و اونا کلید خونه‌هاشون رو بهش بدن و دخترای بیچاره‌ای رو که به تورش می‌خوره برداره و بیاره اون آپارتمان‌ها و با چمدونی که همش اِفه است و نشون بده که خیلی مرده، در حالی که جراتش رو نداره که مثل مرد شلوارش رو بکشه پایین و اون‌ها خودشون بگن: اونو می‌خوایم اونو می‌خوایم. یه تریاکیه دیوث.

آبی به سر و صورتم زدم و دستام رو خشک کردم. درِ دستشویی رو باز کردم و زیر نوری که افتاد توی راهرو دیدم که ثریا سر جاش روی زمین نیست. اومدم بیرون و پام رفت روی خونی که روی زمین خودش رو تا دم دستشویی رسونده بود و لیز خوردم و افتادم روی زمین. سایه‌ی چوبی به صورتم نزدیک و نزدیک‌تر شد و خورد توی صورتم. خیلی ترسیدم اما ضربه‌ی کم‌جونی بود و طوری نشد که هوش و حواسم رو از بین ببره. چوب رو قاپیدم و به تاریکی حمله کردم و با چوب پی‌درپی زدم به ثریا. اون حتی نا نداشت که آه و ناله کنه و فقط صدای شکستن رو می‌شنیدم. این‌قدر زدم که دیگه هیچ صدایی نشنیدم. سایه‌ی خودم افتاده بود روی ثریا و اونجا رو سیاه‌سیاه کرده بود. جرات نداشتم که از جلوی نور کنار بیام و جنازه‌ی ثریا رو ببینم.

وقتی بالاخره از جلوی نور اومدم کنار، صورتی که روی زمین افتاده بود را دیدم، انباشته با خون. به نظرم رسید که این چهره‌ی ثریا نیست. به نظرم پهن‌تر از ثریا می‌اومد. سرم رو جلو بردم تا

بهتر ببینم و دیدم که کسی که اونجا روی زمین افتاده زن نیست. گوشیم رو از توی جیبم در آوردم و نورش رو انداختم روی صورت جنازه و نشستم تا بهتر ببینم. بالاخره زیر اون چهره‌ی خونی تونستم هیوا رو بشناسم. مثل نقاشی‌ای شده بود که نقاشی تازه‌کار کشیده باشه. پر از خط‌های اضافی که نمی‌ذاشتن چهره‌ش شکل بگیره. و هر کدوم از این خطوط رو من روی چهره‌اش انداخته بودم. یه مرگِ تمام‌عیار که نقاشش شخصِ خود من بود.

نمی‌فهمیدم که هیوا اون موقع شب اونجا چی کار می‌کنه و تنها چیزی که به نظرم اومد این بود که این هم یکی از بازی‌های ثریا بوده که توش برای خودش یه سپر بلا ساخته که مبادا به خودش آسیبی زده بشه. فکر کردم حتما ثریا اون پسره رو فرستاده اینجا تا ما رودررو شیم و شاید از شرِّ من این‌جوری خلاص بشه. حتما هم به هیوا گفته که شب رو بیدار بمونه تا من از راه برسم و تا منو دید دخل منو بیاره و این هیوا نه اینکه دستش بند بود و دیشب هم اصلا نخوابیده بوده خوابش می‌بره و بعدش هم که از جیغ پیرزنه بیدار می‌شه نمی‌تونه کاری که دختره بهش سپرده رو انجام بده.

بلند شدم و خواستم که فکری برای جسد هیوا بکنم اما پیش خودم گفتم که تا فردا بویی از جسد در نمی‌یاد و فردا می‌تونم بیام و اون رو بندازم توی کیسه‌ای چیزی و بندازم توی جعبه عقب و ببرمش بیرون شهر، بندازمش توی بیابونی جایی. کسی هم به من

مشکوک نمی‌شد چون اولا این هیوا یه زندونی قاچاقچی فراری بود و هیچ کی کاری به کارش نداشت و زن و بچه‌اش هم از اینکه می‌شنیدن مُرده خوشحال هم می‌شدن. چون زنش خوب می‌دونست که این مفنگی براش شوهری نمی‌شه و شوهری‌ای نمی‌کنه.

اما قبل از این باید ثریا رو پیدا می‌کردم و از بینش می‌بردم. اون تنها کسی بود که می‌تونست هر زمانی منو به این قتل مربوط کنه. تنها کسی بود که از امشب خبردار بود. هر چی توی جیبای پسره گشتم کلید خونه رو پیدا نکردم. تعجب کردم اما پیش خودم گفتم که فردا صبح حتما پیداش می‌کنم. چوب رو گذاشتم زیر لباسم و چمدان به دست راهرو رو دویدم و خودم رو به ماشینم رسوندم. خوشبختانه لباسم طوری خونی نشده بود که توی نگاه اول به چشم بیاد و این به من فرصتِ مناسب رو می‌داد که خودم رو به ثریا برسونم. تنها چیزی که به فکرم می‌رسید این بود که رفته خونه‌ی اون پسره شهاب. از توی چشماش معلوم بود که دختره هر چی بهش بگه اون انجام می‌ده و از شناختی که از ثریا پیدا کرده بودم می‌دونستم که اون یه همچین مردایی رو ول نمی‌کنه. می‌دونستم که اون دختر مخ هر کی رو می‌زنه، واسه‌ی یه چیزی می‌زنه.

صبح آدرس پسره رو درآورده بودم، برای همین رسوندن خودم تا خونه‌ش کار سختی نبود. ماشینش رو دم در آپارتمان دیدم و

مطمئن شدم که خونه‌س. بعد خیره شدم به چراغای واحدش و منتظر موندم تا چراغاش خاموش بشن و من برم تو. سایه‌ی پسره رو می‌دیدم که توی خونه این‌ور و اون‌ور می‌رفت و یکی دو بار چراغ یه اتاق دیگه روشن شد که به نظر آشپزخونه می‌اومد و دوباره خاموش شد. دیگه طاقتِ صبر کردن نداشتم، برای همین از ماشینم پیاده شدم و به سمت درِ آپارتمان رفتم. از این درهای قدیمی‌ای بود که با انداختن یه کارت یا چاقو لاش می‌تونی ضامنش رو آزاد کنی. باز کردنش کار سختی نبود و گرچه ناغافل یه صدای بلندی داد ولی کسی نیومد سر و گوشی آب بده. از پله‌ها رفتم بالا و به دم واحدش رسیدم. یه درِ چوبی با دستگیره‌ی گرد که فقط از داخل باز می‌شد. نمی‌دونستم چه جوری باید اون رو باز کنم و از اون طرف می‌شنیدم که از طبقه‌ی بالا صدای باز شدن در می‌یاد و یکی دو نفر دارن از واحد طبقه بالا خارج می‌شن که بیان پایین. فرصت نداشتم. درست لحظه‌ای که اون‌ها درِ بالا رو بستن من هم با تمام توانم در رو به جلو فشار دادم. صدای در بین صدای بسته شدنِ درِ بالا توجهی جلب نکرد و در باز شد. پریدم داخل و در رو پشت سرم آروم بستم و از توی چشمی دیدم که همسایه‌ها از جلوی در رد شدن. حالا باید خودم رو می‌رسوندم به ورودی هال که یکی دو متری جلوتر از من بود. اون در باز بود برای همین فقط کافی بود که سرم رو بکنم تو و اگه دیدم که ثریا اونجاس برم تو و اگه ثریا رو ندیدم سریع از اونجا جیم شم و برم بیرون. چوب رو از زیر لباسم در

آوردم. تا سرم رو از لای در کردم تو دیدم که اون پسره شهاب داره به من نگاه می‌کنه. نشسته پشت میزش و سرش رو برگردونده و خیره شده توی چشمای من. توی چشماش یه چیزی بود که با همه‌ی چشمایی که تا به حال دیده بودم فرق داشت. انگار نور تازه‌ای توی چشماش بود. از چشماش ترسیدم و سرم رو انداختم پایین و دیدم که کفش‌های زنونه‌ای که حتم داشتم مال ثریاس اونجا دم در افتاده. بعد چشمام سوتین زنونه‌ای رو دمِ یه اتاقِ در بسته دید. تمام این مدت هم سنگینی نگاه پسره رو روی صورتم حس می‌کردم.

اون شب کسی که خوشبخت شده بود اون بود و کسی که خوشبختی‌شو برای همیشه کشته بود، من. دیگه طاقت نیوردم و قبل از این‌که اون هر کاری بکنه، چوب رو زدم توی صورتش. خیلی محکم. اون‌قدر که به هیوا هم نزده بودم. بعد انگار دستم گرم شده باشه یه ضربه‌ی محکمِ دیگه زدم. با ضربه‌ی دوم افتاد روی زمین و ولو شد و دیدم که گوشی تلفنش از دستش روی زمین افتاد. می‌شنیدم که از داخل گوشیش داره صدایی می‌یاد. گوشی رو برداشتم و دم گوشم گرفتم. دختری اون طرف خط گفت: من می‌دونم تو کی هستی. و قطع کرد. شماره‌ی طرف به عنوان دختر رئیس ثبت شده بود.

منتظر بودم که از صدای افتادن اون یارو، ثریا از اتاق بیرون بیاد ولی انگار چنان خواب بود که نشنید. گوشی رو با پیرهنم پاک

کردم و گذاشتم توی جیبم. بعد رفتم تا توی خونه سر و گوشی آب بدم. پشت میز تحریر چندتا کاغذ بود و یه سری خط و طراحی روشون کشیده بود. طراحی‌ای که از همه جالب‌تر بود از همه زشت‌تر هم بود. طراحی‌ای بود که اون پسر قبل از ضربه‌ی من، انگار تمومش کرده بود و یکی دو قطره خون هم روش افتاده بود. انگار یه زن بود ولی فرق می‌کرد. انگار چند تا مرد دیگه هم بودن. وقتم رو بیش از این تلف نکردم و بقیه خونه رو تفتیش کردم. خبری نبود. فقط باید می‌رفتم داخل و ثریا رو....

نمی‌تونستم دیگه امشب کاری به کار ثریا داشته باشم چون تا همین حالا هم یه بار فکر کرده بودم که ثریا رو کشتم و همون یه بار هم برام خیلی سخت بود. باید ثریا رو با خودم می‌بردم و بعدا در موردش تصمیم می‌گرفتم. اما نمی‌تونستم اون رو با حرف راضی کنم که با من بیاد. یاد چمدونم افتادم و بازش کردم و داروی بیهوشی رو از توش برداشتم. ریختم روی یه دستمال پارچه‌ای که داشتم و رفتم و در اتاق رو آروم باز کردم. پتو از روی ثریا کنار رفته بود و من می‌تونستم شونه‌هاش رو ببینم که آروم آروم با نفس‌هایی که داره می‌کشه تکون می‌خورن. شلوارش پاش بود و فقط کمی پایین‌تر از جای همیشگیش اومده بود طوری که یه خط باریک پایین کمرش افتاده بود بیرون و می‌دونستم که این خطیه که همه چیزِ منو رقم زده و رقم خواهد زد. هم‌زمان با اینکه دستمال رو جلوی صورتش بردم، با زانوهام روی کمرش فشار دادم که نتونه بلند شه. کمی مقاومت کرد ولی

زود بیهوش بیهوش شده بود. دستمال رو گذاشتم توی جیب کاپشنم و ثریا رو از روی تشکش کشیدم بیرون. بعد تند تند شروع کردم به گشتن روی اون تشک و وقتی مطمئن شدم که چیزی روش جا نمونده تشک رو تا کردم و گوشه‌ی دیوار پهن کردم. نمی‌خواستم کسی بفهمه که پسره امشب مهمون داشته. همه‌ی وسائل ثریا رو توی یه بسته آشغالی انداختم و با چمدونم بردم و توی ماشینم انداختم. بعد دوباره برگشتم و ثریا رو بلند کردم و وقتی از راهرو خیالم راحت شد اون رو هم بردم توی ماشین. برگشتم و به خونه برای آخرین بار نگاه کردم. وسواس عجیبی منو گرفته بود که مبادا چیزی رو جا گذاشته باشم و اسیرش بشم. اما هر چی چشم دوختم به نظرم همه چیز مرتب اومد. توی خونه هیچ نشونه‌ای از حضور مهمان نبود و شهاب هم افتاده بود روی زمین و خونین و مالین بود. چوب رو جا گذاشته بودم که خوشبختانه در آخرین لحظه اون رو دیدم و با خودم برداشتم و رفتم سوار ماشین شدم. ثریا خوابِ خواب بود و من تا کتاب‌فروشی رونندم و اون رو حمل کردم، بردم توی انباری و دست و پاهاش رو با طناب‌ای بسته‌بندی کاغذ بستم و خیالم که راحت شد سیگاری روشن کردم و گوشی موبایل شهاب رو بیرون آوردم و به شماره‌ی دختر رئیس خیره شدم که دردسر تازه‌ام بود.

فصل نُه

نُه: کمر

هیوا

نمی‌خوام حرف بزنم، اون‌قدر که فرصتم رو از دست بدم. آخرین لحظاتم رو می‌خوام به زن و بچه‌م فکر کنم. الان داره خونِ من آروم آروم روی زمین می‌غلته و پیش می‌ره. تو بعضی اعضای بدنم احساس گرما می‌کنم و تو برخی‌شون سرما. حس یکدستی ندارم توی بدنم و این داره از همه چی بیشتر اذیتم می‌کنه. می‌خوام همه‌ی حواسم رو به زن و بچه‌م بدم اما یه فکری هی تو ذهنم می‌یاد که بهم می‌گه تو فقط یه بازیچه بودی. که یکی داشته طنابم رو می‌کشیده و من باهاش این‌ور و اون‌ور می‌رفتم. از بچگی همه‌ش این طناب رو حس می‌کردم. اون وقتا فرقش این بود که می‌دونستم سرِ این طناب دست کیه. اون وقتا دست پدرم بود که منو می‌کشوند و منم که هر جا بود مثل سگ برمی‌گشتم پیشش و، اون اگه خوب بود -که کم پیش می‌اومد- منو ناز می‌کرد و اگه مست بود و خراب بود و بیکار بود -که زیاد پیش می‌اومد- منو می‌زد. کم نه. زیاد می‌زد. دستشم سنگین بود. نه اینکه چون اون‌وقت بچه بودم این حرف رو بزنم. نه. حالاشم که بزرگ شدم به نظرم دستش سنگین بود. اما من صدام در نمی‌اومد. پیش خودم می‌گفتم بالاخره یه روزی این طناب پاره

می‌شه و اون‌وقت هیچ‌کی نمی‌تونه منو بزنه. طناب شُل هم شد. پدرم سرطان گرفت و افتاد گوشه‌ی خونه. با همه‌ی ما مهربون شد عین یه سگِ پیر.

مامانم از همین سگِ پیر هم می‌ترسید و لی‌لی به لالاش می‌ذاشت. اما من که طنابم شُل شد افتادم تو خیابونا. واسه خودم هر جا دلم می‌خواست می‌رفتم و زور مامانم نمی‌رسید که چیزی بگه. پدرم البته همه‌ی زورش رو جمع کرد تا یه بارِ دیگه طناب منو بکشه و با آخرین زورش بزنه منو، که وقتی طناب رو کشید و من رفتم پیشش چنان زدمش که دیگه از تختش بیرون نیومد و سربه‌سر من هم نذاشت که حالا واسه خودم آزاد بودم. باید پولی در می‌آوردم. واسه همین یه کم خریدوفروش کردم و کم‌کم مشتری‌هام زیاد شد و چون آدم کله‌خری بودم همه باهام حال می‌کردن. اگه چیزی می‌خواستن زنگ می‌زدن به من و می‌گفتن آقا می‌شه واسه من فلان چیزو ببری فلان جا و من هم به هیچ جام نبود می‌بردم و پولش رو می‌گرفتم. ورزش هم می‌کردم و حسابی شاداب بودم. شادترین وقت عمرم بود. ازدواج هم کردم. با یه دختری که خوب رفته بودم تو نخش و، چند باری تعقیبش کرده بودم و از سالم بودن همه جاش مطمئن شدم. بعدش رفتم خواستگاریش و گرفتمش. زنِ آروم و قانعی بود. چه توی زندگی‌ش، چه تو تخت.

شانسی شد که توی یکی از همین حمل‌ونقلا یه پسره منو صدا زد که واسه‌ش یک کیلو جنس رو از این‌ورِ شهر ببرم به اون‌ور. منم فکر کردم چی بهتر از این و رفتم و آخرای شب بود. جنس رو گرفتم و انداختم بغل دستم تو ماشین و با خیال راحت روندم که برم مقصد. وسط‌های راه دیدم که بنزینم داره تموم می‌شه. یه پمپ بنزین خلوت به تورم خورد. پیاده شدم و یادم رفت که درِ راننده رو ببندم. شروع کردم به بنزین زدن و کارم که داشت تموم می‌شد مامور پمپ بنزین رو دیدم که داره از توی آلونکش راه می‌افته سمت من. از دور به نظرم آدم مشتی‌ای اومد که این موقع شب هم داره کار می‌کنه و واسه خودش هر وقتم خسته می‌شه می‌ره یه چرتی می‌زنه تا مسافر تازه‌ای بیاد.

نزدیکم که رسید از اون طرف ماشین اومد و توی ماشینم رو نگاه می‌کرد. نشون ندادم که ترسیدم. گفتم این‌جوری بهتره. اون هم فضولی‌ش رو که کرد، اومد سمتِ من و نگاهی به پمپ کرد و گفت که فلان قدر می‌شه. منم از توی پولام چندتا اسکناسِ سالم در آوردم که بهش بدم، بذاره لای دسته‌ش. همون وقت کسی از کنارم رد شد. نگران شدم. اما یه پیرزنه بود با سبد خریدش. منتظر موندم که ماموره بقیه‌ی پولِ منو آماده کنه و بهم بده. هنوز پولم رو کامل نگرفته بودم که صدای جیغ بلند آمد. من و ماموره هر دوتا خیره شدیم. پیرزنه داشت با دست به جایی کنار ماشین اشاره می‌کرد و جیغ می‌کشید. یه جیغِ عجیب. مثل جیغی که از

دهن مامانم خارج می‌شد وقتی پدرم طنابش رو می‌کشید. دیدم که امانتیِ من افتاده از بغلِ راننده کف زمین.

به قدری از اون جیغ جا خوردم که خشکم زد و مامورِ پمپِ بنزین خودش رو رسوند به اون بسته‌ی جنس. پیرزنه جنس رو که توی دست مامور دید، جیغش رو رها کرد و به راهش ادامه داد و حتی دیگه نگاهی به عقب نداخت. اون جیغِ که تموم شد انگار دوباره تونستم روی بدنم تسلط پیدا کنم. دویدم سمتِ ماموره ولی اون که بسته رو باز کرده، و فهمیده بود چیه، مشتش رو سفت روش بسته بود. همین‌جور که داشتم دستش رو فشار می‌دادم تا باز کنه، برگشتم و تو چهره‌اش نگاه کردم. چشماش داشت به من می‌خندید. فهمیده بود که طنابِ من دستش اومده و داشت می‌خندید. انگار به آرزوی دیرینه‌اش رسیده. آرزوی اینکه طناب یه کسی دستش باشه. اون شب اون ماموره نه فقط خیره به من شد، که دست‌هام رو از پشت بست و بعدش منو که نمی‌تونستم از دستش فرار کنم رسوند به اولین پاسگاه پلیس و منو انداختن زندون. خودش هم اومد و توی دادگاه علیه من شهادت داد. مدیر دفترا بهم می‌گفتن تا به حال همچین شاهدی ندیدن که هر روز سر بزنه و بخواد ببینه که روال کار پرونده چه‌طوری می‌گذره. آخرین روز دادگاه رو هم یادم نمی‌ره. دادگاه انقلاب بود. صبح یکی از مامورا با لباس شخصی اومد و منو که دست‌وپام رو با دست‌بند و پابند بسته بودن، از بازداشتگاه برداشت و سوار یه پیکانه کرد. جلوی در دادگاه، زنم رو دیدم. اما حواسش به من

نبود و داشت با یه مردِ موتوری حرف می‌زد. از این آدمای لاتی که وایمیستن دم دادگاه‌ها و خانواده‌های مجرمین رو راهنمایی می‌کنن، که ازشون پول بگیرن و کارشون رو چاق کنن واسه یه وکیله. وکیله هم می‌گه خیالتون راحت کارِتون درست می‌شه، درست می‌شه و بعدش هیچ‌وقت درست نمی‌شه و درست نمی‌شه و وکیله هم دیگه جواب تلفن رو نمی‌ده. فهمیدم زنم از همین حالا تو چه بازی‌ای افتاده و شاید تا من بیرون بیام، دیگه تو زندگیش نباشم.

از درِ دادگاه که می‌خواستم وارد بشم پابندهام گیر کرد به ورودی فلزی. یکی دو بار بالا و پایینشون کردم تا آزاد شدن و بعدش یه سرباز وظیفه‌هه منو تفتیش بدنی کرد. بعد وارد دادگاه شدیم. مامور من همین‌طور که یه دستش با دست‌بند به مچ دست من وصل بود منو می‌کشید. رفت و بین مردمی که دم باجه‌ی اول داشتن روی سر و کله‌ی هم می‌لولیدن نامه‌ی دادگاه منو نشون داد و گفت: وقت رسیدگی داره. بعدش باجه‌هه یه نامه داد دستمون که اسم اتاقی که باس می‌رفتیم روش بود. اون نامه رو بردیم پیش یه مامور دیگه که پشت یه میز تحریر مدرسه‌ای نشسته بود و مُهر کردیم و طرف هم نگاهی به کارت‌های شناساییمون کرد و بهمون گفت که ورقه‌ای که دستتونه رو باید دفترِ شعبه هم مُهر کنه، اگه نه نمی‌ذارن برین بیرون. من از فکرِ موندن تو اون ساختمون از ترس به خودم لرزیدم ولی ماموری که داشت منو می‌برد هیچ اهمیتی نمی‌داد. ورقه‌هه رو گرفته بود دستش و

مچاله کرده بود. بعدش منو از چند سِری پله بالا برد و چندبار این‌طرف و اون‌طرف پیچیدیم و همه‌ی دور و بر پُر بود از تابلوهای اعلانات که داشتن به ما هشدار می‌دادن: با این نچرخید، با اون نچرخید. و کلی هم از هشدارها برای مامورا بود که مامورا هم این کار رو نکنن و اون کار رو نکنن. دور و برِ راهروها هم زندونی‌هایی بودن که گله‌ای این طرف و اون طرف برده می‌شدن و دست‌بندها و پابندهاشون هم با یه بند سومِ دیگه به همدیگه وصل شده بود. مامورا هم که جایی رو برای نشستن نداشتن گاهی کنار زندونی‌ها روی زمینا می‌نشستن تا نوبتشون برسه. خلاصه منو کشوند و برد توی یه اتاقی. اونجا جلوی یه میزِ پر از کاغذ نشوند روی یه صندلی‌ای و بهم گفت که همین‌جا بتمرگم. منم تمرگیدم ولی سرم رو کمی داده بودم بالا که بفهمم دور و برم چه خبره. میز مدیر دفتر پُر بود از کاغذ و یه آقای یقه‌بسته‌ای نشسته بود پشتش و هی داشت چیزایی رو می‌نوشت. جلوی من هم یه میزِ درازِ چوبی بود. یه سری کاغذ چپونده بودن زیر شیشه‌ش. یه سری کپیِ روزنامه بود که توشون درباره‌ی اثباتِ وجود خدا یه مقاله‌ای، تحقیقی، چیزی شده بود. بعدش همون یارو یقه‌بسته که جلوم بود صدام زد و گفت که مگه کری؟ برو تو می‌گه. سرم رو آوردم بالا و هنوز نفهمیده بودم منظورش چیه. این بار سرم هوار کشید: دِ برو تو دیگه. جناب قاضی صدات می‌زنه.

رفتم توی اتاق. قاضی نشسته بود روی صندلی‌ش که وسطِ سه تا میز بود که کنار هم کنار هم قرار داده بودن. دیدم که قاضی هم سرش رو انداخته پایین و همین‌جور داره روی کاغذهایی می‌نویسه و می‌نویسه. وایسادم اما حتی میل نداشت نگام کنه. بلند گفتم: سلام جناب قاضی. یه کم گردنش رو به سمت من بالا آورد و گفت: بفرمائید آقا. و با دستش که خودکار توش بود و داشت باهاش می‌نوشت به من اشاره کرد که برم روی صندلی بشینم. وقتی اون صندلی رو دیدم ناگهانی قلبم اومد توی دهنم. چون دیدم که بغلش اون ماموره نشسته. همون مامور پمپ‌بنزین که بهتون گفته بودم. اونجا نشسته بود و داشت به من نگاه می‌کرد. چشمم که به چشماش افتاد توی خودم رفتم. با همون چشمایی داشت به من نگاه می‌کرد که اون شب نگاه کرده بود. داشت به من می‌گفت که هنوز طنابت دست منه.

در طول دادرسی، چندبار اون مامور دستش رو روی پای من گذاشت و آروم فشار داد. هر بار که فشار می‌داد احساس می‌کردم که یه زندون از اون جای پام شروع به ساخته شدن می‌کنه. زندونی که بزرگ و بزرگ‌تر می‌شد. در طول رسیدگی به جلو خیره ماندم و تنها گاهی به اون مامور نگاه می‌کردم. به قاضی هم نگاه نمی‌کردم. چون که هیچ‌وقت گوش نمی‌داد. سرش پایین بود و داشت می‌نوشت. و یه بار هم که ننوشت و به من نگاه کرد، با تحکم هرچه تمام‌تر گفت: دارم بهت می‌گم که آروم‌تر بگو، مگه کَری؟ و من سرم رو پایین انداختم و گفتم: چشم. همون

وقت ماموره دستش رو گذاشت روی پام و فشار داد. و دیگه هم برنداشت. بالاخره قاضی گفت رسیدگی تموم شده و می‌تونم برم. قبل از خروج از اتاق، ایستادم و به قاضی نگاه کردم که می‌دونستم در حالِ نوشتن حکم منه. پرسیدم: جناب قاضی! حکم ما چی می‌شه؟ سرش رو بالا نیورد. همون جوری که داشت می‌نوشت گفت: می‌گم برو بیرون. ماموررررررررررررر! خودم رفتم بیرون و نشستم سر جای قبلیم. دیدم مدیر دفتره بهم اخم کرده و می‌گه: اون تو چه غلطی می‌کردی؟ بعدش مُهرش رو برداشت و زد رو یه ورقه و مامورِ منو از بیرون صدا زد و بهش گفت: بیا ور دار این یارو رو ببر. و ماموره اومد سمتم و همین‌جوری که داشت بلندم می‌کرد، دیدم که اون پمپ‌بنزینیه داشت با قاضی خوش‌وبش می‌کرد و قاضی هم نوشتن رو کنار گذاشته بود و داشت می‌خندید و شیرینی تعارف می‌کرد. ماموره اما منو کشید و دیگه بیشتر از این ندیدم. وسطِ راه که بودیم یادم افتاد که ورقهه رو برنداشتیم و ترسیدم. به ماموره گفتم و برگشت و ورقه رو از مدیر دفتره گرفت که جوری منو نگاه می‌کرد که تا حالا کسی به من نگاه نکرده بود، با یه اخمی که از حیوانات گرسنه بر می‌یاد. از درِ دادگاه که رفتیم بیرون ماموره منو هول می‌داد و می‌برد. دمِ درِ دادگاه، این بار پابندم که گیر کرد خوردم زمین. ماموره هم افتاد روم پدر سگ.

خلاصه حکمم رو دادن و منو انداختن زندون. تو زندون واسه اینکه روز شب شه، مواد زدم. بعدش زنم اومد ملاقاتم و بهم

گفت که حامله شده و من کلی به خودم لعنت فرستادم. برگشتم توی قفس و به خودم گفتم که خودم رو درست می‌کنم. رفتم و توی کلاسای مختلف ثبت‌نام کردم و به جای دعوا چسبیدم به کار و تلاش. چوب‌بری یاد گرفتم. درس خوندم. زبان یاد گرفتم. یه کم کامپیوتر یاد گرفتم. کتاب چندتایی خوندم و زنم هم بیرون زایید و بعد اوضاعش بهتر شد. برای خودش کاری دست‌وپا کرده بود و هر روز سر کار می‌رفت و همه سر کار هواش رو داشتن. مامورای زندون هم می‌ذاشتن که بیشتر از قبل ما با هم ملاقات کنیم و حتی یکی دو بار ملاقات شرعی هم جور شد و اون روز که زنم اومد ملاقات شرعی هیچ‌وقت یادم نمی‌ره. خیلی خوشگل کرده بود. خیلی ماه شده بود. بدنش خیلی سفید شده بود. چادرش خیلی رها بود. پیراهنی که پوشیده بود. روسری‌ای که پوشیده بود. دامنی که پوشیده بود هم چه زیبا بود. زیر دامن یه شلوارِ کشیِ سیاه پوشیده بود که پاهاش سردش نشه و من خیلی عشق کردم. بعدش اون لباسای منو در آورد و من خجالت کشیدم و من لباسای اون رو در آوردم و اون خجالت کشید. من رفتم سمتش و یه دستم رو انداختم روی شونه‌هاش و اون سرش رو خم کرد و گردنش اومد جلوی صورتم و من هم گردنش رو بوسیدم. سرش رو انداخت پایین.

بعدش یه روز گفتن که ملاقاتی دارم و من خوشحال از اینکه حتما زنمه رفتم و خودم رو رسوندم به پشت باجه‌ها. ولی کسی که اونجا منتظرم بود همسرم نبود. اون ماموره بود. همین‌جوری

ثابت نشسته بود جلوی من و فقط مردمک چشمش بود که دائم تکون می‌خورد و توی همون مردمکِ چشم می‌تونستی بخونی که داره یه چیز رو به من می‌گه. طنابِ تو دست منه. طنابِ تو دست منه. پونزده دقیقه فقط همین: طناب تو دست منه. بعد از این ملاقات هر روز که می‌گذشت انگار حال و روز من بد و بدتر می‌شد. رابطه‌ام با زنم دوباره بد شده بود و زنم اومد و گفت که یه مردی بیرون هست که می‌خواد به تو کمک کنه و بعد هر باری که اومد از این مرد گفت که داره خیلی زحمت می‌کشه و کم‌کم گفت که حتی میاد و به بچه هم سر می‌زند و من دیگه به اینجا که رسید داغون شده بودم. همه‌ی تلاشم رو کردم تا مرخصی‌ای از زندون جور کنم و هر طور شده خودم رو از قفس نجات بدم. در این بین هم برای این‌که صبح رو شب و شب رو صبح کنم مواد می‌زدم. طبیعی البته. شیمیایی کار من نبود.

بالاخره کار وثیقه و این‌ها جور شد و من از زندون واسه مرخصی اومدم بیرون. اما بیرون همه چی عوض شده بود. زنم دیگه اون زن سابق نبود. بچه‌ام اون چیزی که تو ذهنم بود نبود. رفقای قدیم هم دیگه دور هم جمع نبودن که بشه حالی کرد. واسه همین من به زدن مواد ادامه دادم و فقط زنم هر بار می‌دید مامورا اومدن می‌رفت دم در و بهشون می‌گفت که من خونه نیستم و اگه اون‌ها هم می‌اومدن تو، من می‌رفتم طبقه بالا گوشه‌ی انباری و تو یه گنجه قایم می‌شدم. تا اینکه مامورا هم کم‌کم کمتر اومدن و من گفتم برم کاری واسه خودم به هم بزنم که پولی در آورده

باشم. این کار شبونه توی آژانس رو پیدا کردم و کنارشم یه نگهبانی‌ای هم دادم و پولی که از این نگهبانی در آوردم رو زدم به زخمِ مواد.

زندگیم داشت بهتر می‌شد. طوری که کم‌کم دوباره با همسرم به تخت می‌رفتیم و زنم اون مردی رو که وقتی من داخل بودم کمکش می‌کرد نمی‌دید. من هم آخرای شب دیگه تنها نبودم چون یه فروشنده‌ی کتاب بغلم بود که می‌اومد و سری بهم می‌زد. یه سری کاغذ داشت که می‌سوزوند و مثلا سیب‌زمینی‌ای سرخ می‌کردیم و از این کارها. زندگی بد نبود.

تا اینکه یه شب کتاب‌فروشه با یه دختره و پسره اومد توی خونه خرابه. منم رفتم و آوردمشون و بهشون تخمه هم تعارف کردم که بزنن. بعدش فکم گرم شده بود و افتادم روی حرف زدن و بهشون گفتم که از اسمم خیلی شاکیم و از این حرفایی که فکم گرم می‌شه می‌زنم. دیدم دختره و پسره رفتن تو کار هم و من هم گفتم بهتر. اونا بیشتر به هم می‌یان تا اینکه منِ از زندون در رفته بخوام بیام و برم وسط و بگم منم هستم. بذار اینا با هم حالشون رو بکنن. باقی اون شب گذشت و من تا صبح نشسته بودم و کشیده بودم و در عوالم خودم فرو رفته بودم که دیدم کتاب‌فروشه گفت که برم خونه‌ی پسره و دختره رو بردارم بیارم. من هم که وضعی نداشتم خوشحال شدم که یه کاری برام پیش اومده، یه لقمه‌ای بشه واسه زن و بچه‌م. رفتم درِ خونه‌ی پسره. در زدم و

پسره اومد و گفتم اومدم دنبال دختره. دختره اومد ولی پسره هـم باهاش اومد. جوری پسره داش موس‌موسِ دختره رو می‌کرد که معلوم بود رابطه‌شون تو این یه شب تغییر کرده. معلوم بـود دیگه پسره تو نخ دختره هس. خلاصه راه افتادیم. بین راه دیگه آفتابـم خورده بود تو سرم و سرم داغ کرده بود و نئشه هـم کـه بـودم زد بالا. منم شروع کردم به حرف زدن از همه چی زندگیم. واسه اون دوتا غریبه‌ها. همین‌طـور از همـه چیـز و دار و ندارم حرف زدم. انگار خیلی شاخم.

خلاصه رسیدیم کتابفروشی و اینا که پیاده شدن مـنم رفتم یه نخ سیگاری دود کنم. بعدش دیدم که دختره اومد سمت منو و گفت آقا هیوا، منم گفتم جانم. گفت که می‌خواد یه کمکی بهش بکنم و منم گفتم باشه و اون هم گفت کـه زحمت‌هـام رو جبران می‌کنه. بهم گفت که برسونمش یه جایی. سوار ماشین شدیم. یه جایی نمی‌دونم چی شد بهش گفتم که باشه مَشتی. ولی این مَشتی رو بد گفتم، یه جوری گفتم انگار گفتم باشه عشقـی. بعد از اون هـم دیدم اوه اوه دختره شروع کرده با مـن گرم و گرم‌تر گرفتن. هی می‌دیــدم داره ادا در مـی‌آره. می‌خنـده. ایـن‌ور و اون‌ور مـی‌ره. خودشـو بـه مـن می‌مالونه. می‌گه بپیچ این‌ور بپیچ اون‌ور. مـنم می‌خواستم که هـر جـور شـده از دستش در بـرم. فهمیـده بـودم از اون شلافه‌هاست و دلم می‌خواست از ماشینم دکش کنم. پس اولین جایی که گفت وایسا مـن سریع وایسادم و تا دیدم کـه از ماشین دور شده، پام رو کوبیدم روی گاز و، از اونجـا دور شـدم.

زدم به چاک. خودم رو رسوندم به خونه‌م و اولین کار که کردم زنم رو بغل کردم. بوسیدمش. بعدش بچه‌م رو بوسیدم. گرفتمش تو بغل. بعد همه‌مون نشستیم و تلویزیون تماشا کردیم و من هر چند وقتی یه بار به زنم می‌گفتم: چیزی می‌خوای؟ و اون بهم نگاه می‌کرد و می‌گفت: نه عزیزم. بعد آفتاب غروب کرد و من توی خونه خوابیده بودم. کنار همسرم. بلند شدم و کُتم رو برداشتم و پاشنه‌ی کفش‌هام رو خوابوندم و رفتم و سوار ماشینم شدم برم سر کار. اونجا که رسیدم دیدم کتاب‌فروشه اومده و به من یه جوری نگاه می‌کنه انگار چی کار کردم. دختره رو بُردم که بُردم. اِهه. بعدش دیدم که دختره آخرای شب اونجا پیداش شد. خودم رو قایم کردم و پیش خودم گفتم اومده که آدرس منو پیدا کنه و دمار از روزگارم در بیاره. به خاطر اون عشقی گفتن ببین به چه بدبختی‌ای افتادم. خودم رو قایم کردم و دیدم که دختره داره از اونجا می‌ره. پیش خودم گفتم الان وقتشه. باس برم و ببینم دختره کجا می‌ره و یه جوری سر از کارش دربیارم. واسه همین سرک کشیدم و شنیدم که یه آدرسی رو داد به راننده تاکسیه. بعدش سوار ماشین شد. من آدرس رو حفظ کردم و پشت سرشون روندم.

نمی‌دونم چرا حواسم رو نمی‌تونم جمع کنم. هم مطمئنم که امروز بعد از رسوندنِ دختر، به خونه رفتم و زنم رو در آغوش گرفته‌ام و هم مطمئنم که ساعت‌ها جلوی کوچه‌ای که دختر پیاده شده، ایستاده‌ام و مدام به خودم گفته‌ام: این به اون در. این به اون در. و

به مرد مهربونِ دمِ دادگاه فکر کردم. در هر حال یادم نمی‌آید پولی از اون دختر گرفته باشم.

در حال تعقیبِ دختر که بودم، به نظرم رسید راننده‌ی جلویی حسابی مشنگه. هی داشت راه رو اشتباه می‌رفت. حتی فکر کردم شاید مسیرمون عوض شده. آخرش هم که سر یک چهارراه گمشون کردم. پیش خودم گفتم که حالا چه گهی بخورم؟ فکر کردم شاید هم یک کاری داشتن و آخرش به همون آدرس قبلی می‌رن. واسه همین دور زدم و انداختم سمت اون آدرس. اون وسط مسطای راه بود که دیدم بنزین ماشینم از بس این طرف اون طرفِ شهر رفتم تموم شده. تا وارد پمپ بنزین شدم، خاطره‌ی عجیبی پیشونیم رو چروک کرد. دیدم که مامور پمپ بنزین داره می‌یاد سراغم. هر چی به من نزدیک‌تر می‌شد حالم بد و بدتر می‌شد. طوری که وقتی که به من رسید تقریبا از حال رفتم. خودش بود. خود همون مامور. وقتی من روی زمین ولو بودم اون خم شد و بالای سرم ایستاد و عین همون‌جوری که اون روز تویِ دادگاه پای منو مالونده بود شروع به مالوندن پام کرد. عرق سردی روی صورتم نشسته بود و احساسی که می‌کردم رو نمی‌توانم تعریف کنم. درد می‌کشیدم ولی دیگه تسلیم تسلیم بودم. هم مرد بودم هم زن بودم. و اون داشت با طنابش منو می‌کشید. بعد از دقایقی که همین‌طور زیر دستش افتاده بودم بلند شد و از اونجا رفت و رفت و توی باجه‌اش نشست و از همون دور مثل اون بار که اومد بازدیدم زندون، به من خیره شده بود.

بلند شدم و می‌خواستم هر چه سریعتر از اونجا دور شم. سریع‌ترین حالتم اما، قدم‌کش قدم‌کش بود. هرچه دورتر می‌شدم احساس می‌کردم خسته‌تر و ناتوان‌ترم.

بالاخره خودم رو به حوالی آدرسی که از زبون دختر شنیده بودم رسوندم. از پله‌ها بالا رفتم و به درِ واحد که رسیدم دیدم بازه. وارد شدم. مدیر ساختمان برای سرکشی اومده بود و داشت به کارگرش دستوری می‌داد. توی دستشوییِ دم در قایم شدم تا اونا برن. سعی کردم هیچ صدایی ندم مبادا حواسشون به دستشویی جلب شه که ناگهان دیدم چراغ دستشویی روشن است و حتما قبل از رفتن برای خاموش کردنش وارد دستشویی می‌شن. سرم به دوار افتاده بود و نمی‌دونستم چه کاری کنم. تنها چیزی که به ذهنم خورد این بود که اگه اون‌ها منو دیدن با تمام زورم هُلِشون می‌دم و از اون‌جا می‌زنم بیرون. تکه چوبی افتاده بود پشتِ سینکِ دستشویی. بی‌سروصدا اون چوب رو برداشتم و بین دستام محکم گرفتم. صدای مدیر ساختمان رو می‌شنیدم که همین‌طور که داشت دستوراتی رو به کارگر ساختمان می‌داد تا برای فردا انجام بده به سمت دستشویی می‌اومد. خودم رو تا می‌تونستم پشت در پنهان کردم تا فرصت بیشتری برای خودم خریده باشم. در نیمه‌باز شد و من با تمام قدرت چوبم رو در دست گرفته بودم. مدیر ساختمان بدون اینکه وارد شه با دستش چراغ رو خاموش کرد و بعد به کارگر گفت که پشت سرش درها رو قفل کنه و بیرون برن. من تا ده دقیقه‌ای برای احتیاط از جام

تکون نخوردم و تنها اونوقت بود که از دستشویی اومدم بیرون.
با خاموش شدنِ چراغِ دستشویی هال در تاریکی فرو رفته بود.
کشان‌کشان خودم رو به وسط‌های هال رسوندم و چوب رو که
هنوز دستم بود زمین گذاشتم. خستگی مفرطی در بدنم بود که
نمی‌ذاشت بیشتر از این سرِ پا بمونم. وقتی توی اتاق تشکی دیدم
شک نکردم و خودم رو بهش رسوندم و روش دراز کشیدم. تمام
حواس خودم رو جمع کرده بودم که مبادا خوابم بگیره و دختر که
می‌آد غافلگیر شم. دیگه به درستی نمی‌دونستم که چرا این تعقیب
و گریز بیهوده رو انجام داده بودم. اما پیش خودم می‌گفتم که
زندگی من هر چقدر هم که ساده و بدون سرگرمی باشد باز هم
زندگی منه و هیچ کس حق نداره که هدایت اون رو از من بگیره.
چه اون دختر و چه اون مامور. یاد اون مامور که می‌افتادم دردی
رو روی زانوهام حس می‌کردم. همون جایی که فشار داده بود.
دردی که از زانوهام بالا می‌اومد و توی تمام بدنم می‌پیچید.
نمی‌دونم چقدر گذشت و من دیگه نتونستم جلوی پلک‌های
خودم رو بگیرم و به خواب رفتم.

بعد از نمی‌دانم چقدر زمان صدایی شنیدم. مثل صدای در. به
نفس‌نفس افتاده بودم و نمی‌دونستم چه کاری باید بکنم. کسی
داخل آپارتمان شد. فکر کردم که دختره هست و می‌خواستم
سریع خودم رو به جایی در تاریکی برسونم. اما چراغ دستشویی
روشن شد و دیگه نمی‌تونستم بدون اینکه دیده بشم کاری انجام
بدم. باید در اولین فرصت خودم رو به چوبی که در هال انداختم

۱٤۲

می‌رسوندم و از این مهلکه نجات می‌دادم. دلم می‌خواست امشب هم مثل شب‌های قبل پیش همسرم برگردم. دلم می‌خواست یه بار دیگه خنده‌ی همسرم رو ببینم وقتی که یه برنامه‌ی تلویزیونی لوس مزه‌ای می‌پراند. اون خنده‌ی آروم و کودکانه که روی صورتش از دیدن مهران مدیری ایجاد می‌شد. باز هم دلم می‌خواست اونجا باشم و دستم رو اون زمان بگذارم روی زانوهای زنم و اونا رو آروم نوازش کنم. دلم می‌خواست دوباره برم و پسرم رو توی بغل بگیرم و اون‌قدر روی زانوهام تابش بدم که به خواب بره. از فکر کردن به خونواده‌ام دوباره گرم شدم. گرما توی بدنم بالا اومد و احساس کردم می‌تونم همه‌ی این کارها رو بکنم. تنها کافی بود که هر چه سریع‌تر خودم رو از اونجا بیرون بکشم و به خونه‌ام برسونم. تنها کافی بود تمام خاطرات امروزم رو به فراموشی بسپارم. دیگه نباید بذارم که طناب منو کسی توی دستش داشته باشه. اصلا همچین طنابی وجود نداشت. فقط توی ذهن من بود. می‌خواستم اون رو برای همیشه از ذهن خودم پاک کنم. کسی وارد اتاق من شد. صداش رو می‌شنیدم و سعی می‌کردم از زیر پتو هیچ تکونی نخورم. می‌ترسیدم که حرکت اول رو من انجام بدهم. دلم می‌خواست هر کاری که اون کرد من در جوابش کاری رو انجام دهم. این راهی بود که بهتر می‌فهمیدم چه کاری درسته و چه کاری نیست.

همون‌وقت بود که دیدمش. از لابه‌لای پتو سایه‌اش رو روی دیوار دیدم. همون مامور بود که با چمدونی اومده بود داخلِ اتاق و

۱٤۳

سایه‌اش بزرگ افتاده بود روی دیوارِ روبه‌روی من. گیج شدم و می‌ترسیدم. نمی‌دونستم که اون مامور چطور خودش رو به اون‌جا رسونده. حتما پشت سر من از آلونکش اومده بود بیرون و وقتی دیده بود ماشینم رو همون حوالی گذاشتم و دارم پیاده می‌رم، همه‌ی راه رو دنبالم اومده بود و خودش رو به اینجا رسونده بود.

نشست روی زمین و چمدونش رو باز کرد. من صداش رو شنیدم و بعد دیدم که سایه‌ی یه کمربند افتاد روی دیوار. از ترس خشکم زده بود اما کاری نمی‌تونستم بکنم. حتی نمی‌تونستم از جام تکون بخورم. بعد دیدم که برق یه چاقو هم افتاد روی دیوار و مطمئن شدم که امشب شبِ مرگِ منه. اون مامور اومده بود که کاری که سال‌ها پیش شروع کرده بود رو امروز تموم کنه. کمی بلندتر از قبل نفس‌نفس می‌زدم. دست خودم نبود. سایه‌هه لباسش رو عوض کرد و یه لباس دیگه پوشید. یه لباس چندش‌برانگیز. تازه فهمیدم که مرگ امشب برای من خیلی چیز کمیه. تازه فهمیدم که می‌خواد با من چه کار کنه. اما باز هم تکون نخوردم. باید فکر می‌کرد که خواب هستم و بعد در موقعیتی مناسب بهش حمله‌ور می‌شدم. یاد چوبی افتادم که توی هال انداخته بودم. اما کجای هال بود؟ ماموره دستش رو روی بدنم گذاشت. جای همیشگی گذاشت و آروم فشار داد. همون احساس همیشگی. همون طناب مهلک. دیگه طاقتم طاق شد. مطمئن شدم امشب فقط یکی از ما دو باید زنده از در اینجا بیرون بیاد. دیگه مطمئن بودم که نمی‌خوام حتی یک ساعت

بیشتر زیر فشار این طناب زندگی کنم. دیگه برای همیشه بس بود. با این طناب نمی‌شد خندید. نمی‌شد کودکت رو بالا و پایین بندازی و بخندی. با این طناب فقط باید جنَست رو می‌کشیدی و می‌کشیدی تا همسرت با اون مردِ دم دادگاه می‌رفت و دیگه برنمی‌گشت و کودکت رو هم می‌برد و تو می‌کشیدی و منتظر بودی که طنابت رو بکشند. پارسی می‌کردی و به سمت صاحبت می‌دویدی. توی این فکرها بودم که ماموره پا شد و لباس‌هاش رو عوض کرد و چمدونش رو بست و به سمت هال رفت. چراغ هال هم خاموش شد و ماموره داشت می‌رفت. به خودم گفتم که همه‌ی فکرهای من درست، اما بهتر است باز هم دست به کاری نزنم و بذارم بره. این‌طوری می‌تونم بدون دردسر به زندگی‌ام ادامه بدم. نباید درگیر بشم. باید فرار کنم و جونم رو نجات بدم. همون شب دست زن و بچه‌م رو بگیرم و از تهران برم. برم همون جایی که توی کودکی زندگی کردم. شاید همون‌جا هنوز زمینی باشه واسه کشاورزی. مطمئن بودم که زنم از شنیدن این تصمیم خوشحال می‌شه و همین‌طور که روش رو از من می‌گیره، بهم می‌گه: هر چه شما بگویید هیوا خان. و بعدش شب توی تخت‌خواب می‌فهمیدم که چقدر زنم امشب منو بیشتر دوست داره.

صدای جیغی شنیدم. یه جیغ تند. جیغی که دستور می‌داد، که هشدار می‌داد. جیغی آشنا که همه‌ی این سال‌ها انگار توی عمقِ گوش من در حال تکرار شدن بود. صدایی که گاهی جلوی

اعتراضم رو توی زندون گرفته بود، وقتی که شهردارِ بند تنش رو محکم بهم چسبونده بود. صدایی که گاهی نیمه‌های شب وقتی می‌خواستم به سراغ زنم برم می‌شنیدم و نمی‌رفتم و زنم هم فکر می‌کرد که دوستش ندارم و احتمالا به اون مردِ دمِ دادگاه.... دیگه نمی‌تونستم این جیغ رو تحمل کنم. بلند شدم و به سمت هال رفتم و هر چه دست انداختم توی تاریکی اون چوب رو ندیدم که ندیدم و دیگه فرصت داشت از دست می‌رفت و خودم رو انداختم پشت سر ماموره و گردنش رو گرفتم. هر چند در ابتدا از کاری که می‌کردم مطمئن نبودم اما با دیدن چشمای پیرزن که روبه‌روم بود و با تحسین به من نگاه می‌کرد مطمئن‌تر می‌شدم و فشار می‌دادم و فشار می‌دادم. چشمای زن درشت و درشت‌تر می‌شد. انگار داشت به من پاداش می‌داد. احسنت می‌گفت. ناگهان دیدم که زن جیغش رو رها کرد و داره می‌ره. با تمام توانم در حال خفه کردن مامور بودم، همه‌اش هم به قوتی که چشمای اون پیرزن بهم می‌داد و حالا اون داشت راهش رو می‌کشید و می‌رفت. دستام شُل شد و همین وقت بود که ماموره برگشت و ضربه‌ای به من زد و افتادم پائین. روی زمین. هر چی با دستم دنبال اون تکه چوب گشتم ندیدمش و اون مامور با چیزی که دستش بود چندتا ضربه به من زد و من صدای شکستن شنیدم و دیدم که چه چیز داغی داره از درونم می‌زنه بیرون. خون جوری از بدنم بیرون می‌زد که انگار همه‌ی این سال‌ها درون من زندونی بوده و حالا با اولین فرصتی که پیدا کرده راه خودش رو از درون

من به جهانِ بیرون پیدا کرده و هیجان‌زده داره سرریز می‌کنه. چشمام داشت سنگین و سنگین‌تر می‌شد. ماموره از من دور و دورتر شد و رفت داخل دستشویی. خودم رو به مردن زدم شاید از این مهلکه جون سالم به در ببرم. روی زمین ولو موندم. جوری که می‌تونستم ساعت‌ها دراز بکشم بدون اینکه هیچ تکونی به خودم بدم. اما دستم که دراز شد خورد به چیزی. به همون چوبی که این همه مدت دنبالش می‌گشتم و حالا انگار درست همون جایی که قبلاً نبود، ظاهر شده بود و من تنها کاری که باید می‌کردم این بود که اون رو بلند کنم و ضربه‌ام رو بزنم و خودم رو نجات بدهم. طناب برای همیشه پاره می‌شد. با تمام توانی که در من مونده بود بلند شدم و چوب رو برداشتم و پشتِ درِ دستشویی کمین ایستادم. نفسم رو در سینه حبس کرده بودم و تنها صدایی که شنیده می‌شد صدای برخوردِ خون من با زمین بود. درِ دستشویی که باز شد ماموره لیز خورد و افتاد روی زمین. چشمام رو بستم و با تمام توانم ضربه‌ای بهش زدم. با همه‌ی توانم. وقتی به صورت مامور خورد فهمیدم همه‌ی توان من اندازه‌ای نبود که بلایی سرِ اون مامور بیاره. به راحتی چوب رو از دستم قاپید و زد توی صورتم. چند بار زد. این قدر زد که به خوردن ضربه‌ها عادت کردم و فقط چشمام رو انداختم پائین تا او که می‌زند من به خونم نگاه کنم. خونم آروم آروم داشت توی هال جلو می‌رفت و جلوتر می‌رفت. می‌دیدم که داره به سمت درِ خروجی اون واحد می‌ره. پیش خودم گفتم: آفرین خونِ من، برو

برو. تندتر برو. برو و پیغام منو برسون. و خونم انگار می‌شنید تند می‌رفت و تندتر می‌رفت. من همین‌طور که به حرکت اون نگاه می‌کردم، سوی چشمام کم و کمتر شد و دیگه چیزی ندیدم. هیچ‌چی رو. حتی طنابی که بالاخره پاره شد و من به قعر زندگی‌ام افتادم.

ده: از تو

شهاب

تا هنوز فرصت هست دلم می‌خواد از خودم بیشتر بگم. فکر می‌کنم که پیشتر از این‌ها باید از خودم می‌گفتم و همه‌ی این مدت نتونستم و نتونستم تا رسید به حالا. نه اینکه تو این مدت چیزی از خودم نگفتم. گفتم. اما اون‌جوری که باید و شاید خودم رو معرفی نکردم. بیشتر از این و اون گفتم و این برای شناخت من کافی نیست. من توی یه شهر کوچیکِ بندری به دنیا اومدم. پدرم ناخدای یه لنج بود و از عراق بنزین قاچاق می‌کرد به دوبی و بعدش که ناوگان آمریکایی واسه جنگِ عراق اومد اون طرفا دیگه از کارش افتاد و لنجش رو فروخت و نشست خونه. گاهی ناخداییِ یک کشتیِ ماهیگیری یا اگه چی می‌شد یک کشتی قاچاق رو بر عهده می‌گرفت و ما رو سیر می‌کرد. نوجوون که بودم عاشق یه دختره شدم و پام وا شد به جایی که عاشقا توی شهر ما پاشون بهش وا می‌شد. به خونه‌ی یه شاعره. اسمش مازیار بود. یه شاعرِ قدیمی توی شهر ما که خونه‌ش روی پشت‌بوم یه آپارتمان بود. یه واحد غیرمجاز که روی پشت‌بوم ساخته بودن. آسانسور هیچ‌وقتِ خدا کار نمی‌کرد و پله‌ها رو باید تا پشت‌بوم می‌رفتی بالا و دستت رو از شیشه‌ی شکسته‌ی در

می‌نداختی اون ور و با کلیدی که همیشه اون طرف بهش بود، در رو باز می‌کردی. اتاق رو درست وسط پشت‌بوم و کنار کولرها و دیش‌های ماهواره ساخته بودن. با چند قدم که برمی‌داشتی به ورودیش می‌رسیدی. دم در اتاقش کلی چیزمیز افتاده بود. از ویلچرهای دست دوم گرفته تا یکی دوتا پنکه و پوسترای قدیمی از تئاتر و شب‌شعرایی که توی شهر ما یا بوشهر برگزار شده بود و اون رو دعوت کرده بودن. خاک گرفته بود همه‌ی این‌ها. حتی اگه مال شش ماه قبل هم بود جوری روش خاک بود که روی چیزایی که مال دو سال قبل بود. و هیچ‌وقت هم تمیزشون نمی‌کرد. تابستونا یه کولر آبی می‌ذاشت که رو به داخل باد می‌زد. یه پنکه‌ی داغون هم کنارش بود که اگه کولر کفاف نداد روشن کنه. بعد دو طرفِ اتاق پُر بود از کتابایی که روی هم روی هم توی قفسه‌ها و روی زمین چیده شده بودن و تا سقف بالا رفته بودن. یه مبلِ زهوار دررفته هم اونجا بود که اگه خانمی می‌اومد، روش می‌نشست. یه کم ماتحتش درد می‌گرفت اما از روی زمین نشستن بهتر بود.

خودِ مازیار هم اون طرف‌تر لم داده بود روی یه ملافه که همیشه‌ی خدا پهن بود آخرای اتاق. کنار یه هیتر و یه قُل‌قُلی. یه سیخم همیشه روی هیتره بود که چندوقت به چندوقت جاش رو می‌داد به یه سیخ دیگه. پشتِ سر مازیار هم یه کمدِ کوچیک روی زمین بود که توش رو که باز می‌کرد چندتا کبریت ردیف بودن و چندتا سیخ ردیف بودن و چندتا بسته کِنت ردیف بودن. اونم

دست می‌نداخت توی کبریتا و هر کدوم جنسِ یه جا بود و یکی رو برمی‌داشت و کارش رو راه می‌نداخت و کار بقیه عاشقا رو راه می‌نداخت. توی شهر هر کی می‌اومد اون خونه، می‌دونست که مازیار عاشق بوده. می‌دونست که مازیار ورزشکار بوده. می‌دونست که حالا دستش بنده. منم اینا رو می‌دونستم اما چیزای زیاد دیگه‌ای رو هم می‌دونستم. می‌دونستم که شبا مازیار می‌رفته و توی بگیر و ببند کمیته‌ها در اوایلِ انقلاب و با اون وضعیتِ بسته‌ی شهر ما خودش رو می‌رسونده به یه تیر چراغ برق و می‌رسونده روی این پشت‌بوم روی اون پشت‌بوم به پنجره‌ی دختره که اسمش حورا بود و می‌زده به پنجره و حورا باز می‌کرده. شبای زیادی کارشون همین بوده. می‌دونستم که توی یکی از همین شبا همسایه‌ها که مشکوک شدن وقتی دیدن شبونه مازیار داره اونجا قدم می‌زنه با چوب اومدن سراغش و یقه‌اش رو گرفتن و گفتن کجا می‌ری و مازیارم الکی یه آدرسی رو داده و خودش رو از دست اونا رها کرده. ولی همون شبم طاقت نیورده و باز که خلوت‌تر شده دوباره انداخته روی تیرِ چراغِ برق، و رفته بالا و رفته روی پشت‌بوم و خودش رو رسونده به پنجره‌ی حورا. بعدش تو که داشته می‌بوسیده حورا رو، شنیده که مردم تو کوچه جمع شدن و یکی داره می‌گه: من دیدمش. من دیدمش. رفت تو خونه‌ی اون دختره‌ی بی‌حیا. و بعدش دیده که یکی دو نفرم می‌خوان بیان بالا و خودشون رو برسونن اونجا و واسه همین سریع از یه پنجره‌ی دیگه انداخته روی یه پشت‌بوم دیگه و بعدش

اونور کوچه پریده پائین و همونوقت مردم هم سر رسیدن و این فرار کرده و هر چند همون وقتم یه بَستی می‌زده ولی همچین دویده که ورزشکاراش به هِن‌وهِن افتادن.

خونه‌ی مازیار واسه‌ی یه عاشق عالی بود. بهترین جایی بود که می‌شد از عشق حرف زد. مازیار البته این‌ها رو که می‌گفت نمی‌گفت چرا دیگه با دختره نیس. می‌گفت که با هم چی کارا می‌خواستن بکنن. می‌گفت که وقتی به هم خورد چه کارها کرده. می‌گفت که ده سال با هیچ زنی نبوده و همون شبی که قبل عروسیشون رابطه تموم شده با ماشین انداخته سمت تهرون و انقدر تند اومده و اومده که پنچر شده و شانسی زنده مونده. کارش رو بی‌خیال شده و نشسته گوشه‌ی خونه و از یه پول قدیمی که قرض داده به یکی از دوستاش یه سهمی گرفته و با همون رزق و روزی‌ای به هم زده و موادش رو هم کم‌کم بیشتر کرده و کم‌کم همه فهمیدن که اون داره می‌کشه و اون هم دیگه دلیلی نداشته که بخواد دروغ بگه. با این همه هیچ‌وقت نمی‌گفت چرا به هم خورد.

اون سال‌ها زیاد خونه‌ی مازیار می‌رفتم و با وجود اختلاف سنی‌ای که داشتیم خودم رو بهش خیلی نزدیک حس می‌کردم. باهاش درد دل می‌کردم و اون هم واسم شعر می‌خوند و فلسفه می‌گفت و هی به من می‌گفت که نباید عادت کنم. به هیچ چی. به هیچ کس. می‌گفت که به قول سهراب گَردِ عادت همیشه در مسیر

تماشاست. می‌گفت که هنر یعنی عادت شکستن. سعی می‌کرد یاد بده بهم که شعر چیه. به نظرش می‌رسید که مهم‌ترین چیزِ جهان، شعره. اون بود که بهم یاد داد که شاعرا مثل اولین آدما می‌مونن. کسایی هستن که دنیا رو اسم‌گذاری می‌کنن. من اوایلش نفهمیدم و هر چی که براش می‌نوشتم و می‌بردم می‌دیدم که اون هنوز می‌گفت روش کار کن. روش کار کن. می‌دیدم که از یه چیزی به نام فُرم حرف می‌زنه که هیچ‌وقت هنوز تو کارام نبود. بهم می‌گفت که فرم و محتوا مثل یه گیاهن که باید با هم رشد کنن و منم درست نمی‌فهمیدم ولی می‌رفتم که بفهمم. همیشه به حرفاش فکر می‌کردم و این‌قدر فکر می‌کردم که سرم به دوار می‌افتاد و یه بار همین‌جوری که شده بودم شروع کردم به نوشتن و اون نوشته‌م یادم نمی‌ره. توش از همه چیزی نوشته بودم و از هرجایی اشاره‌ای آورده بودم. یه نوشته بود که انگار تو هر خطش صدها سال توی تاریخ می‌اومدم این‌ور و بعدش خط بعد برمی‌گشتم جای قبلی. توی یه سطرش چیزهایی رو به هم ربط می‌دادم که تا به حال هیچ‌وقت هیچ‌کس به هم ربط نداده بود. موقعِ نوشتن اون شعر از همه چیز آزاد بودم. از زمان، از مخاطِب، حتی از عقل. سرم موقع نوشتن به یه حالتی رسیده بود که باورم نمی‌شد. توی سرم همه صدایی بود و همه‌ی این صداها انگار آزاد شده بودن و از توی سرم می‌اومدن بیرون. می‌ریختن روی کاغذ. نوشته که تموم شد عرق کرده بودم و داشتم بهش نگاه می‌کردم. خوندمش و خوندمش. نمی‌دونستم اما چیزی که

نوشتم چی بود. نمی‌دونستم که حاوی هیچ ارزشی هست یا نه. اون روز به مازیار زنگ زدم و اون هم گفت که بیا پیشم. وقتی رسیدم دم خونه‌ش، دیدم که اون لباس‌هاش رو پوشیده بود و منتظرم بود. تا من رسیدم گفت که پاشو تا با هم جایی بریم. من هم گفتم چیزی هست که می‌خوام براش بخونم و اون گفت که حتما باید برام بخونی ولی بذار برسیم اونجا. بعدش بخون.

برام عجیب بود. چون مازیار معمولا جایی نمی‌رفت و حالا هم که داشت می‌رفت، داشت منو هم با خودش می‌برد. پیاده از خونه‌شون شروع به راه رفتن کردیم و اون کل مسیر رو از توی کوچه‌های تاریک اون شهر رفت. کوچه‌هایی که هیچ نوری واسه شب ندارن و فقط از توی خونه‌ها یه نورایی می‌تابه توی کوچه. بین راه هم بهم از عشق می‌گفت. اون شب بهم می‌گفت که عشق واسه‌ی آدمای مختلف چیزای مختلفی بوده. بهم گفت که عشق واسه مولانا یه چیزِ شاد بوده، واسه‌ی حافظ یه چیزِ غمگین. گفت که عشق مثل کوه می‌مونه، که این مائیم و زندگی‌مون که توش صدا می‌زنیم و اون کوه تنها صدای خود ما رو بهمون برمی‌گردونه. من نمی‌فهمیدم که این حرف‌ها رو واسه چی می‌زنه چون احساس می‌کردم که امشب مازیار مثل هر شبِ خودش نیست. بالاخره همین‌طور که داشتیم از کنار یه خونه‌باغِ قدیمی رد می‌شدیم، به اون خونه اشاره کرد و گفت که این خونه‌ی پدری حورا ئه. نگاهی به اون خونه انداختم و منتظر بودم که مازیار چیزی رو در ادامه‌ی این حرفش بزنه. اما سکوت کرد و ادامه

نداد. تا مدتی همین‌طور به راه رفتن و سیگار کشیدن ادامه دادیم تا رسیدیم به یه کوچه‌ی کاهگلیِ بن‌بست. تهِ بن‌بست مازیار زنگِ یه خونه رو زد و وارد شدیم. یه حیاط بزرگ بود، پر از درختای نخل و هر گوشه‌ای هم درختای رَز رو می‌دیدی که پیچیدن و کبارهای کوچکی رو این‌طرف و اون‌طرف ساختن. داخلِ هر کبار یه سیم رفته بود و اون تو بغل انگورا آویزون شده بود و با یه لامپ صد اونجا رو روشن کرده بود. توی چندتا از کبارا هم می‌تونستی آدمایی رو ببینی که نشستن و جلوشون سینی‌های بزرگ منقله. این‌طرف اون‌طرف هم قلیون‌هایی رو می‌شد دید که ولو شدن گوشه‌ی یه حوض که توش آب و لجن قاطی شده بود. همه‌ی دور و بر صدای حرف زدن می‌اومد و بوی تریاک. همه‌ی صداها هم یه کم خَش پیدا کرده بود و معلوم بود که چونه‌ی همه حسابی سنگینه. یه پسرِ خیلی چاق اومد و به مازیار که رسید گفت: چطوری آقا مازیار؟ به ما کم سر می‌زنین‌ها. مازیار هم گفت: امشب یکی دوتا مهمون دارم. کجا بشینیم بهتره؟ و پسره که اسمش صادق بود یه کباری رو نشونمون داد و ما هم راه افتادیم سمتش. داخلِ کبار که رسیدم دیدم که نور لامپ افتاده روی انگورای کنارش و، سایه‌های عجیبی روی دیوار کاهگلی انداخته. مازیار هم کفشش رو از پاشنه خوابوند و اومد و کنار من نشست. صادق خیلی زود یه منقلِ بزرگ رو برداشت و آورد و بعدش گفت: مازیار خان چه جور وافوری بیارم خدمتتون؟ مازیار هم گفت که کاسه‌ی هیچ کدومشون هست که تازه خالی

شده باشه؟ صادق هم گفت: دستتون درد نکنه آقا مازیار! من هر چند روزی یه بار همه‌ی کاسه‌ها رو خودم می‌تراشم. اگه می‌خواین اصلا یه خورده سوخته براتون بیارم با اون شروع کنین؟ مازیار هم گفت که نه، امشب دلم شیره می‌خواد. و صادق هم خندید و گفت: آخ گفتین آخ گفتین. رو چشم.

معلوم بود که حال مازیار دگرگونه و من نمی‌فهمیدم قضیه چیه و برای این‌که حرفی زده باشم بهش گفتم که شعرم رو برات بخونم؟ مازیار کمی سرش رو سمت من خم کرد و گفت که آره، بده. و من شعرم رو دادم بهش و اون هم باز کرد کاغذای تاخورده و گرفت جلوی چشاش. اما معلوم بود که انگار حواسش جمع نیست. صادق رو که دید که داره از دور با یه وافور می‌یاد کاغذ رو گذاشت زمین و جایی رو جلوی خودش آماده کرد که صادق بذاره اونجا. صادق هم که این‌قدر چاق بود که با یه ذره راه رفتن به هن‌وهن می‌افتاد خودش اومد و نشست سر میز ما و خودش وافور رو گذاشت گوشه‌ی منقل تا کاسه‌اش داغ شه و بعدش از تو جیبش یه مثقال در آورد و گذاشت روی سینی و با دستش اون رو چندتا تیکه کرد، تا شد چند تا بستِ مناسب. هر بستی رو گرفت دستش و اندازه‌هاش رو درست کرد و پهن کرد و صاف کرد تا شد اون چیزی که می‌خواست و بعدش که کاسه‌ی وافور داغ شده بود بست رو چسبوند زیر سوراخ و با سوزنِ وافور بست رو این‌طرف اون‌طرف کرد و بعدش با سرِ سوزن سوراخ رو دوباره پیدا کرد و توش سوزن رو زد که راهش وا شه. بعدش

وافور رو داد دست مازیار و خودش انبردست برداشت و یه ذغال خوب پیدا کرد. ضامن انبردست رو بُرد جلو که ذغال سفت وایسه و بعدش بردش سمت وافور. مازیار هم وافور رو گذاشت گوشه‌ی لبش و اون هم ذغال رو گرفت تو یه فاصله‌ی کم از بست و به مازیار گفت: آقا مازیار، فوتاتو بکن که دیگه وقتش رسیده. و مازیار هم فوت کرد و فوت کرد تا ذغال گُر گرفت و رنگش زرد شد. بعدش صادق گفت: حالا بده تو. و صدای جلز و ولز تریاک اومد. لپ‌های مازیار رو می‌دیدم که یه کم تو می‌رفتن و بیرون می‌اومدن و دوباره تو می‌رفتن و این بین از توی بینیشم کمی تریاک می‌زد و می‌اومد بیرون و اون همین‌جور لپش رو تو می‌داد و دوباره تو می‌داد. بعد کاسه‌ی وافور رو از دهنش دور کرد و یه نفس گرفت و به اون‌ور خیره شد. انگار خیلی دوردست. بعد از چند ثانیه دهنش رو باز کرد و دود رو داد بیرون که زیر نور لامپای صد، دود بالا رفت و خودش رو رسوند به انگورای اون بالا و بینشون محو شد.

صادق تا چندتایی دود اونجا نشست و بعدش که صدای در اومد به مازیار گفت که بره ببینه کیه دم در. مازیار هم گفت شاید دوست من باشه. اگه بود راهنمایی‌اش کن بیاد. صادق هم گفت: همون دوست همیشگی؟ مازیارم گفت: آره. بعد صادق رفت و مازیار که کم‌کم نئشه شده بود دوباره حواسش جمع شد و کاغذِ شعر منو برداشت و شروع کرد به خوندن. بین خوندن وقفه‌ای می‌نداخت و پُکی به سیگارش می‌زد. من اونجا نشسته بودم و

داشتم به منقلِ روبه‌روم نگاه می‌کردم و دلم هوس کرده بود که حالی بکنم، ولی می‌ترسیدم بگم. بعد دیدم که صادق با یه دختره اومد و دختره واسه‌ی شهر ما چیزی که پوشیده بود خیلی سکسی بود. هر چند چیزیش اصلا معلوم نبود. ولی همون‌قدر مویی هم که بیرون داده بود و همون‌قدر هم که صداش رو نازک می‌کرد واسه‌ی شهر من اون‌وقتا خیلی بود. مازیار یه نیم‌نگاهی به دختره انداخت و دوباره سرش رو برد توی کاغذ. پرسیدم: مهمون شما نباشه؟ مازیار هم بدون اینکه حرفی بزنه فقط سرش رو جنبوند که نه. بعد شعر منو پائین گذاشت و رو به من کرد و گفت: بذار یکی دوتا دود بگیرم که باهات حرف دارم. یکی دوتا دود رو سریع گرفت و بینش هم تمام‌مدت دستش روی شعر من بود و هر چند وقتی یه نگاهی بهش می‌انداخت و یه لبخندی می‌زد. دوباره شده بود مازیار همیشگی. بعدش همین‌جور که دود تریاک تو دهنش بود شروع کرد به حرف زدن و تعریف کردن از شعر من. و همین‌جور که داشت از پیشرفت زیادِ شاعریِ من حرف می‌زد می‌دیدم که دودای تریاک از دهنش در میان و به آسمون می‌رن. بهم گفت که این شعرم به فُرم رسیده و من باید خیلی خوشحال باشم. به من گفت که همه‌ی کلمات شعرم به یه حالتی رسیدن که همه‌ی این مدت منتظرش بوده. به من گفت که به زودی از بهترین شاعرای کشور می‌شم و فقط باید با جدیت ادامه بدم.

مازیار اون‌وقتا پیش من جوری بود که خودش تنهایی عیار شعر بود. اون اگه می‌گفت شعری خوبه، من فکر می‌کردم که حتما اون شعر از بهترین شعرای دنیاست. بعدش شروع کرد به خوندن شعر من برای خودم و شعرِ منو جوری می‌خوند که انگار داره یه کتاب مقدس رو می‌خونه و من داشتم عشق می‌کردم. شاید اون لحظات بهترین لحظات زندگی من بودن. زمانی که حس غرورم به اوج خودش رسیده بود. فقط چیزی که کمی داشت منو اذیت می‌کرد این بود که خودم هم دیگه به درستی نمی‌دونستم که معنای بخش‌هایی از اون شعرم چی هست. توی همین مدت کوتاهی که از زمان نوشتنش گذشته بود من از حال و هوایی که اون شعر رو توش نوشته بودم فاصله گرفته بودم و برای خودم هم غریبه شده بود.

بالاخره طاقت نیوردم و از مازیار که هنوز شعرم رو دستش گرفته بود، و داشت باز هم اون رو می‌خواند پرسیدم: مازیار، به نظرت شعرم یه کم پراکنده نیست؟ ایرادی نداره؟ مازیار خندید و گفت: پراکنده؟ نه معلومه که نیست. شعر تو به فرم رسیده. مگه خودت این رو نمی‌فهمی؟ و من به دروغ گفتم: چرا می‌فهمم. بعدش مازیار ادامه داد و گفت که این بهترین شعریه که تا به حال نوشتی. و من بدون این‌که درست بدونم چرا، داشتم لذت می‌بردم. همون‌وقت صادق به سمت ما اومد و گفت که مهمون ما رسیده و دمِ در با مازیار کار داره. مازیار با تعجب پرسید: دمِ در؟ و بعدش بلند شد و همین‌طور که با یکی از دستاش موهاش

رو مرتب می‌کرد، از آلاچیق بیرون رفت. من مدتی اونجا نشستم و منتظر موندم. اما خبری نشد. جرات کردم که یکی دو پکی به وافور بزنم. تا آن روز شیره نکشیده بودم و نمی‌دونستم که با همون یکی دو پُک چنان نئشگی‌ای در من نشست می‌کنه که در عمرم تجربه نکرده‌ام. احساس شعفی وصف‌ناپذیر. به اطرافم نگاه کردم و از دیدن هر صحنه‌ای که در اطرافم جاری بود لذتی عمیق می‌بردم. انگار داشتم جهان رو می‌خوردم و هضم می‌کردم. در ذهنم رویای بهترین شاعر ایران شدن می‌چرخید و می‌چرخید. مدتی گذشت و به خاطرِ افتادن فشار، خودم رو درون پشتی رها کرده بودم که دیدم صادق اومد و گفت که آقا مازیار مجبور شدن برن و من گفتم بیام به شما خبر بدم که منتظرشون نباشین. من با تعجب پرسیدم که خودشون گفتن که بیاین بگین؟ و صادق گفت که نه، ایشون انگار اصلا حواسشون به شما نبود. حتی پول هم یادشون رفته بود بیارن و عذرخواهی کردن و رفتن. سرم به دوار افتاد. باورم نمی‌شد که مازیار بدون اینکه به من چیزی بگه از اون‌جا رفته. می‌دیدم که تیکه کاغذ شعرم سر جای قبلیِ مازیار مونده. اون رو با عصبانیت در جیبم گذاشتم و راهم رو کشیدم تا از اون‌جا بیرون برم. بین راه همون زنی که دقایقی قبل رسیده بود از من پرسید: ببخشید آقا پسر؟ و من برگشتم و بهش نگاه کردم که حالا مانتوش رو هم در آورده بود. پرسیدم: بله خانم؟ پرسید: می‌شه که یه قلیون واسم چاق کنین و بهم هم بگین که دستشویی چرا لامپ نداره؟ من باورم نمی‌شد که اون لاشی منو پانداز اون

پسره‌ی نکبتی صادق شناخته بود. بدون اینکه جوابش رو بدم از درِ اونجا خارج شدم. اول از دست مازیار به شدت ناراحت بودم و حتی زیر لبی فحشی بهش دادم اما بعد پیش خودم فکر کردم که حتما مشکلی براش پیش اومده که رفته.

از اون شب مدتی گذشت و من خبری از مازیار نداشتم و خودم هم سرما خورده بودم و دل و دماغی نداشتم که اون رو ببینم. با فاصله‌ای که از مازیار گرفته بودم کم‌کم نفوذ او هم روی من کم شد و شروع کردم به درس خوندن برای کنکور. خوب هم خواندم و این شد که چند ماه بعد داشتم در دانشگاهی در تهران درس می‌خوندم و با قرض و قوله و البته رفاقت‌بازی هم‌خونه‌ی یه نفر شده بودم که اجاره از من نمی‌گرفت. مدت‌ها بود که کشیدن تریاک رو کنار گذاشته بودم و هر روز در دانشگاه خودم رو به زمین سرپوشیده می‌رسوندم و هر ورزشی که دستم می‌رسید می‌کردم. طوری که بدنم رو اومد و حتی همون‌طور که حتما تا حالا می‌دونید پشت بازویی هم به هم زدم. درست است که بهترین شاعر ایران نشده بودم اما کم‌کم بین دوستانم شهرتی به هم زده بودم و کسانی بودند که منو قبول داشتند و اگه کاری براشون پیش می‌اومد برای مشورت به سراغم می‌اومدند. حتی آدمایی که خیلی زندگی‌های بهتری از من کرده بودن پیشم می‌اومدن تا من به اون‌ها بگم که چه کاری بکنن بهتر است.

درست همین زمان که مـن داشتم کمی سـر و سـامون میگرفتم، مازیار بعد از چند سالی تماس گرفت و گفت کـه میخواد بیاد تهران. من هم خوشحال شدم و همخونهام هـم تا چند وقتی به خاطر فُرجههای دانشگاهی بـه شهرش رفته بـود. تصمیم گرفتم درسهام رو بـرای امتحانات زودتر بخونم کـه با اومدنِ مازیار بتونم وقتم رو باهاش بگذرونم. صبحِ روزی که مازیار میرسید تهران، کلاس داشتم و کلید خونهم رو زیرِ پادری دمِ در گذاشتـم که بیاد و برداره و خودش بیاد داخـل تا سـرِ شب کـه مـن برسـم پیشش. توی دانشگاه به ساعتم نگاه میکردم و منتظر بـودم کـه زمان هر چـه زودتر بگذره. فکری بـودم کـه چـه جوری باید به مازیار بگـم کـه بـرای تریـاک کشـیدن جـایی رو بـرای خـودش دستوپا کنه، یا اینکه مثلا با چاییاش حب کنه و مـدتی رو به این منوال سختی بکشه. از همسایههام میترسیدم و نمیخواسـتم اعتباری کـه تو این مـدت تـوی اون خونـه بـه دسـت آورده بـودم از کف بره.

بالاخره بعد از غـروب بـود کـه خـودم رو رسـوندم خونـه. و چـون کلیدم دست مازیار بود در زدم. مازیار در رو کـه بـاز کرد دیدم کـه فضـای خونـه پـر از دود اسـت و او شـنگول و شـوخ و نئشـه. بـه قـدری شـاد بـود کـه دلم نیومـد اون رو بـه خـاطرِ کشـیدنِ تریـاک ملامت کنم. این بود کـه بعد از حال و احوالپرسی، لباسی عـوض کردم و خودم هم نشستم کنارش کـه پای گاز تنها نباشد. او هـم داشـت بـا عشـق تریـاک میکشـید و از مـن حـال ایـن و اون رو

۱٦۲

می‌پرسید. برای اولین بار در این سال‌ها به من هم تعارفی کرد که اگه خواستم با او بکشم. ولی من گفتم که نه ممنون. تو بکش. فقط یه فکری واسه‌ی این بو بکن که اینجا تهرونه و این بوها واسه‌ی اینا عادی نیست. مازیار هم خندید و پیازی رو نشونم داد گوشه‌ی گاز و گفت: همین کار همه‌ی دود رو می‌سازه. خیالت راحت. بعد رفت و پیرهنی از من رو که افتاده بود روی سکوی آشپزخونه برداشت و دور سرش چرخوند و چرخوند. اینقدر بامزه این کار رو کرد که خنده‌ام گرفت. همون‌وقت بود که به من گفت: راستی تو خونه‌ت چرا دستمال کاغذی نداری؟ من هم با تعجب پرسیدم: ندارم؟ گفت: نه، امروز دوستم اومد اینجا و تو یه دستمال نداشتی من به یه بدبختی‌ای افتادم. با تعجب پرسیدم: کدوم دوستت؟ و مازیار گفت: حورا دیگه. تا گفت حورا، دلم هُری ریخت پائین. فهمیدم که اصلاً این سفر به این خاطر بوده که حورا بعد از سال‌ها به مازیار زنگ زده بود که بیاد تا همدیگه رو ببینن. فهمیدم که حورا بعد از سال‌ها از زندگی زناشویی‌ش ناراضیه و حالا دلش هوای همون عشق قدیمی‌ش رو کرده با مازیار و مازیار هم برای دیدنش اومده تهران و امروز بعد از سال‌ها با هم توی خونه‌ی من دیدار کرده‌ن. مازیار گفت که حتی اون شعرِ من رو امروز برای حورا خونده و او هم از شنیدن شعر من کیف کرده. گفت که هنوز سطرهایی‌ش تو ذهنش بوده.

گیج شده بودم. چون مازیار در همین مدت کوتاه همه‌ی کارهایی که اگه از من اجازه می‌خواست بهش نمی‌دادم، کرده بود و حالا

هم که من این‌ها رو می‌شنیدم نه تنها ناراحت نمی‌شدم که حرف که به آن شعرِ قدیمی رسید دوباره چیزی غریب تمام وجودم رو پُر کرد. بهترین شاعر ایران من بودم. دوباره حس لذتی در من اوج گرفت که سال‌ها بود اون رو گم کرده بودم. در این مدت کوتاهی که مازیار خونه‌ی من بود کلی با من حرف زد و هر روز هم توی خونه موند و من هم چون وقتم آزاد بود همه‌ی وقتم رو باهاش گذروندم. کم‌کم دور از چشم او چند پُکی هم می‌زدم که بتونم راحت‌تر نشستن پای بساطش رو تحمل کنم. عصرها هم کمک او می‌دادم و لباس می‌چرخوندیم تا بوها بره. یه روز در این بین یه ساقی هم اومد خونه‌ی ما که از دوستای قدیمی مازیار بود و براش جنسی آورد و نشست و یکی دو ساعتی با مازیار از این در و اون در حرف زد و انگار نه انگار که من صاحب‌خونه‌ام، از مازیار به خاطر اینکه وقتش رو گرفته عذرخواهی کرد و رفت. مازیار هم البته هیچ‌چی نگفت هر چند فهمیده بود که من از چیزی ناراحتم.

در این بین قرار شد دختری که از دانشگاه باهاش آشنا شده بودم و روی حسابِ همون اعتبار من در دانشگاه با من هم‌صحبت شده بود و از عشقش به یکی از پسرها حرف زده بود، بیاد خونه‌ی ما. می‌خواست با من مشورت کنه. اون روز از اولِ صبح، مازیار که فهمید دختری به خونه من می‌آد شروع کرد به حرف زدن درباره‌ی لذتِ معاشقه. من هم دائم می‌خندیدم و به حرف‌هاش گوش می‌دادم. کلی داستان از سعدی و ایرج میرزا و

این و اون برام خوند و در همه‌شون روی معاشقه دست گذاشت و قضیه بافت و از معاشقاتِ خودش گفت و بعد که تنورش رو یک ساعتی داغ کرده بود از من پرسید که تا به حال دست به کار شده‌ام یا نه؟ من هم چهره‌م رو جدی کردم و با اخم گفتم که نه هنوز پیش نیومده. و اون خیلی جدی به من گفت: تو اگه می‌خوای شاعر بشی باید قلم رو بزنی اون تو و بنویسی! من خواستم بخندم اما با دیدن چهره جدی‌ش، ترسیدم.

بعدش دختره که رسید، مازیار با همون شلوار روخونه‌ایش که پاره هم شده بود همین‌جور نشست پای گازش و به کشیدنش ادامه داد. من هم چیزی نمی‌تونستم بگم و دختر رو بردم توی اتاق خوابم که اونجا راحت‌تر بتونیم حرف بزنیم. دختر شروع کرد به حرف زدن از عشقش به پسری که من می‌شناختم و من هم کم‌حوصله‌تر از همیشه داشتم به حرف‌هاش گوش می‌کردم. چیزی در من می‌خواست که دختر رو مجبور کنه حرفی بزنه که من دلم می‌خواد. حرف رو عوض کردم و دیدم که همون دختری که تا به حال همیشه از عشقش به دیگری با من حرف می‌زد داشت از خوبی‌های من به من می‌گفت و در این بین هم دستشویی‌اش گرفت. من هم بدو رفتم سمت مازیار که هنوز پای گاز نشسته بود و تا منو دید با جدیت تمام ازم پرسید: کار رو انجام دادی؟ و من بدون اینکه دست خودم باشد گفتم: نه، ولی رفته دستشویی که برگشت شروع کنیم. و بعد مازیار برای اولین بار بعد از سال‌ها دوباره با همون چشمایی که سال‌ها پیش توی

اون شیره‌کش‌خونه به من نگاه کرده بود به من نگاه کرد. با همون حس تاییدی که توی چشمای نئشه‌اش ساخته می‌شد. زیر اون نگاه من احساس کردم که دوباره خوشبخت‌ترین مرد دنیا هستم. مردی که مازیار تاییدش می‌کنه. رو به من کرد و گفت: بیا چندتا دود بگیر که می‌ری آماده باشی. و من هم برای اولین بار درکنار مازیار نشستم و او برام سیخ رو گرفت و من هم با لولی که درست کرده بود دودی گرفتم و او برام باز هم گرفت و من هم گرفتم و به شنیدن صدای درِ دستشویی از جایم پریدم و پشتِ سرِ دختر رفتم توی اتاق.

وارد که شدیم در رو پشت سرم بستم و بهش تکیه دادم. دختر رفت و نشست روی لبه‌ی تخت و به من نگاه کرد. از من پرسید: چیزی شده شهاب جان؟ من پرسیدم: چطور مگه؟ گفت: آخه داری یه‌جوری نگاه می‌کنی. من گفتم: نه عزیزم چیزی نشده. و رفتم و کنار اون دختر نشستم. دختر ساده‌ای بود که اومده بود با من درباره‌ی عشقش حرف بزنند. ولی من که نشستم کنارش و دستم رو انداختم دور گردنش، هیچ‌چی بهم نگفت. فقط در سکوتِ کامل نگاهم کرد. و توی نگاهش هیچ‌چی معلوم نبود. کمی از همه‌چیز بود. کمی از ترس. کمی از هیجان. کمی گنگی. در تمام مدتی که من آروم‌آروم لباس‌هاش رو در آوردم بدون حرکت نشسته بود و تندتند نفس می‌کشید و هیچ‌چی نمی‌گفت. هم لباس‌های خودم و هم لباس‌های اون رو خودم در آوردم. بعد دستم رو بردم تا سوتینش رو در بیاورم و این اولین بارم بود که

داشتم سوتین دختری رو باز می‌کردم. برای همین باز کردنش با استرسی که در اون زمان داشتم طول کشید. اما در تمام این مدت دختر هیچ‌چی نگفت. هیچ حرکتی نکرد. حتی وقتی که بهش گفتم که دراز بکشه. بعد هم که خواستم که دستم رو ببرم داخل. هیچ چی. مطلقا هیچ چی. فقط کنار من که عریان بودم دراز کشید و هر کار که می‌کردم بهم نگاه می‌کرد، با همون چشمایی که هزار حس متضاد داشتن ولی هیچ حرفی رو کامل ادا نمی‌کردن. من هم کنارش دراز کشیدم و بعد نگاهم به بدنش افتاد. دیدم که سینه‌هاش روی ملافه آویزان شده و شُل است و بزرگ. دیدم که دستام رو که می‌برم سمت عورتش، نه خوشحال می‌شه و نه ناراحت. نه حتی سینه‌هاش سفت. و دستای اون رو هم که گرفتم و گذاشتم روش هم. دستاش هیچ جابه‌جا نشد و بندوبساطم هم نیم‌خواب بود، بدون اینکه بخواد بیدار شه. ربع ساعتی رو در همین حال و احوال سپری کردم و بعد دیگه تحملم طاق شد. نمی‌تونستم به اون بازیِ مسخره ادامه بدم. به دختر گفتم که پا شه بره خونه‌شان و دختر هم هیچ‌چیز نگفت و پا شد و یک یک لباس‌هایی رو که من کَنده بودم آروم آروم پوشید و روسری‌اش رو هم پوشید و بدون اینکه به من چیزی بگه رفت توی هال و از مازیار خداحافظی کرد و رفت. صدای در که بلند شد، مازیار سریع به سمت اتاق من اومد و منو دید که نیمه عریان روی تختم دراز کشیده بودم. به من گفت: آفرین! ای پفیوز! دمت گرم! و بعدش قبل از اینکه من جوابی بدم رفت و

دوباره نشست پای گاز. منم نشستم کنارش و تا آخرای شب با هم کشیدیم.

روز بعد اتفاقات عجیبی برای من افتاد. توی دانشگاه که بودم دختره اومد سمت من و منو نشون یه پسره داد و پسره اومد سمت من و قبل از اینکه من هر چیزی بتونم بگم با مشت خوابوند توی صورتم و من هم که کمی خمارِ تریاک شده بودم فشارم افتاد و کارم به آب قند کشید و تصمیم گرفتم که زود خودم رو برسونم خونه. اما خونه هم که رسیدم متوجه شدم هم‌خونه‌ام ناغافل دقایقی قبل از من رسیده و مازیار رو در حال تریاک کشیدن با یه دختره دیده بود. من از مازیار پرسیدم: یه دختر؟ کی؟ و مازیار خیلی آروم انگار هیچ اتفاق بدی نیفتاده گفت: با حورا دیگه. امروز یه سر اومده بود و گفتیم یه بستی با هم بزنیم. یاد قدیما. احساس عجیبی مرا فلج کرده بود. نمی‌دونستم باید چی بگم و کم‌کم با ساکت شدنِ من، اون دو تا حرفشون بالا گرفت و مازیار سرِ هم‌خونه‌ام داد کشید که اون حق نداره که به کسی دستور بده و بعدش رو به من کرد و گفت: هیچ‌کس حق نداره به هیچ‌کس دستور بده. و ادامه داد: هر کی رو دلت می‌خواد بیار اینجا و بزن زمین و هیچ‌کی حق نداره بهت چیزی بگه. مثل اون شعرت باش. و هم‌خونه‌ام هم که فهمیده بود من دختر آوردم و موادکش آورده‌ام و ساقی آورده‌ام سرم فریاد کشید و بهم گفت که باید هر چه زودتر از اون خونه برم بیرون.

اتفاقات بعدش خیلی سریع افتاد. مازیار برگشت و رفت شهرمون و منم جُل و پلاسم رو برداشتم و رفتم یه مدت یه مسافرخونه و یه مدت تو خوابگاه و یه مدتم خونه‌ی هم‌بساطی‌هایی که پیدا کرده بودم طرفای میدون امام خمینی. این بین هم درسم رو بی‌خیال و بی‌خیال‌تر شدم و تو دانشگاه هم رفتار هم‌کلاسی‌ها با من عوض شد و من هم کم‌کم بی‌خیال دانشگاه شدم و توی همین این‌ور اون‌ور رفتن‌ها به نظرم رسید که یه ساقی‌گری‌ای بکنم. حتی فکرِ برگشتن به شهر زادگاهم هم اذیتم می‌کرد و حتما می‌خواستم که تهرون بمونم. از ساقی‌گری به یه پول‌وپله‌ای رسیدم. کم‌کم واسه خودم یه خونه‌ای گرفتم و یه ماشینِ دست دو هم جور کردم و رمز و رازهای ساقی‌گری رو هم یاد گرفتم و مشتری‌های ثابت خودم رو هم پیدا کردم. خوردن و کشیدنم مرتب شد، و سر و وضعم ردیف.

یه مشتری ثابت هم داشتم که باهاش بیشتر ایاق شده بودم و خونه‌اش رفت‌وآمدی پیدا کرده بودم و حتی گاهی که تنها بود باهاش تلی زده بودم. بهش می‌گفتم: رئیس. همه بهش می‌گفتن: رئیس. یه شب که انداخته بودم تو خیابون، رفتم سمت همون خونه‌ی خیابون هفت، و یه جنسی رو رسوندم به یه مشتری عجیبی که اخیرا پیدا کرده بودم. اسمش بهنام بود و بعدش دیدم که رئیس داره زنگ می‌زنه. وقتی رسیدم اونجا دیدم که پکره و از من می‌خواد که دخترش رو بپام. منم گفتم باشه، مسئله‌ای نیست و فردا سروقتش می‌روم. آخرِ شب رفتم پیش یه کتاب‌فروشه که از

مشتری‌های تقریبا ثابتم بود تا یه جنسی ببرم. اونجا که رسیدم دیدم یه دختره اونجاست که همون اول که دیدمش دلم رو برد. بقیه ماجراها رو قبلا گفتم و نمی‌خوام وقت مختصری که برام مونده رو به تکرارشون بگذرونم. حتما یادتونه که آخرای شب افتادم به طراحی و یهو دیدم که در واشد و کتابفروشه اومد تو و منو با یه چوب زد و هی زد و هی زد. تا الان که در خدمت شمام و فوقش یه ته نوری می‌بینم که همون هم داره تموم می‌شه و بعدش من هیچ‌چی نخواهم دید.

اما نه، اینا چیزایی نیست که می‌خوام به شما بگم. چیزی که می‌خوام بگم درباره‌ی معنای زندگی خودمه. درباره‌ی چیزی که در پسِ همه‌ی این سال‌ها بهش رسیدم و می‌خوام با شما در میونش بذارم. خیلی ساده است. و اون اینه که هیچ‌چیزی توی زندگی نیاز به توجیه نداره. شاید به نظرتون حرف من مسخره بیاد. ولی همین‌قدر مسخره که به نظر می‌رسه هم هست. زندگی رو ما خیلی از دید خودمون دیدیم و چون همیشه از دید خودمون دیدیم اون رو حول محور خودمون دیدیم. همه‌ش فکر کردیم زندگی واسه ماست. در حالی که این اشتباهه. زندگی واسه‌ی خودشه، ما هم واسه‌ی خودمونیم. توی هم، تداخل می‌کنیم. اما هر کی هم راه خودش رو می‌ره. با یه تفاوت و اونم اینه که ما واسه خودمون هزارتا توجیه ساختیم، در حالیکه زندگی واسه‌ی خودش توجیهی نمی‌سازه. واسه همینه که کلی چیز دم‌دستی که از خودمون می‌گیم توجیه داره، ولی خیلی از مهم‌ترین چیزایی که تو

زندگی‌مون پیش میاد، نداره. واسه همینه که یه چیزایی که به هم می‌گیم معنایی داره و یه چیزایی هم که به هم می‌گیم معنایی نداره. حالا هر کی یه جوره. واسه من این‌جوری بود که زندگی‌م زیاد معنایی نداشت. یعنی من چندتایی داشتم، واسه خودم. مثلا طراحی‌ای می‌کردم . شعری می‌گفتم. رفیقی داشتم. چندباری معاشقه کردم. عاشق شدم. اما اساس زندگیم واسه خودش بود. معنایی نداشت. هیچ چیز خوبی نداشت. تحقیر داشت.

نه، دروغ نخوام بگم هنوز فکر می‌کنم که یه چیز خوب داشت زندگیم. اون چیزِ خوبِ زندگی من همین مازیار بود. مازیار رو نباید با بدی‌هاش دید. مازیار همین‌جوری که بود هم خیلی چیزا به من داد. که اگر نمی‌دیدمش، نداشتم. من چیز زیادی نداشتم. مازیار هم چیزی، مالی مثلا، نداشت که به من بده. فقط یه چیز داشت. یه فکر. که اون رو به من داد و همون فکره شاید تنها چیزیه که تو زندگیم داشتم. اون رو هم از یکی دیگه گرفتم و می‌دونم خود اون یارو هم با اون فکرش به جایی نرسید. اما هر چی باشه یه فکره که من فهمیدمش. در حالیکه کلی فکرها رو من و امثال من نمی‌فهمیم. اون چیزی که من از مازیار فهمیدم همون چیزی بود که قبلا گفتم. اینکه هیچ‌چیزی توی زندگی نیاز به توجیه نداره، حالا که خود زندگی توجیهی نداره. مازیار بهم یاد داد که منم واسه‌ی زندگی هیچ توجیهی نداشته باشم. بهم کمک کرد دو بار توی عمرم احساس کنم بهترین شاعر ایران منم. و دیگه این رو احساس کرده بودم و نمی‌شد از زندگیم پاکش کرد.

مازیار باعث شده بود من که زندگیم زیاد توجیهی نداشت خودم هم توجیهی واسه‌ش دست‌وپا نکنم و این باعث شد تهِ تهِ تهش رو که حساب می‌کنم بهتر از خیلی جورها زندگی کردم. بیشتر از خیلی‌ها خندیدم. بیشتر از خیلی‌ها ترسیدم. بیشتر از خیلی‌ها به هیجان افتادم و برعکس خیلی‌ها تو همین عمرم یه داستان ساختم که تو روزنامه‌ها چاپ می‌شه و قتل منو می‌بره تو رسانه‌ها و شاید حتی بعد مرگم بعضی‌ها منو یه قهرمانِ سیاسی کردن و علمم رو هم ساختن. معلوم نیست. دلیلش ساده است: چون داستان من تموم‌شدنی نیست. دلیلش ساده است: چون من خودم اون رو تموم نکردم. اصلا حتی اون رو ننوشتم که وقتی نباشم تموم بشه. چیزی که معنایی نداره، چه پایانی می‌خواد داشته باشه؟

فصل یازده

یازده: کفل

مازیار

چون به اینجا رسیدیم بذارین من کمی از خودم بگم و برم. خیلی تلگرافی می‌گم. امیدوارم سوءتفاهمی نشه. من درس خوندم و بعدش رفتم سر کار. اون‌وقتا تو اون شهر زیاد کار واسه جوونا نبود. واسه همین افتادم تو چشم و خیلی‌ها هم که می‌دیدن من ذوقی دارم و شعری می‌گم منو دعوت می‌کردن این‌ور و اون‌ور. من هم رزق و روزیم رو خوب در می‌آوردم. سر و وضعم هم خوب شده بود. گاهی فقط بستی می‌گرفتم که حالم بیشتر سر جاش بیاد و تازه هم با اون همه ورزش کاراته‌ای که من کرده بودم به این سال و ماه‌ها طوریم نمی‌شد. البته الان دندونام خراب شده و دیگه با تریاک و این حرف‌ها حالی نمی‌کنم و سعی می‌کنم متادونی به جاش بخورم و اگه دیگه خیلی اوضام خراب شد و حالم گرفته شد بزمی بگیرم و معمولا هم که بزمی می‌گیرم پیش خودم می‌گم: ما که تا اینجای راه رو اومدیم بریم تا ته‌اش رو ببینیم چه خبره. و می‌رم و یه شیشه و گردی هم می‌زنم که دیگه چند روزی رو سر حال باشم و دوباره بعدش برم سروقت متادون و ترک. وضع دندونام بهتر نشده ولی بدتر هم نشده و سر و گونه‌ام که تو این همه سال یه خورده تو رفته، یه کم تپل‌تر شده و

۱۷۳

حتی چند وقت قبل یکی بهم گفت که جوون شدی دوباره آقا مازیار، و من هم سینه‌ای جلو دادم و گفتم: شیر ژیانم دیگه.

اما اون قدیما که جوونِ جوون بودم اصلا معلوم نمی‌کرد که بستی می‌زنم. خیلی چهره‌ام قبراق بود و بست زدن هم نشسته بود بهش چون باعث می‌شد که چونه‌ام گرم بشه و بگم و بگم و همه هم تو کف من که این‌قدر سواد این یارو از کجا داره. خلاصه واسه خودم مارچلو ماستوریانی‌ای بودم و فیلمای ایتالیایی سکسی تو ایران باب بود و خلاصه دخترا زود می‌رفتن تو کارم. همون‌وقتا تو جلسه‌ها یه مردی می‌اومد که خیلی آدم بدقلقی بود و فقط می‌اومد و می‌نشست یه گوشه‌ای و می‌رفت. این یارو کم‌کم اومد توی دست‌وپای من و هی با من چرخید و هر بار منو رسوند خونه و هی تعارف کرد که برم خونه‌شون و خلاصه این‌قدر اصرار کرد که من گفتم برم بیچاره خیلی مشتاقه. رفتم و دیدم طرف چه آدم بدبختیه و همه‌ی اعضای خانواده‌اش رو دور من جمع کرده و نشون من می‌ده و از من می‌خواد که براشون حرف بزنم تا چیزهایی حالیشون بشه. من هم شروع کردم به بلبل‌زبونی و از این گفتم و از اون گفتم و همون‌وقت هم زنِ یارو که اومد برام چایی آورد از دیدن زنش تعجب کردم. چون یه دختر جوون بود و معلوم بود که زود ازدواجش دادن. هرچند هیچ آرایشی نکرده بود زیبا بود و می‌شد توی صورتش دید که توی زندگی به حقش نرسیده. اون شب تا دیروقت موندم.

۱۷٤

زد و سر یک جریان درگیری با حراست در محل کار و لو رفتن برخی کارایی که قبل انقلاب کرده بودم روی من زوم کردن. یکی دوتا محاکمه و برو و بیا و کم مونده بود که جونم رو به خاطر همون فعالیت‌های ادبیِ ساده که تاثیری هم روی هیچ‌کی نداشته بود از دست بدم. اما نجات پیدا کردم هرچند از کار بی‌کارم کردن. از اون به بعد عمده وقتم رو تو جلسه‌های شعری می‌پلکیدم. توی یکی از همین جلسه‌ها بود که دوباره اون یارو رو دیدم. حتی خیلی داغون‌تر از قبل شده بود. بعد جلسه هم اومد پیش من و با کلی اصرار منو مجبور کرد که برم خونه‌شون. هر کار که کردم نتونستم بپیچونم و واسه همین یواشکی بهش رسوندم که من آخرای شب دودکی هم می‌گیرم. اونم به من گفت: رو چشم و خودم هم باهات می‌زنم و اصلا کاش زودتر می‌گفتی.

رسیدیم خونه‌ی یارو و دوباره دیدم که همه‌ی خونواده‌اش رو دور من جمع کرد. من که خوشحال بودم که یه جایی واسه تریاک کشیدن پیدا کردم پیش خودم گفتم طوری نیست من هم فازشون رو می‌گیرم تا ببینیم چی می‌شه. خلاصه نشستم و بلبل‌زبونیم رو دوباره شروع کردم و همه‌شون رو خندوندم. آخرِ شب مرد برام بزمی ساخت و کشیدیم و دیدم که ماهواره نداره، بهش گفتم حتما یکی بگیره و بعدش کلی از نئشه ماهواره دیدن تعریف کردم و اون هم پایه شد و از چند شب بعدش ماهواره‌ای هم با هم می‌دیدیم که هی اوایلش گیر بود که شبکه‌های خبری ببینیم اما بعدش که درست حالیش کردم باید از همه چیز سر در آورد و این

مسخره‌بازی‌ها چیه که این رو ببین و اون رو نبین و آدم باید ذهنش رو باز کنه و بیشتر حال کنه اون هم قبول کرد و اوایلش هم زن و بچه‌اش رو زندونی کرده بود تو اتاقا. کم‌کم حالیش کردم که بگه اون بنده‌های خدا هم بیان و هر بار که به زنِ بیچاره‌اش نگاه می‌کردم، می‌دیدم چقدر لیاقتش بیشتر از این زندگی‌ای هست که داره. استعدادش شگفت‌انگیز بود. یک بار فقط با دیدن رقصِ یه زنه تو ماهواره، پا شد و اداش رو درست عین خودش درآورد و شوهرش شاکی شد که بشین. یه همچین زنی با همچین مردی.

دوباره گفتم خدا رو خیر نمی‌آد یه حالی به این بیچاره‌ها ندم. برای همین روی مرد کار کردم که برو کار کن. کار کن و کار کردن اصلا چیز بدی نیست. بهش گفتم که باید خرجی این زن و بچه‌ش رو در بیاره و باید بیشتر با مردم معاشرت کنه و اون هم کم‌کم سر عقل اومد. این بین هم من می‌دیدم که زنش و بچه‌ش هر روز دارن شاداب‌تر می‌شن و اصلا عین غنچه‌ای شده بودن که باز شد. زنش رو باید می‌دیدی. از یه زنِ ترسوی توسری‌خور شده بود واسه‌ی خودش همه کاره. فیلم‌ها رو می‌شناخت و آهنگا رو می‌شناخت و رقص بلد بود، که یه وقتایی که مرد نبود یا نمی‌دید، می‌رقصید برام و دخترش هم توی مدرسه هی پیشرفت کرده بود و هر روز سرحال‌تر شده بود و من اصلا شده بودم مثل عموش. از باباش نزدیک‌تر حتی.

یه شب مرده اومد و گفت که می‌خواد فردا بره دنبال کار. من خیلی خوشحال شدم و پیش خودم فکر کردم که این فرصت مناسبیه که منم راهم رو بکشم و دوباره برگردم سر خونه و زندگیم و یه فکر واسه‌ی خودم بکنم. شب که شد مرده خوابید و منم رفتم دستشویی که آبی به سر و روم بزنم. دیدم که بیچاره دختره یه گوشه‌ای ایستاده و داره با گریه به من نگاه می‌کنه. تو چشماش یه چیزی بود که من نمی‌فهمیدم. یه جور خواهش. دلم سوخت. خیلی. طوری که نمی‌دونستم باید چی کار کنم. تو چشماش می‌دیدم که می‌خواد بگه من تنهام. می‌خواد بگه تو بری دوباره بابام منو می‌زنه. تو بری دوباره مامان دیگه نمی‌رقصه و هزار تا چیز مثل این.

از دستشویی که اومدم بیرون، دختره رفته بود، اما زنِ یارو وایساده بود دم در. تا من اومدم، خودش رو انداخت روی من و منو برد توی دستشویی و شروع کرد به بوسیدن من. اما نه مثل همه‌ی بوسه‌هایی که توی این سال‌ها کرده بودم. توی بوسه‌اش چیزی بود. یه چیز غریب. وقتی تو رو می‌بوسید هیچ چی نمی‌گفت. سکوت کامل. وقتی در رو هم می‌بست هیچ صدایی نمی‌اومد. همون‌جا توی دستشویی توی پنج دقیقه کار منو رسوند به یه جایی که داشتم دیوونه می‌شدم و بعدش خودش رو کشید کنار و درِ گوش من گفت که فردا بگو مریضی و بمون تو خونه. و بعد، قبل از رفتن دوباره نگاهم کرد و گفت: خواهش می‌کنم. و رفت بیرون و سریع خودش رو به اتاق خوابش رسوند و در رو

بست. من هم به هال برگشتم و ناگهان دیدم که اون طرفِ هال در پشتِ مبل، دخترِ خانواده نشسته و به من خیره شده. اسم اون دختر ثریا بود. ثریا همین‌جور که داشت بهم نگاه می‌کرد سمتم اومد و هر چه جلوتر می‌اومد بیشتر اشک توی چشماش جمع می‌شد و وقتی که به من رسید دستش رو بلند کرد و وقتی من دستم رو بردم که دستش رو بگیرم، با نوک ناخنش روی دست من خط عمیقی انداخت و فرار کرد. تمام شب خط‌هایی که ناخن او روی دستم انداخته بود می‌سوخت. نیمه‌های شب هم که دوباره از دردِ اون خراش‌ها روی پوستم از خواب بیدار شده بودم دیدم که سایه‌اش افتاده روی من. باور کنید از ترس تخم‌هام چسبید بهم. پریدم و خودم رو انداختم گوشه‌ی دیوار و تازه بعد دیدم که دختره پقی زد زیر خنده و رفت بیرون.

فردا صبح نمی‌خواستم خودم رو به مریضی بزنم. می‌خواستم همون‌طور که قرار بود برم و راه خونه‌ام رو بگیرم. یارو هنوز خوابیده بود ولی زنش بیدار شده بود. به زنِ یارو که گفتم شروع کرد به گریه کردن و پرید و رفت سمت دستشویی. من هم خیلی ناراحت شدم و دلم می‌خواست که براش کاری می‌کردم اما به دختره که فکر می‌کردم می‌ترسیدم اون‌جا بمونم. رفتم تا از دختره خداحافظی کنم. تو اتاقش نبود. وقتی برگشتم، دیدم تو اتاق منه و داره وسائلم رو باز می‌کنه و یه پتوی اضافی و یه کم قرص هم گذاشته گوشه‌ی تشکم. مطمئن شدم دختره دلش نمی‌خواد که من برم. برای اینکه کار عجیبی نکنه، و از اتفاق دیشب چیزی به

پدرش نگه، رفتم و تـوی تشـک خوابیـدم و وقتـی زن اومـد خیلی خوشحال شد و در رو بسـت و رفـت و شـوهرش رو صـدا زد کـه فلانی مریض شده و نمی‌تونه امروز بره.

بعد شوهره رفت. و من همون‌جا دراز کشیده بودم و دختره مـدام می‌اومد به من سر می‌زد و دسـتی روی سـر و صـورتم می‌کشـید و می‌رفت. و من هر بار کـه اون دختـره بـه سـمتم می‌اومـد از تـرس زیر دستاش خودم رو جمع می‌کردم. هـر دفعـه احسـاس می‌کـردم این دفعه‌س که دستاش رو داخل بینـی‌م بکنـه و این‌قـدر فشـار بـده کـه از دو طـرف صـورتم خـون بزنـه بیـرون، یـا این‌کـه الانـه کـه انگشت‌هاش رو فروکنه تـوی چشـمام. بـا ایـن همـه، هـر بـار اون دختر مهربانانه من رو نوازش می‌کرد و می‌رفت.

بعد دم ظهر که شد دیدم کـه زنِ طرف، کـه اسمش حورا بود، اومـد تـوی اتاقم. حورا لباس سیاهی پوشیده بود کـه تـا کمی پایین‌تر از نافش می‌رسید. دامن چین‌داری داشت که یکی از چین‌ها از پایین سمت راست مورّب بالا می‌رفت و بـا خـودش دامـن رو می‌گرفت و بالا می‌برد و سمت چپِ کمرِ حورا گره می‌خورد. و این‌جـوری بود کـه وقتی حورا اون دامن رو پوشیده بود به انـدازه یه مثلـث از پاهاش رو می‌شد دید. یه مثلث که از مـچ یکی از پاهـاش شـروع می‌شـد و می‌رفـت و می‌رسید بـه بـالای زانـوی پـای دیگـرش و بعدش برمی‌گشت و می‌رسید به کف زمین. من از دیدن حورا تـو اون لباس به سکسکه افتادم. و اون سـمتم اومـد و مـا کلی از ایـن

اتفاقی که افتاده بود خندیدیم و بعدش حورا سر منو گذاشت رو
پاش و، اینقدر موهامو نوازش کرد تا سکسکه‌ام بند اومد و
بعدش من سر اون رو گرفتم رو پاهام و موهای اون رو نوازش
کردم. تا جایی که داشت توی دستای من به خواب می‌رفت و من
هی دستم رو می‌نداختم توی سیاهی موهاش و اون‌ها رو بلند
می‌کردم و دور دستم رهاشون می‌کردم که اونا که پائین می‌یان
بخورن به مچ دستم و یک غلغلکی بشم و بلغزن پائین.

بعد ما از اون اتاق رفتیم توی یه اتاق دیگه که کنارش بود و برای
انباری گذاشته بودن. می‌خواست اونجا یه چیزایی رو نشونم بده
و اون چیزا چی بود؟ دفترچه‌های خاطراتش بود و عروسک‌هاش
بود و نقاشی‌هاش و عکسای قدیمی‌ای که از مامان باباش داشت.
بعدش من و اون نشستیم و کلی از بچگی‌هاش برام حرف زد. از
درختی که توی کودکی‌ش دوست داشته. از یه دائی که داشته و
هر وقت باباش نبوده همه‌ی اون‌ها رو از گوش می‌گرفته و بلند
می‌کرده، از یه سری حشـره کـه داشـته و بـا خـودش تـوی یه
بطری‌هایی می‌برده و دوستشون داشته و از ترسیدنش از یه مار
توی یه جنگل.

بعدش من نفهمیدم کی ما شروع کردیم به بوسیدن هم و من دیگه
نتونستم خودم رو کنترل کنم و خودم رو روی اون انداختم. اینجا
بود که همه‌چیز شکل عجیبی به خودش گرفت. عین دیشب که
منو می‌بوسید هیچ صدایی از دهنش بیرون نمی‌آمد، مطلقا هیچ

صدایی. من نمی‌فهمیدم. گیج شده بودم. هر کار که باهاش می‌کردم و هر کار که اون با من می‌کرد، باز هم در سکوت مطلق بود. سکوت کامل. و وقتی که می‌گم هر کاری، حرف منو قبول کنید. مثل دو تا آدم بودیم که خودشون رو از تمدن نجات داده باشن و دوباره آزاد شده باشن. چنان آتیشی در من به پا شده بود که تا اون روز نشده بود. دستام داشت واسه خودش این طرف و اون طرف می‌رفت و سر و گردنم هم شُل شده بود و از ناله‌ی بلند حیوانی‌ای که از دهنم بیرون می‌اومد در حیرت بودم.

یه صدایی اومد و بی‌اختیار گردنم به سمتش چرخید و دیدم که اون دختره ثریا دم در اتاق انباری ایستاده و داره به من نگاه می‌کنه. یه چیزی تو نگاهش بود که هنوز هم به سراغم می‌یاد. یه چیزی که بهتره در موردش حرف نزنم. چون دوست ندارم که یادم بیفته. یه چیزی که واسه‌ی این دنیا نیست. در همین لحظه حورا زیر من یه تکونی به خودش داد که من همه‌ی حواسم به اون پرت شد. درد خفیفی در من افتاده بود که دلم می‌خواست مدتی رو با اون درد بگذرونم و به هیچ‌چیز دنیا فکر نکنم.

ما تا دم‌دمای عصر کنار هم دراز کشیده بودیم و اون دوباره مثل خودش شده بود. دوباره صدا می‌داد. دوباره بذله‌گویی می‌کرد. نمی‌ذاشت من بخوابم. دستم رو می‌کشید. قلقلکم می‌داد و من هم هی می‌گفتم نکن نکن دیگه. نکن دیگه. ولی آخرش طاقتم طاق می‌شد و می‌پریدم روش و غلغلکش می‌دادم. دم دمای عصر اون

رفت حموم و بعد من رفتم حموم و رفتم توی همون تشکم و خودم رو زدم به اینکه خوب که نشدم، مریض‌تر هم شدم. یارو هم اومد و سری به من زد و با حورا حرف زد و رفت و خوابید. نصفه‌های شب با صدای حورا از خواب بیدار شدم و ترسیدم که همه چیز لو رفته. اومده بود که بگه امشب کنار یارو نخوابیده. مدت‌هاست کنار یارو نخوابیده. همیشه اون‌ورتر می‌خوابه. من هم ذوق کردم و اون که رفت دوباره خوابیدم.

دوباره از تماس دستی روی صورتم بیدار شدم. اما چشمام رو باز نکردم چون دلم می‌خواست که با چشم بسته باشم و بذارم حورا صورتم رو نوازش کنه. کمی که گذشت، احساس کردم که دست‌ها دارن بیشتر از اون حدی که باید به صورتم فشار می‌یارن و کم‌کم بینی‌ام داشت درد می‌گرفت و غضروفش می‌مالید روی استخونش. چشمام رو باز کردم و جا خوردم. دیدم دختره هست که داره دستش رو روی من فشار می‌ده و توی دست دیگه‌اش هم یکی از سینه‌های خودش رو گرفته. سرشم آروم آروم بالا و پائین می‌کنه و نشون می‌ده که داره حال می‌کنه. بعد از چند ثانیه که این ادا رو در آورد پقی خندید و از در اتاق رفت بیرون.

من مونده بودم باید چه کار کنم. هم دلم نمی‌اومد که از اون خونه برم و هم نمی‌فهمیدم با این ثریا چه کنم. جراتش رو هم نداشتم که این مساله رو به حورا بگم. می‌ترسیدم که اون رو، که تازه بعد از سال‌ها مرهمی روی دردهای من شده بود، از دست

بدم و از طرفی هم احساس می‌کردم که خودم این مساله رو حلـش می‌کنم. تا شوهرش می‌رفت، با حورا وقت رو می‌گذرونـدم. هـر بار هم جور متفاوتی می‌خوابیدیم. یه بـار انگار هـر دو دوستایی قدیمی هستیم که بعد مدت‌ها همدیگه رو دیده‌ایم. یه بار مثل این‌که اون یه هرزه است که مـن آورده‌ام به خونـه‌م. و همین‌طـور عوض می‌شد. اون روزها بهترین روزهای من بود. با حورا گاهی دودی هـم می‌گرفتیم و می‌خندیـدیم. گاهی بـا هـم می‌رقصیدیم. همه‌چیز عالی بود و کلی هم می‌خندیدیم. اون ادای بچه‌ها رو در می‌آورد. ادای خواننده‌ها رو در می‌آورد. ادای منو در می‌آورد. منم هی می‌خواستم بهش حمله کنم و هی می‌خواستم بهش حمله کنم. اون عشقی که اون روزا به اون بدن داشتم دیگه هیچ‌وقت تو عمرم نداشتم.

خود ثریا هم کم‌کم بـرام جالب شـده بود. چـون هـر بـار دستش تغییر می‌کرد. هر بار به میزان خفیفی دستش جـور دیگه‌ای روی پیشونی و صورتم جابه‌جا می‌شد. گاهی بیشتر فشار روی چشمام مـی‌داد. گـاهی بیشـتر اون رو دور لب‌هـام مـی‌آورد و همین‌طـور عوض می‌شد. با وجودی که زیر دستاش به خودم می‌لرزیدم امـا مـی‌ذاشتم هـر خیالی کـه داره روی صورتم پیاده کنه، شـاید آرام بگیره.

روزها به همین منوال گذشت تا روز دهم. روز دهم از صبح حورا حالتی داشت. مثل روزای قبل نبود. انگار از همیشه آزادتر بـود.

دیگه حتی منتظر رفتن شوهرش نشد و جلوی اون هم هی به من سر می‌زد و هی از من حرف می‌زد. جور عجیبی شده بود. شوهرش هم هی برمی‌گشت و به من چشم‌غره می‌رفت و از اون‌طرف زنش انگار نه انگار. بهش می‌گفتم: حورا یه کم مراعات کن. خیلی داری زیاده‌روی می‌کنی‌ها. ولی گوشش بدهکار نبود که نبود. انگار جنِی شده بود.

همین هم پدر ما رو در آورد. عصر وقتی شوهرش برگشت خونه، ما هنوز تو کار هم بودیم. شوهره هم یالتاقی بود. با کمربند افتاد دنبال من، که من تو رو می‌کشم و پدرتو در می‌یارم و منم مجبور شدم فرار کنم. کاری نمی‌شد کرد دیگه. اما اون فرار کردن همه چیز رو خراب کرد. همه چیز رو. یارو شروع کرد به بی‌آبرو کردن من و زنش. این‌قدر باهاش حرف زده بودم. حالیش نشد که نشد و زنش رو جلوی این و اون بدنام کرد و منم که یکی دو بار رفتم که مخفیانه سری بزنم به حورا، دیدم که مردم ریختن تو کوچه دنبال من. یه شب هم که رفتم دیدم که اون دیگه اونجا نیست و این‌جوری شد که دیگه بریدم و اشک‌ریزون از اون شهر انداختم و اومدم تهران.

نزدیکای تهران ماشینم پنچر شد. نمی‌دونستم باید چی کار کنم. مدتی منتظر موندم تا اینکه بالاخره یه بنده خدایی پیدا شد و منو سوار کرد و برد و رسوند به یه پمپ بنزین. یه مامورِ جوون توی پمپ بنزین بود که دستش هم به کمک می‌رفت. تازه مامور شده

بود و معلوم بود که از زندگی‌ای که شروع کرده راضیه. تیپ آرتیستی‌ای داشت و سعی می‌کرد باکلاس حرف بزنه. اومد و منو سوار ماشین خودش کرد و برد تا دم ماشین من و خودش هم افتاد به درست کردن ماشین. با آچار و پیچ‌گوشتی افتاده بود به جونش و هی کار می‌کرد. مردِ جوانِ مهربانی بود که اعتقادات دینی خاص خودش رو داشت و زیاد هم به جان حضرت ابوالفضل قسم می‌خورد. اما از اون‌طرف هم آرتیستی بود که برات ادای آلن دلون رو در می‌آورد و به خودش می‌گفت ابوالفضل پورعرب. خلاصه به قول امروزیا رد داده بود. اون شب هم منو دعوت کرد به خونه‌ش و اونجا هم که بودیم کلی از من پذیرایی کرد و همه‌ی دور و بر خونه‌اش هم پر بود از پهلوان تختی و فردین و بهروز و ایرج و تمثال حضرت علی و اون گوشه‌موشه‌ها هم یه عکس کوچیک از الویس پریسلیِ جوون. با یکی دو تا عکس چسبی از برنامه‌های کارتونی.

نیمه‌های شب بلند شدم و رفتم تا بیرون خونه تریاکی بکشم. پیش خودم فکر می‌کردم که اون اطراف جایی پیدا می‌کنم و آتشی به پا می‌کنم و دودی می‌گیرم. اطرافِ خونه‌ش بیابونی بود و دور و بر هم سکنه‌ی خاصی نبود. چندتایی زمین کشاورزی بایر بود. یکی دوتا درخت هم این طرف و اون طرف دیده می‌شد. خارها رو به هزار زحمت جمع کردم و آوردم و گذاشتم روی هم و آتیشی روشن کردم.

مقداری از تل‌ها رو گذاشته بودم تو جورابم و در آوردم و بازش کردم و یه نگاهی به اون زردی خوشگلش کردم و پیش خودم گفتم این خوشگله امشب جاش توی سینه‌ی خودِ خودم. بعدش تل رو انداختم سرِ سیخ و شروع کردم به کشیدن. هی گفتم چرتی نزنم چرتی نزنم ولی از دستم کَند. با صدای فریاد از خواب پریدم. می‌بینم که پلیسا اومدن و دارن پسره رو می‌برن. دارن سرش رو می‌کُنن تو ماشین. پسره رو همین حالا کچلش هم کردن. دستاش رو از پشت گرفته بودن و یارو رو هُل می‌دادن جلو که سرش هم خورد به لبه‌ی ماشین و خونی هم اومد. منم اون پشت قایم شده بودم و نمی‌دونستم که چی کار کنم. بعدش اونا که رفتن کم‌کم اومدم بیرون و دیدم که ماشین منو هم برداشتن و بردن. حالا شانس آوردم که گرچه کلی جنس توش بود، هیچی مدرک توش نذاشته بودم که منو لو بده. ماشینم هنوز سندش به نام یکی از ساواکی‌های قبل انقلاب بود. اوایل انقلاب مصادره شده بود و همین جور دست به دست چرخیده بود تا رسیده بود دست من.

پیش خودم گفتم معلوم نیست که طرف چه قاتلی شارلاتانی بوده که امشب گیر ما افتاده بود. منم اگه هنوز اون تو بودم با این یارو می‌گرفتن و حالا بیا اثبات کن که ایشون یه مامور پمپ بنزین بوده که لطف کرده و منو دعوت کرده بیام خونه‌ش. اینا که گوش شنوا واسه این حرفا ندارن. تازه با سابقه مبارزاتی که من داشتم حسابی گرفتار می‌شدم. زدم به چاک و بعد یه مدتی که تهرون

موندم تا مطمئن شم گیر و گرفتی برام پیش نیومده، برگشتم شهرمون. پیش این شاعر و اون شاعر یه زمانی گذروندم و همه جایی‌ام که بودم همه اصرار می‌کردن که تو رو خدا بمون، تو رو خدا بمون. چرا؟ چون من که می‌رفتم واسه‌شون یه اتفاق بودم. می‌نشستن دور و بر من و من که حرف می‌زدم عشق می‌کردن و می‌خندیدن و همه می‌گفتن که آقا مازیار، تو رو خدا داستانی بگو. آقا مازیار، تو رو خدا امشب رو بمون و همه‌ی این‌ها که زن‌هاشون جلوی بقیه لام‌تاکام حرف نمی‌زنن به من که می‌رسیدن از همه چی حرف می‌زدن و من همون رو تبدیل می‌کردم به یه چیز بامزه و روز رو شب و برعکس می‌کردم و این وسط مسطا هم کم‌کم رفتم تو کار دخترا و دوباره دختربازی‌ای کردم و دوباره مزه‌اش اومد زیر لبم.

البته هنوز هم به حورا فکر می‌کردم، که چه روزهایی بود و چه شوم به پایان رسید. اون همه بوس و کنارِ رویایی. انگار توی یه دنیای دیگه زندگی می‌کردم. دنیایی که مثل حالا نبود. نمی‌دونم بگم چه جوری بود ولی فرق داشت. توی این هاگیر واگیر دیگه عادت هم کرده بودم که با یه سری آدم گرم بگیرم و باهاشون وقت بگذرونم، چرتی بگم و از این کارا. البته همه‌شون یه جورایی یه مشکلاتی داشتن و می‌اومدن پیش من و منم یه جور پناهگاهی بودم واسه‌شون.

یکی از این آدمایی که من باهاش وقت می‌گذروندم یه پسر نوجوونی بود به اسم شهاب که می‌اومد خونه‌ی من و هر چی می‌گفتم گوش می‌کرد. من هم از سر خیرخواهی چون می‌دونستم که چه جور زندگی‌ای می‌کنه و کرده بهش این چیز و اون چیز رو معرفی می‌کردم که یه کم دستش بیاد. می‌دونستم از این بچه بسته‌هاست که سرش زده ببینه دنیا دست کیه و باهوش هم هست و از اون‌ورم خونواده‌اش مذهبی بودن، مذهبیِ مذهبیه. یه جاهای عمیق و دوری توی وجودش مذهبی باقی مونده بود.

خلاصه این شهابه رو توی دست‌وپای خودم بزرگش کردم و بهش از شعر گفتم، از فرم گفتم، و کلی چیزای دیگه. البته این‌جوری که نگفتم. با یه حالت خیلی هنرمندانه‌ای همه‌ی این‌ها رو بهش گفتم. طوری که خودش مثلا از یه چیزِ خودش خنده‌ش می‌گرفت و بعدش پا می‌شد می‌رفت و می‌دیدم که یواش یواش اون چیز رو از خودش دور کرده. این شهاب رو با خودم این‌ور و اون‌ور هم بردم و یادمه که یه شب اصلا بردمش که یه نئشه‌خونه رو نشونش بدم. گفتم ببینه براش بهتره. دستش بیاد که همه جاهای ایرون چه شکلیه. نشه یکی مثل باباش که غب‌غبشو بندازه بیرون و این‌ور و اون‌ور افه بیاد که من خیلی شاخم و اله و بله.

آهان! همون شب، ما که رسیدیم پیش صادق — صادق، اون هم بیچاره عجب سرنوشتی پیدا کرد. زن گرفت، بعد طلاق گرفت.

بعد دوباره با همون زنش ازدواج کرد. بعدش هم دوباره با همون دختره که دفعه اول رفته بود تو کارش، شروع کرد و دوباره زنش دید و دعوایی شد که نگو و نپرس. و هنوز هم ادامه داره. بازم خیانت می‌کنه و بعد آشتی می‌کنه و دوباره خیانت می‌کنه و می‌گن همه‌ش هم داره چاق‌تر می‌شه و زودتر به هن‌وهن می‌افته.- صادق برامون منقل رو آورد و ما گرفتیم دستمون. شهاب هم یه شعری گفته بود که داد به من و من برداشتم که بخونم و دیدم که شعر خوبیه و دیگه وقتشه که یه تعریفی ازش بکنم که به راهش ادامه بده و شعرای بهتری بگه. اما نمی‌دونم چی بود اون روز خیلی هوش و حواس درستی نداشتم و با همون بوی تریاک نئشه شده بودم و برگشتم و شروع کردم به تعریف کردن از شعرش و بعدش کار رو به جایی رسوندم که برگشتم گفتم که تو اصلا بهترین شاعر ایران می‌شی. طرف هم تا این رو شنید انگار که دنیا رو بهش داده باشم. جوری منو نگاه کرد که میخ‌کوب شدم. منم گفتم یه بلاییه که خودم سر خودم آوردم و چه می‌شه کرد. باید ادامه بدم. واسه همین به تعریف کردن ادامه دادم و ادامه دادم. منتظر بودم یکی از دخترایی که یه وقتایی می‌شینیم و با هم بزمی می‌گیریم بیاد و یه حالی بکنیم. این پسره هم ببینه که آدما چه جورایی با هم رفتار می‌کنن. و حواسش باشه با دخترا بپلکه و حالش رو بکنه. خلاصه تو این وضعیت منو دم در صدا زدن و من که رفتم دم در می‌بینم که اون یاروئه، شوهر حورا، منو پیدا کرده و اومده. به من می‌گه که همین حالا باهام بیا. بهش گفتم

شما بفرمایید پیش ما. اونم منو تهدید کرد که شوخی نمی‌کنم باید با من بیای و من هم گفتم باشه.

خلاصه صادق رو صدا زدم و گفتم که من امشب پول مولی ندارم بهش بدم و بعدا با هم حساب می‌کنیم. اون یارو انقدر فریاد زد که بریم و بریم که حتی از یادم رفت که برای پسره، شهاب، پیغامی بدم و ازش عذری بخوام. رفتم با یارو و بین راه هم حواسم بود که اگه چوبی چیزی درآورد من سریع بپرم سمتش و بزنمش تا آدم شه. مردکه‌ی الدنگ. خلاصه دیدم منو برد بالای شهر و بردم توی کوچه‌های خوشگل و بین راه هم برام موسیقی گذاشت و وایساد و از سوپرهای باکلاسِ شهر میوه و تنقلات خرید و از رستوران‌های شیک غذا گرفت و روند بالا و بالاتر. جاهایی که هی تازگی‌ها ساختن و ساختن. این قدر اونجا شمال شهر بود که خیلی راه‌ها سر بالایی‌های تند بود یا سرپایینی‌های خطرناک. منو رسوند به یه خونه و دیدم که درِ خونه رو با ریموتش باز کرد. و رفت توی یه پارکینگ خالی از ماشین و ماشینش رو توی یکی از واحدها پارک کرد.

من پشت سر اون که با کیسه‌های میوه جلوتر می‌رفت خودم رو رسوندم طبقه‌ی بالا و می‌بینم که دم در خونه‌ش یه خانم مهربون منو دعوت می‌کنه برم داخل. رفتم تو و می‌بینم یک دختر بچه اونجا وایساده و هر دوتاشون با بهترین لباس‌هاشون اونجا وایسادن و به من می‌گن خیلی خوش اومدید. بعدش می‌بینم که

فصل یازده

تـوی خونـهشـون الـسـیدی دارن و میـز غـذاخوری بـزرگ دارن و خود مَـرده هم توی هواپیمایی کاری گرفته.

و تمام مدت دربارهی این حرف میزد که تـوی کارش ایـن کـار رو کـرده و اون کـار رو کـرده. سـر سـفره غـذا فهمیـدم کـه اینـا زن و بچهی جدیدش هستن. نه اینکه خودش بگه. چیزی نبـود کـه نیـاز باشه بگه. میدیدم که میز غذایی که چیده تـوش سه جور غذاست و زنشم روسری نمیپوشه و معلومه که زنش از حضور مـن اونجـا و بذلـهگویی شـوهرش تعجب کـرده. مـن هـم کـه کـاری نداشـتم واسهی اینکه یارو یه حالی بکنه یه دوتایی لبخند هم زدم و اولیـن فرصـتی کـه میتونسـتم در رم، بهشـون گفتم کـه بایـد خـودم رو برسونم به خونه داییم و، بعدش راهم رو کشیدم و رفتم. یه کـم دور شدم، یادم افتاد که شـال گـردنم رو جـا گذاشتم و برگشـتم و دیدم که هر چی زنگ میزنم هیچکی در رو باز نمیکنه. باز در زدم و در زدم تا اینکه دختر بچههه اومده پایین دم در و میگه کـه داره میکُشه مامانم رو، و گریه میکنه و بعدش میـیاد تـوی بغـل من.

دختره تو بغل من مثل یه ماهیِ ترسیده بـود و مـن هـم چـون دلـم براش میسوخت اونو تو بغل خودم گرفته بـودم و نوازشـش کـردم و یه بوسه هم به سرش زدم. اون دختـره هـم از بـس ترسـیده بـود بغلِ منو ول نمیکرد. سرم رو که بالا آوردم، اون یارو رو دیدم کـه خودش رو به حیاط پارکینگ رسونده بود. خیره شده به چشـمای

۱۹۱

من. تو چشماش یه چیزی بود، یه چیزی که نمی‌تونم بگم. یه چیزی که من توی شِعرا دنبالش می‌گشتم. و حالا می‌فهمیدم که جای اشتباهی دنبالش می‌گشتم. یه حسِ یکدست. یه چیزی که هیچ‌جا دیگه این‌قدر زلال نمی‌شد دید. ولی از جنس انزجار. و این منو ترسوند. با چنان سرعتی فرار کردم که برای خودم هم عجیب بود. خودم رو رسوندم به یه جای تاریک که طرف نتونه به من حمله کنه. پیش خودم هم گفتم به درکِ شال گردن.

بعد از این ماجرا، مدتی خودم رو این‌ور و اون‌ور گم‌وگور کردم که ببینم اگه یارو میاد دنبالم تا یه فکری واسه خودم بکنم. اما دیدم خبری نیست. دوباره چسبیدم به زندگی خودم. حالا دیگر دلم می‌خواست که گوشه‌ی خونه بشینم و بیشتر وقتم رو به تریاک کشیدن و کتاب خوندن بگذرونم. لابه‌لاش هم این‌ور و اون‌ور می‌رفتم و کمی درباره‌ی شعر حرف می‌زدم و بیشتر هم شب‌ها هر جا بودم ماهواره می‌دیدم. دیدن دخترای ایرونی که این‌قدر پیشرفت کردن و یا پیشرفت هم که نکردن عوض شدن منو تحت تاثیر قرار می‌داد.

چندسالی گذشت. یه روز تلفنم زنگ خورد و بعد از سال‌ها حورا به من زنگ زد. باهام شروع به حرف زدن کرد و فهمیدم که تو این مدت دوباره ازدواج کرده و حالا دو تا بچه داره ولی با شوهرش حال نمی‌کنه و دلش برای من تنگ شده. نمی‌خوام الکی طولش بدم ولی این دختره توی چند روز انگار منو با خودش به

بهشت برد. تریاک رو کم کردم و یه کوچولو سیگارم رو هم کم کردم. هر کسی منو می‌دید باورش نمی‌شد که پنجاه سالی دارم. ترگل و ورگل شده بودم.

به حورا گفتم که حتما می‌خوام ببینمش و گفت که باید برم تهران و من هم گفتم چه بهتر. یه سفری هم می‌کنم. بعدش یاد اون پسره شهاب افتادم و گفتم که برم پیش اون که زیاد با دوروبری‌های من آشنا نیست و اونجا اگه حورا رو ببینم بهتره. اون هم خوشحال شد که من دارم می‌رم پیشش و کلیدش رو گذاشته بود دم درش و من رفتم برداشتم و زنگ زدم به حورا که بیاد. اون‌وقت افتادم تو خونه‌ی پسره و فهمیدم که اوضاش هنوز خرابه، چون حتی تو دستشوییاش یه دستمالی نگذاشته بود که معلوم بود دختر مختر تو اون خونه نمی‌یاد. گفتم یه حالی هم به اون بدم.

حورا که از در اومد تو، نفسم تو سینه حبس شد. پیرتر از قبل شده بود و حالا روسری و مانتویی سیاه‌رنگ پوشیده بود و یه کم از موهاش رو از بین روسریش داده بود بیرون و سرمه‌ی سیاهی کشیده بود روی ابروهاش. مانتوی بلندش که تا کف پاش می‌رسید پُر بود از چین‌های سیاه‌رنگی که از این‌ور و اون‌ورش آویزون بود. من اون رو که دیدم می‌خواستم بشینم روی زمین. فشارم پائین افتاده بود انگار. خراب شدم. دلم ریخت. نمی‌دونم چی بگم. دوباره جوون شدم. با هم نشستیم و کلی خندیدیم و

اون همه‌ش این‌ور و اون‌ور می‌رفت و نشون می‌داد که این چیز و اون چیز براش مهمه اما از اون‌ورم می‌دیدم که سال‌هاست دیگه شعری نمی‌خونه و دیگه داستانی نمی‌خونه و دیگه فکری نمی‌کنه. همه‌ش به قول خودش حال می‌کنه.

رفت تو دستشویی و بعدش اومد بیرون و گفت که عزیزم دستمال نداری؟ من هم گفتم: نمی‌دونم چون اینجا خونه‌ی یکی از این دوستامه و من نمی‌دونم. بعد حورا گفت که باشه مهم نیست. معلوم بود خودش رو آماده کرده که با من بخوابه. یا به قول خودش در من درآمیزه. چون واقعا هم همین بود. معاشقه مثل معاشقه‌های قدیم نبود. پر آب‌وتاب و هر بار یه داستان ولی در خاموشی کامل. برعکس درهم‌رفتنی بود پُر از آه و ناله، حتی در حد اغراق که نه توش دستی مالیده می‌شد و نه نوازشی می‌شد و من هم که اگه این کارا نشه بندوبساطم بلند نمی‌شه و واسه همین هر کار کردیم نشد.

دم‌دمای غروب بود و من و حورا همین‌جوری کنار هم دراز کشیده بودیم و دیگه حرف خاصی واسه زدن نداشتیم و منم بعد این رابطه‌هه یه کم خمار کرده بودم و دلم کمی تریاک می‌خواست ولی روم نمی‌شد که به حورا بگم. یه جورایی داشتم رفتار می‌کردم که زودتر بره. وقتی که رفت پریدم و شروع کردم به کشیدن. پیش خودم هم گفتم شاید پسره بدش بیاد ولی اگه هم بدش اومد از دلش در می‌یارم.

پسره اومد و دیدم یه کم از قضیه تل زدن من شاکیه. واسه همین دعوتش کردم که بیاد یه تلی با هم بزنیم و اونم گفت که باشه. و یادم نمی‌یاد پکی زد یا شب بعد بود که پکی زد. خلاصه آوردمش تو کار و از اون‌طرف هم فرداش که شنیدم دختری داره می‌یاد پیشش، چون می‌دونستم که خیلی دخترندیده هست، بهش گفتم که بره تو کار دختره و اون هم گفت که باشه. و منم بهش پر آب و تاب از نرمی بین پا حرف زدم که جراتش زیاد شه و این مرحله رو ردش کنه بره پی کارش. وگرنه اگه به خودش بود تا چندوقت بعدش نمی‌رفت سراغش و همین‌جور عضب می‌موند که می‌موند.

دختره هم که رفت، چون مطمئن بودم که حتما زده زمین و کلی حال کرده، بهش تبریک گفتم و اون روز دوباره کلی تحویلش گرفتم که حال بیاد و بعدِ اولین رابطه‌اش سر حال باشه و از این به بعد فازشو بگیره و بیشتر و بیشتر از این کارا بکنه. کلی هم بهش دادم بِکِشه. اونم عشق کرده بود، انگار شادترین شب زندگیشه.

فرداش که رفته بود دانشگاه، زنگ زدم که دوباره حورا بیاد و ببینیم که می‌خوایم چه کار کنیم. این بار با یه دست لباس و شلوار کاملا متفاوت اومد. با یه تیپ خیلی اسپرت‌تر اومد و سعی کرد خودش رو یه جور دختر امروزی نشون بده که عین یه هیجده ساله از همه‌ی چیزای دور و بر باخبره. اما باز به معاشقه

که رسیدیم، عین دفعه‌ی قبل بود. سر و صدا زیاد و حتی گوش
خراب‌کن بود، اما اون چیزِ دیگه بی‌رمق بود. انگار هیچ رمقِ
جنسی‌ای توی من نمونده بود. این بار بهم گفت باشه بدهش
دست من، اما هر چی هم که کرد فایده نداشت که نداشت. یه
چیزی که نباشه نیست دیگه. چه می‌شه کرد؟

بعدِ این کارا هر دوتامون خسته افتاده بودیم روی زمین و فقط
وقتی به هم نگاه می‌کردیم بود که من لبخندی می‌زدم. اگه نه کلا
اوضام اصلا خوب نبود و کلی خمار کرده بودم. همون‌وقت دلم
رو به دریا زدم. گفتم که یه خورده تل دارم می‌خوای با هم بزنیم.
و بعدش البته ادامه دادم که تفریحی‌ها و اونم سرش رو پایین
انداخت که باشه طوری نیست و رفتیم سر گاز. سیخ‌ها رو
گرفتیم و دیدم که آروم آروم اونم واسه‌ی خودش یه لول با کاغذ
درست کرد و گذاشت گوشه‌ی لبش. با هم شروع به کشیدن
کردیم و از همون لحظه یه فاز تازه‌ای رو با هم شروع کردیم.
انگار دوتا دوست خیلی قدیمی هستیم که می‌خوایم از حال و
احوال هم خبردار شیم. دیگه هیچ عطش جنسی‌ای وسط نبود و
ما هم این رو می‌دونستیم و با اون کنار اومده بودیم. بعد از یکی
دو ساعت گپ زدن دیدم که در باز شد و پسری وارد خونه شد.
چی دید؟ حورا رو که نیمه لخت کنار من که کاملا لخت بودم
نشسته و دست هر دوتامون لول بود. پسره هم کلی شاکی شد که
من شما رو می‌دم دست پلیس و از این حرفا. منم گفتم که این
گه‌خوری‌ها به تو نیومده.

فصل یازده

بعدش مـن دوبـاره برگشتـم تـو شـهرم. تـا چنـد روزی بـه حـورا اس‌اماس‌هایـی می‌دادم تا این‌که کم کم دیدم از یه مردی کـه یـه بـار دیده تعریف می‌کنه و بعدش بیشتر تعریف می‌کنه. مرده گنده شـد و گنده‌تر و دیگه کم‌کم بهم اس‌اماس نداد و جواب زنگام رو نداد و من که سوخته بودم بیشتر اس‌اماس دادم و بیشتر زنگ زدم و یـه کم بدگوئیش رو هم کردم. رابطه‌ی باهاش هرچند کوتـاه بـود امـا برای من مثل جوان شدن دوباره بود و حالا کـه دو بـار جوانـی رو تجربـه کـرده بـودم دلـم می‌خواسـت کـه آروم پیـر شـم. ولـی در واقعیت، پیری بار دومش همیشه سریع‌تره. اصلا یک شبه است.

این عشق هنوز گاهی فکر منو به خودش مشغول می‌کنه. نـه مـن و نـه حـورا هـیچ کـدوم زنـدگی خـوبی نکـردیم و مـن هـم الان سال‌هاست که دیگه از اون خبر ندارم. اما یه چیزی مونده رو دلم. یه چیزی بدجوری مونده روی دلم. یه چیزی کـه صـدا و حرکتـش با هم جور باشه. یه چیزی که اگه عـیش می‌کنـی بشـنوی کـه داری عـیش می‌کنـی و اگـه می‌شـنوی اون عشـق رو حـس کنـی. حـس می‌کنم هیچ‌وقت توی زندگی‌م همه اعضای بدنم یک چیـز رو بـا هم تجربه نکردن. همیشه یکی از اعضا از بقیه جلـوتر یـا عقـب‌تر بود. این تجربه هرچقدر عجیب و مایوس‌کننده باشـه، در نهایت دقیق‌ترین معنایی هست که زندگی کردن برای من داشته.

ببخشید که قرار بود کوتاه بگم اما می‌دونید که چانه‌ی آدم که گرم می‌شه دیگه دست خود آدم نیست و آدم می‌بافد و می‌بافد و می‌بافد ولو آخرین کاری باشد که دارد در زندگی‌اش می‌کند.

دوازده: از

مامور پمپ بنزین

اولا که اون روز که پلیسا ریختن تو خونه‌م من خواب بودم و اصلا نمی‌دونستم که چه خبره. مستِ کار تازه‌ای بودم که واسه‌م دست‌وپا شده بود و همون شب هم یه مَرده رو برداشته بودم و آورده بودم خونه و کلی بهش کمک کرده بودم. این بود که بعد سال‌ها احساس می‌کردم آدم مفیدی واسه‌ی خودم و دیگران هستم.

تو این وضعیت بود که پلیس ریخت تو و تا من اومدم که بگم چه خبره و چرا منو می‌برین موهام رو از ته زدن و انداختنم توی ماشین، که سرم هم خورد به لبه‌ی در و خون اومد. بعدش منو انداختن بازداشتگاه و تمام شب ازم بازپرسی کردن و گفتن که همسایه‌ها خبر دادن بوی تریاک از خونه‌ت می‌اومده و من هرچی می‌گفتم به خدا من نمی‌کِشم، گفتن توی ماشین هم کلی پیدا کردیم. حالا من هر چی بگم که اون ماشین من نیست و ماشین یه مسافره هست که من واسه کمک کردن بهش آوردمش خونه و پناهش دادم، گوششون بدهکار نبود. می‌گفتن که همچین کسی تو خونه‌ت نبوده و ماشین هم مالکش نامعلومه و داری چرت می‌گی. انداختنم زندون. اونجا هم شدم مسئولِ عرق درست

کردن واسه‌ی شهردار و فتیله درست کردن واسه رأی‌بازها و از این کارها و بعدش هم که اومدم بیرون هارتر شده بودم.

اما نه. داستان من این‌جوری شروع نمی‌شه و این‌جوری هم نباید پیش می‌رفت. امشب آخرین شبی‌یه که آزادم و دلم حرف زدن می‌خواد. من توی یه شهرِ کوچیک به دنیا اومدم و بزرگ شدم. آخرین فرزند یه خانواده بودم که دم پیری و مرگ دوباره هوس بچه کرده بودن. همین‌طور که بزرگ می‌شدم می‌دیدم که زندگی برای برادرم چطور سخت و سخت‌تر می‌شد و خانواده‌ام هم نمی‌تونستن هیچ کمکی بهش بکنن. دیگه از وقتایی که من نوجوون بودم داداشم شیره می‌نداخت بالا و از همین حالا چهره‌اش هم تابلو شده بود.

من هم یه وقتایی که خیلی اعصابم می‌ریخت به هم یه شیره‌ای از داداشم کِش می‌رفتم و می‌نداختم بالا و پیش خودم می‌گفتم آخرش همینه دیگه، بذار بندازم صفایی کنم و تا شب سعی می‌کردم دور و بر کسی پیدام نشه که تابلو بشم. واسه همین عادت کردم که تو اتاق خودم دراز بکشم روزها و سیاوش قمیشی گوش کنم که خیلی روی زندگی من تاثیر گذاشت. شعر نِقابش رو که خیلی دوست دارم.

بزرگ‌تر که شدم عاشق یه دختره شدم و براش هم کلی هدیه خریدم و بهش دادم و اون هم همیشه هدیه‌های منو می‌پوشید و

ما با هم بیرون می‌رفتیم و کافه می‌رفتیم و من هم همیشه حرمتش رو نگه می‌داشتم و پیش خودم می‌گفتم بذار وضعم که بهتر شد با همین ازدواج می‌کنم. خیلی وقتا بهش زنگ نمی‌زدم که راحتش بذارم و اون هم همیشه می‌گفت که تا به حال پسری به مهربونی و شرافت من ندیده، و من هم ابروهام رو می‌نداختم بالا و از این تعریفی که می‌کرد ذوق می‌کردم.

بعدش اما یه روز دیدمش که با یه پسره‌ی دیگه داشت تو خیابونا می‌رفت و می‌اومد و ناراحت شدم. اما حتی پیش خودم هم بهش تهمتی نزدم که نزدم. بعدش دیدم که تو یکی دو تا کافه چند نفر درباره‌ی دختره بدگویی کردن که من هم سرم رو پایین انداختم و حتی سعی کردم که نشنوم چی می‌گن. تو دلم نتونستم نگه دارم و به دختره گفتم و اون هم از من رنجید که تو چرا این حرفا رو باور می‌کنی و با من قهر کرد و قهر کرد و من هم کلی هدیه براش خریدم تا کم‌کم دوباره باهام بیرون اومد. اما دیگه از شرافتم تعریف نمی‌کرد و گاهی هم منو دست می‌نداخت که این منو به هم می‌ریخت.

یه مدت زدم توی تله‌پاتی و فال‌گیری و این‌جور کارا و با حرفای عجیبی که تو کافه‌ها به این و اون می‌زدم واسه خودم دوستایی پیدا کردم و حتی منو به مهمونی‌هاشون دعوت کردن و بهم سیگار می‌دادن و من هم می‌دونستم که کی دوست دختر کیه و باهاش چی کارا می‌کنه و از این حرفا. دونستن اینا تو فال‌گیری‌ها

حسابی کارم رو راه می‌نداخت ولی عطش خودمم زیاد می‌کرد. این شد که دیگه به نظرم اومد وقتشه منم با دختره، که اسمش مریم بود، یه کارایی بکنم و دعوتش کردم خونه‌مون و اون هی گفت که نه و نه و من هم گفتم که برات کادو خریدم و اون هم دلش راضی شد و اومد.

اون روز تو خونه‌مون همه جا رو از یه عطری که داداشم داشت پر کردم و خونه رو تمیز کردم و مامان بابا هم نبودن و کلی خوشحال بودم. یه سیاوش قمیشی هم پلی کردم و خودم هم یه ژلی به موهام زدم و منتظر موندم. مریم هم اومد و از همون دم در که اومد تو شروع کرد به گفتن اینکه باید زود بره و هدیه‌اش رو زود بیارم که کار داره و همه‌اش هم گوشی موبایلش زنگ می‌خورد و می‌رفت توی اون اتاق و جوری که من نمی‌شنیدم حرف می‌زد و برمی‌گشت و هر لحظه عصبانی و عصبانی‌تر می‌شد. من اما داغ بودم و دست خودم نبود. یکی دو بار واسه بوسیدنش رفتم که نفهمید یا خودش رو به نفهمی زد چون صورتش رو هر بار عقب کشید و پا نداد که نداد.

من هم بدم نیومد. پیش خودم گفتم که اصلا واسه همین عفتشه که باهاش حال می‌کنم و اصلا همون بهتر که با هم کاری نکنیم و دوست دختر من با دوست دختر بقیه فرق می‌کنه و من نباید بخوام که رابطه‌مون مثل همه‌ی رابطه‌ها باشه. ما رابطه‌مون رو پاک نگه می‌داریم. واسه همین رفتم تا از توی انباری هدیه‌ای که

براش خریده بودم و جاساز کرده بودم رو بیارم و بهش بدم که وقتی برگشتم دیدم که داداشم از راه رسیده و جُفت کردم.

با ترس و لرز بهش سلامی دادم و اون هم که معلوم بود حسابی نئشه است جوابم رو داد و این‌قدر بینی‌ش کیپ شده بود که متوجه نشد تموم خونه بوی عطر اون رو گرفته. وقتی هم که فهمید دختر آوردم هیچی نگفت و نه خوشحال شد و نه ناراحت و پا شد و رفت توی آشپزخونه و از بالای یکی از کابینت‌ها یه سیخ در آورد، و سوزن رو از توی جیب پیراهنش در آورد و پای گاز نشست روی صندلی و یه پاش رو داد روی صندلی و تسبیحش رو دور دستش حلقه کرد و شروع کرد به نئشه‌خوری.

منم برگشتم تو اتاق و دیدم که دختره رفته و پشت یه مبل قایم شده. صداش که کردم، اومد بیرون و شروع کرد به فحش دادن که این کیه اومده و تو می‌خوای آبروی منو ببری و من از اینجا می‌رم و کادوت هم بخوره توی سرت. من هرچی بهش گفتم که "نه بابا داداشمه، کارش درسته و سر زده اومده،" راضی نشد که نشد. این بود که مجبور شدم واسه ماست‌مالیِ کارِ خودم شروع کنم به تعریف کردن از داداشم و از مرام‌هاش. از اینکه خیلی پولداره و همه‌ش هم اهل عشق و حاله و تازه‌شم آزادمنشه. این حرفا رو که می‌زدم چهره‌ی اون داداشِ پفیوزم جلوم بود که هر بار سال‌های اخیر دیده بودمش داشت می‌کشید و دود می‌داد بیرون. دودکشِ پدر سگ.

مریم آروم شد. دستشوییم گرفته بود و وقتی برگشتم، صدای سیاوش قمیشی تو هال شنیده می‌شد. رفتم جلو. دختره نبود و درِ اتاق رو هم باز گذاشته بود. دویدم تا دمِ در شاید هنوز بتونم پیداش کنم و نذارم که بره اما هر جا رو که سرک کشیدم دیدم نیست که نیست و حالم خیلی گرفته شد و واسه همین شروع کردم به بازی کردن با یه توپ پلاستیکی که توی حیاطمون بود. همین‌جوری توپ رو زدم به این دیوار و به اون دیوار و این و اون رو فرضی دریبل کردم. بعدش هم اومدم تو شاید شیره‌ای از داداشم بلند کنم و حالم رو جا بیارم.

دیدم توی آشپزخونه داداشم نشسته کنار مریم و دارن می‌خندن و داداشم همین‌جوری یه شوخی رو گرفته دستش و هی به مریم می‌گه طلا خانمم طلا خانمم و مریم داره قاه قاه می‌خنده و می‌زنه روی پای خودش و داداشم. فقط با یه طلا خانم که یه تریاکی در حال کشیدن بهش می‌گفت مریم داشت عشق می‌کرد. جوری که هیچ‌وقت با من این‌جوری عشق نکرده بود. با من همیشه همه چیز دیر بود و ضایع بود و هزار تا چیز دیگه بود. جوش آوردم و رفتم که یه توگوشی تو صورت مریم بخوابونم که این‌قدر احمقه که به من نمی‌خنده و به این داداشِ مفنگیم می‌خنده.

تو که رسیدم، داداشم تا دید من دارم به سمت دختره حمله می‌کنم سیخش رو برداشت و صاف گذاشت روی دست من و دادم بلند شد و اومدم که بهش حمله کنم با کف دستش خوابوند

فصل دوازده

توی گوشم که افتادم روی زمین و از روی همون زمین راهم رو کشیدم و رفتم بیرون آشپزخونه و رفتم توی اتاقم و سیاوش قمیشی رو بلندش کردم و فحش دادم.

تا یه مدت می‌دونستم که داداشم با مریمه. چون می‌دیدم که داره شبا برای دوستاش پای بساط تعریف می‌کنه که یه مخ زده. بعدش پای بساط به همون دوستای جاکشش از همه جای مریم می‌گفت و از هر کاری که باهاش می‌کنه و بعدش می‌خندیدن و حال می‌کردن و می‌گفتن که وصف‌العیش نصف‌العیش.

گذشت تا فهمیدم که دیگه داداشم با مریم نیست و ولش کرده و مریمه هم یکی دو بار اومد دم خونه‌مون که مامانم رفت و دست به سرش کرد و بعدش اومد و فحش داد به داداشم که آبرو واسه ما نذاشتی و داداشم هم که می‌گفت من اصلا این دختره رو نمی‌شناسم و این حرفا چیه که می‌زنی زن و بعدش دوباره سرش رو پایین می‌انداخت و دودی می‌گرفت و واسه اینکه پدرم رو هم آروم کنه بهش می‌گفت که بکش که واسه دردات خوبه و همین‌جوری شد که پدرِ ابله ما هم کشید و بعدش بیشتر و بیشتر کشید. دیگه نیازی هم به مردونگی نداشت و خودش و مامانم هر دو تا این رو می‌دونستن.

منم که دیگه تله‌پاتی بازی‌ها و فال گرفتن‌هام افاده‌ای نمی‌کرد و جریان یه جورایی به گوش بچه‌های کافه رسیده بود، شاید هم

خودم بهشون گفته بودم، دیگه با کافه و فضاش حالی نکردم و گفتم برم خدمت و برگردم. نه که تو خدمت هم سرباز وظیفه بودم پدرم رو در آوردن و هی این‌ور و اون‌ور و تو عرقِ خودم و تو عرقِ این و اون خیس شدم تا آموزشی تموم شد و افتادم دوره‌ی کُد. تو دوره‌ی کُد هم گفتم حالا وقتشه که به خودت بجنبی که اگه نه، تا آخرش آش‌خور می‌مونی. واسه همین خودم رو کلی مذهبی نشون دادم و هی سر صف قرآن خوندم و انداختنم توی عقیدتی‌سیاسی و همون‌جا هم یه یارو بود که بهم گفت که شبا برم توی پایگاه که کمک‌حالی واسه خدمتم هم می‌شه.

منم رفتم پایگاه و طوریش هم نبود. با بچه‌ها می‌نشستیم و تلویزیونی هم داشتیم و فوتبال‌ها رو هم می‌دیدیم و کلی هم درباره‌شون حرف می‌زدیم و خودمون هم فوتبالی می‌زدیم و بینشون یکی دوتایی هم بودن که باهاشون یه حالی هم می‌شد کرد. شب‌ها هم بهمون دست‌بند و بی‌سیمی می‌دادن که اگه لازم شد استفاده کنیم. من زیاد خودم رو وارد این کارا نمی‌کردم و مادرم هم می‌گفت که خدا رو خوش نمی‌یاد.

یه شب توی پایگاه که بودیم حسین اومد گفت: بچه‌ها بدویین که یه خبرایی دارم که اگه درست باشه توری می‌ندازیم امشبا. همه خوشحال شدند و فقط من گفتم: آخه امشب بازی برزیله. حیفه از دست بدیم. حسین هم خندید و گفت: خودمم می‌خوام

ببینمش. زود می‌ریم، می‌گیریمشون و جَلدی میایم. بعدش کاپشنم رو واسم انداخت و خودش راه افتاد. منم پشت سرش رفتم.

به درِ خونه که رسیدیم، حسین پیکان رو پارک کرد و چراغاش رو خاموش کرد و ما هم سرمون رو پایین دادیم که تابلو نشیم. حسین به همه‌مون بین راه گفته بود که اینجا که می‌ریم خونه‌ی یه حروم‌زاده است که رسما همه کار می‌کنه. دختر بی‌ناموس می‌کنه و چیز میز هم نگهداری می‌کنه و کلی از یارو گفت و گفت طوری که خون همه‌ی ما به جوش اومد که این یکی دیگه عجب هفت‌خطیه.

شبِ قبل، ژِل زده بودم به موهام و کمی روی موهام مونده بود. واسه همین هی سرم رو می‌خاروندم. همه هم تو پیکان می‌خندیدن و منو دست می‌نداختن. یه جوری شد که پاک ماموریت یادمون رفته بود که یه نوری خورد توی صورتم و من برخلاف حرفِ حسین سرم رو بالا آوردم تا ببینم چه خبره و دیدم که بله یه دختره کناره یه پسره نشستن و دختره معلومه که می‌شنگه و پسره هم داره می‌خنده. دوباره سرم رو پایین آوردم و حسین هم تَقی زد توی سرم که مگه نمی‌گم سرت رو خم کن.

نیم‌ساعتی نشستیم و منتظر موندیم که اگه کسی هم می‌یاد اون رو هم بگیریم و با دستِ پُرتری برگردیم که دیدیم خبری نیست و

تصمیم گرفتیم که بریم تو. قضیه‌ی حکمِ قضایی برای ورود به منزل و این جور کارا جدی نبود و می‌شد راحت از زیرش در رفت. تازه‌شم بابای یکی دوتا از بچه‌ها گردن‌کلفت بودن و این شد که حکم به هیچ جامون نبود. گفتیم اگه بخوایم بریم دنبال حکم که یارو در می‌ره و این‌جوری نمی‌شه که عدالت رو اجرا کرد و زور هم با ما بود.

خلاصه راه افتادیم و حسین قلاب گرفت و من هم رفتم روی دیوار و بهشون گفتم که می‌رم تو حیاط و در رو براشون باز می‌کنم. اما همین‌جور که رو دیوار بودم، چراغِ حیاط روشن شد و دختره اومد بیرون، زیر نور وایساد. من تا می‌تونستم خودم رو روی دیوار درازکش کردم تا منو نبینه و زیرچشمی می‌پاییدمش. چهره‌اش به نظرم آشنا می‌اومد و همون‌طور که حدس می‌زنین مریم بود. اما عوض شده بود. حالا یه جور دیگه می‌پوشید و یه جور دیگه راه می‌رفت و یه جور دیگه نگاه می‌کرد. هم می‌شد بگی شبیه دختر باکلاسا شده، هم می‌شد بگی که یه لاشی شده واسه آدم باکلاسا. نمی‌دونستم کدوم، اما دلم نمی‌اومد که اون شب بندازمش زندون. می‌دونستم اونجا چه بلاها سرش می‌آرند و با همه بلایی که به خاطرش کشیده بودم دلم نمی‌خواست همچین عاقبتی براش رقم بیفته.

وقتی رفت تو، آروم از پشت‌بوم اومدم پایین و بدون اینکه درِ حیاط رو واسه حسین و بچه‌ها باز کنم، تنهایی رفتم سمت در

خونه و از سر راه هم یه تیکه چوبی برداشتم که لازم شد از خودم دفاع کنم. از اون طرف هم می‌دونستم که باید عجله کنم اگه نه، همه چیز ضایع می‌شد. آروم در رو باز کردم و دیدم که کسی توی هال نیست. داخل‌تر رفتم. همه جا پر شده بود از یه عطر عجیبی. دیوارهای داخل همه سیاه بودند و به هر جای خونه عکس یه کسی رو زده بودن. همه هم خارجی بودن. نه یه تمثالی از حضرت علی، نه ان یکادی. هیچ چی. فقط چیزای لختی پختی. آروم خودم رو به یه اتاقی رسوندم که از توش صدای موسیقی می‌اومد و وقتی که چشم انداختم، پسره رو دیدم که داره اونجا سر مدادش رو می‌تراشه. سر کچلی داشت و یه کم ته‌ریش. شلوار لی تنگی پوشیده بود که دمِ رونش کمی پاره شده بود. اون زمان به نظرم همچین آدمایی یکَ جایی‌شون می‌خارید.

اما اطرافِ پسره چیزایی بود که نمی‌تونستم چشم ازشون بردارم. پُر بود از طراحی‌هایی از بدن زن. نه زن‌های مختلف. همه طراحی‌هایی از بدن مریم. طراحی‌هایی از بدنی که من تا به حال به چشم خودم ندیده بودم اما چیزی قدیمی رو در من زنده می‌کرد. یه آرزوی قدیمی. آرزویی که قدیم‌ها که با مریم دوست بودم همیشه با من بود و من تا مدت‌ها با شیره اون رو آروم می‌کردم.

فرصتی برای فکر کردن نداشتم برای همین با اون تکه چوب زدم به گوشه‌ی گردن پسره. به جایی که بهمون یاد داده بودن باعث

می‌شه طرف بیهوش بشه. اون پسره هم فقط وقت کرد که یه لحظه سرش رو بچرخونه و به من نگاه کنه و تو چشماش یه جور تعجبی که بود رو نشون بده. سریع دست به کار شدم و همه‌ی اون طراحی‌ها رو برداشتم و تندتند جا دادمشون زیر کاپشنم. جوری که معلوم نشه و بعدش پسره رو برداشتم و بردم و دم در حیاط انداختم و برگشتم داخل دنبال مریم.

مریم تا منو دید جیغ زد و مجبور شدم که دهنش رو با دست بگیرم و بهش گفتم: تو رو خدا جیغ نزن، من اینجا اومدم که نجاتت بدم .الان دمِ در پُرِ نیروهای بسیجه و باید در ری. اگه نه اوضات بی‌ریخت می‌شه. و بعدش هم با خودم بردمش و از یه دری که پشتِ خونه پیدا کردم فرستادمش بیرون و بهش گفتم که دو ساعت دیگه بیا دم خونه‌ی من تا بهت بگم که چی شده و چی کار کنی. اونم همین‌طور که گیج و منگ بود به من اعتماد کرد و فرار کرد. بعدش بدو رفتم دم در و یکی دو تا هم سیلی تو راه به خودم زدم و گوشه‌ی یکی از لباسام رو هم پاره کردم و در رو واسه حسین اینا باز کردم.

حسین اولین کاری که کرد پرید و یقه‌ی منو گرفت که کجا بودی تا حالا پدر سگ و من هم گفتم که درگیر شدم و تکه‌ی پاره شده‌ی لباسم رو نشونش دادم. اونا هم بی‌خیال من شدن و اومدن و با گشتن تو خونه‌ای که ریخته بودیم هی چیزای عجیبِ تازه پیدا کردن و همه رو از دیوارا کندن و همه رو ریختن تو

گونی و یارو پسره رو هم برداشتن و انداختن توی ماشین و فقط حسین بود که به صرافت افتاد و پرسید پس دختره چی شد؟

منم خودم رو زدم به اون راه و گفتم: به خدا اگه من خبر دارم. و بعدش هم برای اینکه حواس حسین رو عوض کنم حرف رو کشوندم به فوتبال و اون هم با اخم و تخم روند سمت پایگاه و بین راه هم معلوم بود که به من مشکوکه. ولی پسره رو که انداختیم تو بازداشتگاه و رئیس پایگاه رو که خبر کردیم زدیم شبکه سه و اونم دیگه چسبید به فوتبال دیدن، و بی‌خیالِ ماجرا شد.

اون فوتبالی که من دیدم هیچ‌وقت یادم نمی‌ره. توی وجودم از یه جور انتظار عجیبی پر شده بود و برزیل هم داشت عالی بازی می‌کرد. از اون بازی‌ها بود که رونالدو و ریوالدو داشتن غوغا می‌کردن و همه توی پایگاه از هیجان داشتن تو سر و کله‌ی هم می‌زدن. تو اون بازی ریوالدو یه گلی زد که هیچ‌وقت یادم نمی‌ره. چند دقیقه قبلش من دوباره داشتم به مریم فکر می‌کردم و با یادآوری طراحی‌هایی که زیر لباسام پنهان بود یه جور عطش عجیبی به مریم حس می‌کردم که دیدم دروازه‌بان پاس داد به دفاع آخر و اون هم توپ رو داد وسط زمین. وسط زمین توپ دست رونالدو بود و اون هم تو عرض حرکت کرد و یکی دو تا پاس‌کاری کرد با کافو، که هنوز اون‌وقتا بازی می‌کرد، و کافو هم مثل همیشه که آدم آرومی بود بازی رو آروم کرد و بعدش یه

۲۱۱

لحظه که دیگه همه‌ی ما فکر می‌کردیم الانه که توپ رو از دست بده یه تُک پا زد و یکی رو دریبل کرد و تاخت سمت دروازه‌ی حریف و بعدش که دفاعِ سمت راست اومد سمتش، اون هم سریع پاس داد به گوشه و معلوم نبود از کجا می‌دونه یکی هم از پشت سرش مثل برق دوید و دمِ خطِ اوت خودش رو به توپ رسوند و تا رسید توپ رو سانتر کرد روی دروازه. یه ضرب. و خودش هم همین‌جور لیزخوران رفت و خورد توی تبلیغای بغل زمین و توپ رسید روی دروازه و ما همه پا شده بودیم چون می‌دیدیم که ریوالدو داره خودش رو می‌رسونه زیر توپ. اما معلوم نبود که می‌تونه یا نمی‌تونه و من تو دلم داشتم خدا خدا می‌کردم. بعد ریوالدو پرید بالا و دو تا از بازیکن‌های دفاع هم پریدن بالا و همون روی هوا معلوم بود تنه‌شون که به تن ریوالدو خورد پرت شدن کنار و ریوالدو با سرش توپ رو زد و دروازه‌بان هم مونده بود باید چی کار کنه و پرید. خیلی هم بدنش رو کِش داد. اما توپ از کنار دستش رد شد و حتی یه دفاعه که خودش رو رسونده بود اونجا هر کار کرد وقتی توپ از خط رد شده بود به اون رسید.

همه پریدیم تو بغل هم و من و حسین هم پریدیم. بدنش خورد به اون کاغذایی که زیر کاپشنِ من بود. جا خوردم و به چشماش خیره شدم اما این‌قدر تو چشماش می‌شد ذوق دید که معلوم بود نفهمیده و همه‌ی حواسش به این ریوالدوست و کاری که کرد. تا

آخر شب هم همین خبر بود و همه داشتن بلند بلند از بازی می‌گفتن و من هم مادر پیرم رو بهونه کردم و انداختم بیرون.

دم در حسین صدام زد و من خیلی ترسیدم و برگشتم. دیدم داره باهام مشورت می‌کنه که با این گونی‌هایی که رسیده دستمون چه کار کنیم. من بهش گفتم چطور مگه؟ گفت که اگه اون‌ها رو بدیم دست رئیس، دمار از روزگار طرف درمیارن. منم گفتم که می‌تونی یه کم کمترشون کنی و یه چیزایی رو از توش بردار و بذاری کنار؟ شاید لازم شد. اون هم قبول کرد و صدام زد که وایسم و رفت و گونی رو آورد و گفت که می‌گم هر کسی یه خورده از توش برداره و چیزی که موند رو نشون رئیس می‌دم. من هم که می‌خواستم زودتر از اونجا برم و خودم رو به مریم برسونم همین‌جوری یه عکس از یه یارو که بعدا فهمیدم الویس پریسلیه برداشتم و گفتم واسه من همین کافیه. حسین به خنده گفت: پدر سوخته می‌خوای باهاش چی کار کنی؟ این مَرده‌ها؟! منم خندیدم و گفتم حواست به اعضای خانواده‌ات باشه و اون هم با خنده یه دونه زد تو سرم و چند تا فحش ناموسی به من داد و منم جوابش رو دادم و وقتی مطمئن شدم که دیگه بهم شکی نداره راهم رو کشیدم و رفتم.

مریم دم خونه‌م بود وقتی که من رسیدم و از توی تاریکی منو صدا زد. داشت می‌لرزید. تو خونه سر و گوشی آب دادم و از گوشه‌ی حیاط بردمش توی اتاقم و یه کنجی رو که تو دیدرس نبود

نشونش دادم که همونجا منتظرم باشه. رفتم تـوی آشپزخونه و چون می‌دونستم کـه خمـار کـرده بـراش یه خـورده از شـیره‌های داداشم آوردم و یه لیوان چایی هـم ریختم و بـردم. مامـانم هـم خونه بود کـه داشت نماز می‌خونـد و کـاری بـه کـار مـن نداشت. بابام هم رفته بود پیش دوستای برادرم که درداش رو دوا کنه.

برگشتم تو اتاق و شیره رو دادم و مریم تا دیدش هیچی نگفت و انداختش بالا. حتی نیازی به چایی نداشت کـه با اصرارِ من خـورد کـه معـده‌اش خیلـی خـراب نشـه. خـودم هـم باهـاش خـوردم. نمی‌تونستم مریم رو شب اونجـا نگه دارم واسـه همین موتور رو روشـن کـردم و مـادرم کـه نمی‌دیـد مـریمم اومـد و انـداختیم تـوی شهر. باید یه جایی پیدا می‌کردم که شب رو بگذرونه. یاد خونـه‌ی یکی از رفیقـام افتـادم کـه مـا بهـش می‌گفتیم آخرِ دنیا. یه جـای عجیبی بود و من چنـدبـاری رفته بـودم. تـوی کمربنـدی شهر بایـد یـه تیکـه رو خـلاف می‌رونـدم تـا می‌رسیـدم بـه یـه جـاده خـاکی و می‌نـداختم تـوش. بعـدش ده دقیقـه تـوی همـون جـاده خـاکی می‌رفتیم سمت بیرون شهر و بعد از اون یه بنایی دیده می‌شد. یه بنای سنگی زشتِ یه طبقـه شـبیه یه مربع. کـه دور و بـرش هـم هیچی نبود جز زمینای خالی‌ای که چون آب نبود همه‌شون خشک هم شده بودن و هیچ‌کس هم صرفش نمی‌کرد بهشون سر بزنه. مـا به اون ساختمون می‌گفتیم: آخر دنیا.

موتور رو پارک کردم و در زدم. اولش هیچکی در رو باز نکرد و بعدش که اسم مسعود رو بلند صدا زدم بالاخره اومد دم در و معلوم بود که ما خرمگس معرکه‌ایم و حال نمی‌کنه که ما اومدیم اونجا. بهش گفتم که شرمنده امشب محتاج شدم. و اون هم که ته تهش بچه‌ی خوبی بود راهمون داد که بریم تو. توی اون خونه تقریبا هیچی نبود جز یه موکتی که انداخته بودن و روش هم این‌ور و اون‌ور چند تا تشک و متکا بود و گوشه‌ی دیوار هم یه دونه دیوان ایرج میرزا بود و یه کاستِ رپ. گاز پیک‌نیک هم که قاعدتا بود.

ما نشستیم و کاغذ چون نداشتیم یه گوشه از همون ایرج میرزا رو لولش کردیم و کشیدیم و بعدش هم مسعود یه کم واسمون خوند و چون دیدم که مریم داره می‌خنده، من هم خندیدم و من هم خوندم و خوش گذشت. بعدش هم مسعود پا شد و برامون نواره رو گذاشت و خودش تندتر از خواننده همه‌ی تیکه‌های رپ آهنگه رو می‌خوند و مثل آهنگه ادای بهروز وثوقی رو در می‌آورد و ما حال می‌کردیم تا این که لول لول شدیم و خودِ مسعود هم ولو شد و شروع کرد به خاروندن خودش.

مریم هم همون‌جا خوابش برد، که من پا شدم و دیدم خوب نیست که این پسره بدنش رو ببینه. واسه همین یه پتو انداختم روش و، خودم نشستم به صحبت با مسعود و اون ازم پرسید که قضیه چیه و من هم قَسَمش دادم که از امشب به کسی نگه و گفتم

که دختره باباش می‌زدتش و چون منو می‌شناخته و می‌دونسته چه کارم اومده پیشم، شاید فکری براش بکنم و منم گفتم بیارمش که امشب رو اینجا بگذرونیم. مسعود هم باباش می‌زدتش و اصلا باباش از اون الدنگ‌های دوعالم بود و این شد که تیرم به هدف خورد و اون گفت که قدمتون روی چشم.

خلاصه این شد که فرداش هم ما با خیال راحت اونجا موندیم و خود مسعود رفت سرِ کار. ما دوتا اون روز کاری نداشتیم، جز خونـدن همـون ایـرج میـرزا و رفـتن و قـدم زدن تـو زمینـای بایر اطراف. شـما هـم اگـه تـو اون موقعیت بـودین دست از پا خطا می‌کردین. من هم کردم. یعنی درسته که دختره به مـن پناه آورده بود اما کم‌کم داغ شدم و داغتر شدم و یه بار که اون دراز کشیده بود و کمی سرش درد می‌کرد من رفتم و شروع کردم به نوازشـش و اون هم آروم شد و من فکر کردم که وقت مناسبیه و نزدیک‌تر شدم به اون و هرچی نزدیک‌تر شـدم به نظرم رسید که اون هم داره بیشتر حال می‌کنه و حتی منم بی‌خیال گذشته‌ها شدم و گفتـم که دختر خوبیه و هنوز هم می‌خوام بگیرمش. اما چیـزی کـه یـادم رفته بـود ایـن بـود کـه وقتی اون کاپشن منـو در بیاره چـه چیـزی می‌بینه.

با دیدن اون طراحی‌ها زیر کاپشن من انگار حالش کلا عوض شد و منو زد و پرتم کرد اون طرف. بعدش دیوانه شده بود و اصلا به حرفای من گوش نمی‌کرد و هی به مـن حمله می‌کـرد و می‌پرسید

هدفت چیه که اینا رو ور داشتی و تهمت می‌زد که می‌خوام مجبورش کنم و ازش آتو داشته باشم. منم فقط واسه‌ی دفاع از خودم دست و پاش رو می‌گرفتم که بذار توضیح بدم، بذار توضیح بدم اما اصلا گوشش به این حرفا بدهکار نبود و هی به من فحش می‌داد و حمله می‌کرد. تا اینکه خمار کرد و همون‌جا ولو شد. اگر اشتباه نکنم گوشی‌ش رو قاپیدم کار احمقانه‌ای نکنه. درست یادم نیست چه کارش کردم بعدا.

انداختم بیرون و در رو روش قفل کردم و اومدم شهر، حال و هوایی عوض کنم و سر و گوشی آب بدم. رفتم خونه و دیدم که مادرم خیلی خوشحال اومده سمت من که عزیزم امشب می‌خوایم با هم بریم یه جایی. لباسات رو بپوش و آماده باش. ازش پرسیدم کجا؟ چه خبره؟ تا بالاخره راضی شده و گفت که داداشِ گُلت برات یه کاری پیدا کرده توی یه پمپ بنزین و از همین فردا می‌تونی بری سر کار. من هم بدم نیومد چون بالاخره می‌تونستم پولی در بیارم و دیگه سربازیم هم مالیده بود به هم و چیزی ازش نمونده بود و همین‌جوری هم می‌پیچوندم.

شب که شد فهمیدم که جایی که ما می‌خوایم بریم خونه‌ی صاحب‌کاره هست و اونه که ما رو دعوت کرده. اما چیزی که نمی‌دونستم این بود که صاحب‌کاره دوستِ پایِ بساطِ داداشمه و اونا سر بساط قرار مداراشون رو گذاشتن که من برم و دختری که اون تو نظرشه رو بگیرم و تو پمپ‌بنزینش کار کنم و در عوض

اون هـم به داداشـم یـه حـالی مـی‌داد و می‌اومـد واسـه داداشـم شهادت می‌داد که یه شبی که یه دختره بی‌ناموس شده، این داداشه خونه‌ی اون بوده و داشتن با هم گپ می‌زدن.

اینو که شنیدم خیلی به هم ریختم و پیش خودم گفتم من زیرِ بارِ همچین ازدواجایی نمی‌رم و حتی می‌خواستم نرم اونجا، که داداشم اومد و مثل دیوونه‌ها با اسپری و فندک افتاد دنبالم و هی اسپری رو می‌زد تـو آتیشِ فندک و آتیش گُر می‌گرفت و می‌کرد دنبالِ من. تا اینکه منم بی‌خیال شدم و واسه‌ی حِفظِ جون خودم و جـون مـادرم- کـه داشـت سکته می‌کرد و ابوالفضـل رو قسم می‌داد- رفتم باهاشون.

رسیدیم خونه‌ی طرف. یه خونه‌ی حیاط‌دار اعیونی بود. واسـه‌ی خودش تـوی حیاط دوتا تخت و تشک گذاشته بود و یه دختره هم داشـت واسـه‌ش ذغال‌هـا رو تـوی یه ذغال‌گردونی می‌چرخوند. مـرده یـه شـلوار روخونـه‌ای پوشـیده بـود و حتی نکرده بـود کـه زیرپیراهن رکابیش رو عوض کنه. همون‌جوری با رکابی اومده بـود جلـوی مامـانم و هی می‌گفت کـه حاج خانم حاج خانم و مادرم هم عشق می‌کرد.

خلاصه منو که برانداز کرد و سابقه‌ی کاری و زندگی و وضعیت خـدمتم رو کـه پرسـید بـه مامـانم کـه پرسـید بـه دردش می‌خـورم گفت: چرا به درد نخوره؟! خودم هم یه ماشین بهش می‌دم و یه

جا که شبا رو توش علی‌الحساب بگذرونه. فقط باس یه ذره به سر و وضعش برسه که مردم که میان پیشش نترسن که طرف بچه حزب‌اللهیه. مادرم گفت که خیالتون راحت باشه و خودش ژل داره و می‌زنه.

این شد که من و اون دختر رو تنها گذاشتن که اگه ما هم با هم حرفی داریم بزنیم و همه چی به خیر و خوشی تموم بشه. من وقتی با دختره تنها شدم برای اولین بار سرم رو بالا آوردم تا درست ببینمش. می‌خواستم تا دیدمش براش همه چیز رو تعریف کنم و خواهش کنم که کمکم کنه این ازدواج سر نگیره که به درد هیچ‌کدوم از ما نمی‌خوره و جز بدبختی چیزی برامون نداره.

اما سرم رو که بالا آوردم بی‌اختیار لبخند زدم. دختری که روبه‌روی من نشسته بود یه دختر زشتِ بیچاره نبود. برعکس تا به حال به اون زیبایی هیچ دختری رو ندیده بودم و اصلا دختری بود که حق همون الویس پریسلی بود، نه من و امثال من. حرف که می‌زد من میخ‌کوبِ صداش می‌شدم و وقتی برام تعریف کرد که توی زندگی‌ش چه بلاهایی سرش اومده می‌خواستم بزنم زیر گریه.

اسم دختره ثریا بود و پدر و مادرش از هم جدا شده بودن و پدرش کلی بی‌آبروبازی در آورده بود و اون رو هم از خونه بیرون

کرده بود و رفته بود و واسه‌ی خودش یه زن دیگه گرفته بود و به همه گفته بود که ثریا دختر من نیست. دخترِ بیچاره هم بی سرپناه این‌ور و اون‌ور رفته بود. قوم و خویشا هر کدوم یه مدتی نگهش داشته بودن و بعدش عذرش رو خواسته بودن و اون حالا اسیر و عبیرِ این مَرده شده بود که اون هم واسه اینکه بازاریه و معروف به خوش‌نامیه می‌خواست هر چه سریع‌تر از دستش راحت شه و البته اونقدر مرام داشت که توی این راه یه پولی هم خرج کنه.

اون شب ما تا دیروقتِ شب خونه‌ی اون مَرده موندیم و قرار شد که فردا صبح هم برم سر کارم و دم ظهر هم برم و کلید ماشین و خونه رو بگیرم ازش. من هم تیپ زدم و خودم رو شبیه همون الویس پریسلی کردم و فرداش رفتم سر کار. هر چی بیشتر کار کردم بیشتر حال کردم با کارم و ظهر هم که خونه و ماشین‌دار شدم. دیگه توی پوستم نمی‌گنجیدم. خونه رو توی وقت استراحتم چیدم و پیش خودم گفتم که عصر می‌رم و یه فکری واسه‌ی اون دختره مریم می‌کنم.

عصر که شد یه مَرده اومد و گفت که ماشینش خراب شده و به کمک من نیاز داره. من هم گفتم روی چشمم و رفتم و ماشینش رو آوردیم و هر کار که کردم اون شب درست نشد و دیدم که خیلی ناراحته و نمی‌فهمه چه کار باید بکنه. این شد که منم گفتم طوری نیست بیاد و شب رو پیش من بگذرونه که همون شب

طرف دیوث از کار در اومد و جنس همراهش داشت و منو بردن و انداختن زندون. همون اولین شبِ کارم. حالا هر چی مـن می‌گفتم که به خدا کار من نبود. این‌ها مگه گوش دادن. یه مدت برام بریدن و تو این مدت مـن تو زندون تو بند لات‌ها بـودم و واسه ایـن و اون کاراشـون رو می‌کـردم کـه منو نـزنن. چربیِ روی غذاها و تـهِ دیگ‌هـا رو جمـع می‌کـردم و باهـاش فیتیله درست می‌کردم و می‌بردم می‌دادم به رأی‌بازایی که بین بندها آزاد بـودن و شبا توی یه بند جمع می‌شدن و با اون فیتیله تلی مـی‌زدن. ظرفـای شهردار بندمون رو هم که کله‌خری بود واسه خودش، می‌شسـتم و از این کارا. این بین هم مادرم یه بار یه سـری بـه مـن زد و گفـت دختره پرید که پرید و فحشم داد و فهمیدم که حاجی‌ئه هـم بـا داداشم بحثش شده و دور داداشم رو خط کشیده و داداشـه هـم افتاده هلفدونی و چند سالی رو براش بریدن.

از ثریا که ناامید شدم، دوباره یاد مریم افتادم و همه‌ی اتفاقایی کـه تـو ایـن سـال‌هـا بیـن مـا افتـاده بـود. دلـم بـراش شـور مـی‌زد و از اون‌طرف پیش خودم فکر می‌کردم که دست من نبوده که این طـور گرفتار شدم و حتما تو این مـدت مسعود بهـش سـر زده و چـون بچـه‌ی بـا معرفتـی هسـت کمکـش کـرده و یـه سـر پنـاه مناسبی واسه‌ش جور کرده. از اون طرف هم هیچ شمـاره‌ای ازش نداشـتم که بتونم از مسعود خبری بگیرم.

بعد یه سال اومدم بیرون و حالا خیلی سربه‌زیرتر از قبل بودم. خودم دیگه بساطی نمی‌گرفتم. حس می‌کردم همه چیز رو توی دنیا از سر گذرونده بودم. پیر شده بود روحم. روزی که اومدم بیرون هیچکی نیومد دنبالم و خودم رفتم خونه. مادرم نمازش که تموم شد فقط فحشم داد و نفرینم کرد و گفت که من زندگی‌شون رو به فنا دادم. پدرم هم هنوز داشت با دوستای داداشم درداشو دوا می‌کرد.

از خونه زدم بیرون و با موتوری که از قدیم ندیما داشتم رفتم سمت اون خونه‌ی آخر دنیا. بین راه هم یه بسته شیرینی خریدم که بدم مسعود و بگم شیرینی آزادیمه و از دلش در بیارم. این مسعود پسر خوبی بود و من تو زندون هم که بهش فکر کرده بودم ازش بیشتر خوشم اومده بود. آخه همیشه‌ی خدا روی پای خودش بود و خودش کارای خودش رو می‌کرد. از اون مردایی که کم پیدا می‌شه تو این نسل.

وقتی بالاخره رسیدم به اون خونه، شب بود. موتورم رو پارک کردم. زیر نورِ موتور به نظرم اون اطراف تو این یه سال هیچ تغییری نکرده بود. انگاری همه چیز عین سابق مونده و همه‌ی اون زمینا همین‌طور بی‌استفاده مونده. واقعا اسمی که روش گذاشته بودیم برازنده‌اش بود: آخر دنیا. رفتم و دیدم چراغی هم توی بنا روشن نیست. در زدم ولی کسی در رو باز نکرد و هر چی

هم صدا زدم کسی جواب نداد. این شد که گفتم با کلیدی که دارم در رو باز کنم و ببینم که چه خبره.

در رو که باز کردم یاالله یا الله گویان رفتم تو و تا پرده‌ی دمِ رو زدم کنار یه بویی به مشامم خورد که حالم رو دگرگون کرد. سریع بینیم رو گرفتم و دستم رو انداختم که کلید رو بزنم اما هر چی کلید رو زدم روشن نشد و واسه همین رفتم و موتورم رو آوردم دم در و چراغش رو روشن کردم که نور بندازه داخل.

چیزی که دیدم هیچ‌وقت فراموشم نمی‌شه. مریم اونجا خوابیده بود. هنوز. و دورش پر بود از مگس‌ها و سوسک‌هایی که احاطه‌اش کرده بودن. لباس‌هاش هم کمی پوسیده بود و موهای سرش هم حالا فر عجیبی پیدا کرده بودن. گونه‌هاش کاملا رفته بود و دیگه چیزی از اون‌ها معلوم نبود. استفراغ کردم و دم در پرت روی زمین شدم. تا یه ساعتی نمی‌تونستم چشمم رو از جنازه‌ی مریم بردارم. نشستم و جنازه رو با همه‌ی اون سوسک‌ها و مگس‌ها دیدم و باز دیدم و باز دیدم.

اون شب بدترین شب عمرم بود. نیمه‌های شب یه زمینی رو اون اطراف کَندم و مریم رو توش انداختم و روش خاک ریختم. بعدش توی همون نور موتورم که دیگه داشت کم‌کم باطریش تموم می‌شد اون داخل رو تا به چشمم می‌اومد تمیز کردم و پنجره‌هاش رو باز کردم تا هواش عوض شه. نمی‌دونستم این یه

سال چه اتفاقی افتاده و دلم می‌خواست تا مسعود رو پیدا کنم و گردنش رو بشکنم.

بعد از این‌که بالاخره کارم تموم شد، سوار موتورم شدم تا فلنگ رو ببندم. جاده خاکی هنوز هم خالی و خلوت بود. تقریبا می‌شد مطمئن بود هیچ‌کس اون اطراف نیس که بخواد منو دیده باشه. فقط یه پیرزنه وسط اون بر و بیابون به چشمم اومد که نور موتورم افتاد روش. قیافه‌اش عجیب بود. اصلا معلوم نبود کیه و چه زندگی‌ای داشته. سبد خریدش هم دستش بود. اما هیچ صدایی نداد. نه جیغی. نه اشاره‌ای. هیچ. فقط نگاهم کرد.

نیمه‌های شب رسیدم خونه. فردا صبح هم اولین کاری که کردم رفتم و به هر بدبختی‌ای بود آدرس خونه‌ی اون پسره مسعود رو پیدا کردم و رفتم اونجا و چون زنگ نداشت با سنگ چندبار زدم به درشون که کسی در رو باز نکرد. می‌خواستم بی‌خیال شم و برم که از اون‌ورِ در بالاخره صدایی اومد و شنیدم که یه پیرمردی از داخل داره فریاد می‌زنه که صبر کنین اومدم، اومدم. بعدش درِ اونجا باز شد و دیدم که پیرمرده تمام صورتش چروکه و معلومه که یه عمر درازی از خدا گرفته و دیگه گوش‌هاش هم درست نمی‌شنوه. سرم رو بردم جلو و گفتم: حاج آقا، با مسعودخان کار داشتم. تا اسم مسعود رو شنید سرش پرید عقب و با چشماش خیره شد به من و یه جور عجیبی نگام کرد. بعدش اما کم‌کم چشماش عوض شد و دوباره شد مثل قبل.

به من گفت: تو که مسعود نیستی. من سریع گفتم که نه. با مسعود کار داشتم، از دوستای قدیمیشم. بعد پیرمرده سرش رو پایین انداخت و گفت که مسعود نیست. پرسیدم که کجاست؟ همین‌طورکه داشت در روی من می‌بست گفت: پارسال انداختنش زندون. و در رو بست. من محکم به در زدم و در رو باز کرد و گفت: چیه در رو کندی؟ من گفتم: واسه چی رفت؟ کِی؟ گفت که یه صبح زد به یکی و یارو مُرد و اونم انداختن زندون. و بعد دوباره در رو بست.

من پشت در هاج‌وواج موندم و نمی‌دونستم که چه کار باید بکنم. توی سرم حرفِ پیرمرده پیچیده بود. نمی‌فهمیدم که این روزی که مسعود افتاده زندون چه روزی بوده. شاید همون روزی بوده که من درِ خونه رو روی دختره قفل کردم و رفتم و اگه این درست باشه دختره اون تو این‌قدر زندونی مونده و هیچ‌کس نیومده کمکش که کم‌کم همون‌جا زنده‌زنده از گرسنگی مُرده.

اگه هم که یه روزِ دیگه بوده هم معلوم می‌شه که اون مسعودِ بی‌پدر اون شب برگشته خونه و وقتی دیده من نیومدم اون هم دختره رو زندونی کرده که یه حالی بکنه و پیش خودش می‌گفته که بعدش با من کنار می‌یاد و بعدش هم که گرفتنش پیش خودش گفته که لابد من برمی‌گردم و دختره رو در می‌یارم و واسه همین از این قضیه چیزی نگفته. شاید می‌شد همون موقع از قضیه سر در بیارم اما ترسیدم که منو هم می‌گیرن و زندون می‌ندازن و

این‌طوری حتما مادرم سکته می‌کنه و کاری نکردم. در هر کدوم از دو حالت چیزی که ثابت باقی مونده بود قضیه‌ی مرگ دختره بود. اینکه از گرسنگی و تشنگی اونجا مرده بود. رفتم و کار تازه‌ای در یه پمپ بنزین دیگه به چنگ آوردم و همون کار رو ادامه دادم و تویش هم پول و پله و جایگاهی پیدا کردم. اما در تمام این مدت واقعیت اون شب منو اذیت می‌کرد و من هر روزی که می‌گذشت عبوس و جدی‌تر می‌شدم.

بعد از دو سالی ترسم ریخت. خودم رو به زندون رسوندم و درباره‌ی مسعود پرس‌وجو کردم اما هیچ‌کس خبری نداشت. و یا اگه داشت چیزی نمی‌گفت و بعدش هم رئیس زندون منو خواست و دو تا مامور منو اسکورت کردند تا اتاقش و از من مدارکم رو طلب کرد. مدارکم رو که نشون دادم شروع کرد به بازپرسیِ من که چه کسی هستم و چه کار می‌کنم و این مسعود رو از کجا می‌شناسم. من هم با همه‌ی تجربه‌ای که توی این سال‌ها به دست آورده بودم خودم رو طوری گرفتم که اصلا بویی از رابطه‌ی من نبَرد و هی خودم رو لعنت می‌فرستادم که چرا دستی دستی خودم رو انداخته‌ام توی تله.

بالاخره وقتی دیدم که رئیس ساکت شده، فرصتی پیدا کردم تا بگم که آقای رئیس، اگه دیدنش کار سختی‌ست آنقدرها هم برایم مهم نیست. من طلبِ جزئی‌ای ازش داشتم که حالا که این‌طور است می‌بخشم و پیگیری‌اش نمی‌کنم. اما رئیس بدون توجه به

حرف من گفت: قضیه این حرف‌ها نیست آقا. این مسعودی که شما می‌گین پارسال خودش رو اینجا طناب‌پیچ کرد و به هلاکت رسوند.

این رو که شنیدم گلویم خشک شد و نمی‌دونستم چه کاری باید بکنم. خوش‌بختانه سرِ رئیس با یکی دو تا ارباب رجوع دیگه که اومده بودن مرخصی‌ای برای پسرشون جور کنن گرم شد و من هم همون بین خداحافظی کردم و دور شدم. از زندون بیرون اومدم و خودم رو دوباره رسوندم به همون خونه‌ی قدیمی. می‌خواستم ببینم توی این دو سال چه تغییراتی کرده و سر و گوشی آب بدهم.

این بار برای رسیدن به اونجا دیگه نیازی نبود که بزرگراه رو معکوس برم، چون خروجی‌ای برای اون طرف ساخته شده بود. این خروجی رو که دیدم مطمئن شدم که جنازه حتما در این مدت پیدا شده. دو طرفِ این خروجیِ جدید پر شده بود از ساختمان‌های نیمه‌ساخت و ساخته شده‌ی حومه‌نشینان. و هنوز هیچی نشده، کلی جماعت اون اطراف زندگی می‌کردن و بچه‌های خردسال با شلوارهای روخونه‌ای ورزشیِ پاره‌پوره داشتن اون اطراف با توپ پلاستیکی بازی می‌کردن. یکی از همین بچه‌ها رو که بزرگ‌تر از بقیه بود صدا زدم و وقتی که دم شیشه‌ی ماشینم رسید ازش پرسیدم که اینجا یه خونه خرابه‌ای بود چی شد؟ اون یه‌دفعه تعجب کرد و به من نگاه کرد.

داشت رنگم می‌پرید که نگاهش به طرز مضحکی برگشت و
گفت که چطور شما نمی‌دونین؟ یه ذره جلوتره. اونجا یه دختره
خودش رو زندونی کرده و مرده و واسه همین کسی نمی‌ره اون
طرفا. من با تعجب پرسیدم: خودشو زندونی کرده؟ پسره گفت:
آره مثل اینکه از این بی‌آبروها بوده. اومده خودش رو زنده به گور
کرده و یه یارویی اومده دیدتش و دفنش کرده. بعضیا هم می‌گن
که یکی کُشته اون رو و دختر خوبیم بوده. در هر حال معلوم
نیست. اما بیشتری‌ها می‌گن همون که خودش رو کُشته درسته.
پرسیدم مگه اون خونه صاحبی نداشته که برن سروقتش؟ پسره با
خنده گفت: چرا که نداره. هر کی زودتر بره اونجا اتراق کنه
می‌شه صاحبش.

پیش خودم گفتم آخه چطور این مردم همچین داستان ابلهانه‌ای
رو قبول کردن که دختره خودش رو کُشته و بعدش یکی اومده
دفنش کرده. آخه مگه این با عقل جور می‌یاد؟ البته خود من هم
که تو زندون و این‌ور و اون‌ور زیاد بودم می‌دونستم که آره گاهی
توی زندگی ما همچین چیزایی پیش می‌یاد. به همین مسخرگی.
شاید اصل زندگی ما رو همین چیزای مسخره است که می‌سازه.
مثل همون شبی که خودم اون مردک را اوردم پمپ بنزین و به
خاطرش یک سال افتادم زندان. روندم طرف خونه‌م و به کار و
زندگیم چسبیدم و دیگه دنبال این قضیه رو نگرفتم تا این‌که
مدت‌ها بعد یه بار یه شب یه پسره، که بعدا فهمیدم اسمش
هیواست، اومد به پمپ بنزینم.

پسره بنزینش رو زد و من رفتم که باهاش حساب کنم. خیلی محترمانه هم رفتار می‌کردم اون زمان. پول رو که داشتم حساب می‌کردم همون پیرزنی رو دیدم اون اطراف که سال‌ها پیش دم خونه‌ی مادرِ مسعود دیده بودم. عین همون وقت بود. مو نمی‌زد. با همون صورتی که هیچی ازش نمی‌شد خوند، جز اینکه زندگی زیاد سرش آورده. باز هم سبد میوه دستش بود و همون‌جور بی‌تفاوت از کنار من رد شد که سال‌ها پیش شده بود و درِ خونه‌ی مادرِ مسعود رو زده بود. یه بلبشویی توی دلم شد که نپرس. هنوز چند دقیقه نگذشته بود که صدای جیغ شنیدم. پیرزنه داشت به یه چیزی روی زمین اشاره می‌کرد و جیغ می‌کشید. قلبم اومد توی دهنم و بدو به اون سمت دویدم تا جیغ اون زن منو نابود نکرده. بهش که رسیدم، برداشتمش. زنه دست از جیغش برداشت و همون‌وقت هم پسره سر رسیده بود و می‌خواست اون بسته رو از دست من بقاپه که نذاشتم و نگاهش کردم و می‌دونی چی دیدم؟ تریاک دیدم. کلی تریاک. تریاکایی که افتاده بودن روی زمینِ پمپ بنزین من و معلوم بود که مال این مَرده هستن.

همه‌ی اتفاقایی که سال‌ها پیش افتاده بود و مسبب اصلی همه‌ی بدبختی‌های من بود یادم افتاد. حس کردم این بار این پسر می‌خواست با گذاشتن این بسته توی پمپ بنزین زندگی منو نابود کنه. انگار مسخ شده باشم فقط به اون پسر نگاه می‌کردم و با یادآوری همه‌ی بلاهایی که این سال‌ها به خاطر احمقی مثل اون کشیده بودم دستاش رو فشار می‌دادم و بعدش هم بردمش و

رسوندمش به کلانتری و بعدش هم توی تمام مراحل رسیدگی خودم هم رفتم و اصرار داشتم که اون رو به جزاش برسونم.

روز آخر دادگاهش دلم سوخت و خواستم که برم پیشش و ازش واسه خاطر اون همه سختگیری عذر بخوام اما نتونستم هیچی بگم و همینطور صم و بکم اونجا نشستم و نشستم و فقط دستی روی زانوش گذاشتم که شاید اطمینانی بهش بدهم و به نحوی پشیمانی‌ام رو نشون داده باشم. اما از رفتارش فهمیدم که اصلا کار عاقلانه‌ای نبود و به جای تسکین دادنش بیشتر ذلیلش کرد. آخه همیشه پسره که به من می‌رسید یه جوری می‌شد و انگار پسرِ خودم باشه فرمانبردار می‌شد و من اصلا دوست نداشتم این‌طور بشه.

من توی همه‌ی این سال‌ها اینجا توی این پمپ کار می‌کردم و با راز کوچیک خودم تنها بودم و همیشه هم هزارتا فکر می‌کردم در مورد ماجراهایی که برای من و مریم پیش اومد. یکی از این فکرها هم این بود که من مسبب اصلی اون مرگ نفرت‌برانگیز بودم و نه هیچ‌کس دیگه‌ای. این فکر با دیدن دوباره‌ی اون پیرزنه توی زندگیم برام پررنگ و پررنگ‌تر شد و من هر روز خاموش و خاموش‌تر شدم و حتی گاهی به خاطر چیزهای خیلی کوچیک هم سروصدا به راه می‌انداختم و افراد رو برای خاطر دختر و چیزهایی از این قبیل اذیت می‌کردم و این‌جور کارها. احمقی شده بودم.

گذشت تا همین امروز. امروز با دیدن دوباره‌ی اون پسره هیوا اینجا توی پمپ‌بنزینم، احساس کردم که باید به اون پسر کمکی بکنم یا چیزی شبیه اون. اما از من حسابی ترسید و حتی نقش زمین شد. هرچه سعی کردم اون رو آروم کنم، نتونستم. سال‌ها کم‌حرفی باعث شده بود که دیگه کلمات مناسبی برای حرف زدن پیدا نکنم و دوباره پا شدم و بدون این‌که چیزی بگم رفتم و توی آلونکم نشستم. و از همون دور بهش خیره شدم. عطش داشتم به دست‌وپاش بیفتم اگه بی‌دلیل زندگی‌ش رو به فنا دادم ولی چیزی، شاید همه‌ی سال‌هایی که زندگی خودم به فنا رفته بود، مانع می‌شد.

بعد هم که دیدم ماشینش رو یک کم اون‌طرف‌تر گذاشت و راه افتاد و داره لنگان لنگان دور می‌شه، من هم پا شدم و به آرومی تعقیبش کردم. تا دیدم که خودش رو رسوند به یه آپارتمان. هیوا رفت و توی یکی از خونه‌ها یواشکی پنهان شد و بعد که مدیر ساختمان از اون واحد بیرون اومد، همون‌جا ماند. من به این قضیه مشکوک شدم و تصمیم گرفتم که همون حوالی بمونم و سر و گوشی به آب بدم. تازه می‌تونستم بفهمم آیا همه بلاهایی که به خاطر من سرش اومده بود حقش بود یا نه.

پشت یه پرایدی که اون اطراف پارک کرده بود پنهان شده بودم و منتظر بودم. تا مدتی هیچ خبری نبود. بعد چیزی رو دیدم که باورش برام سخت بود. دوباره همون پیرزن رو. بعد از این همه

سال. درست همون روزی که هیوا رو دیده بودم. می‌دونستم که دیدن این پیرزن و هیوا توی یه روز باید معنایی داشته باشد. پیرزن که از کنار ماشین رد شد، من هم با فاصله تعقیبش کردم.

داخلِ همون آپارتمان شد و بعدش هم رفت به همون طبقه‌ای که هیوا درش بود. و من هم پایین‌تر توی راهرو سرم رو دزدیده بودم و اون رو می‌پائیدم. در وسط راهرو مردی ایستاده بود و داشت درِ همون واحدی که هیوا اون‌جا بود رو باز می‌کرد. نمی‌دونم کی داخل خونه رفته بود که من ندیده بودم. اون مرد با دیدن اون پیرزن کمی جا خورد ولی تعلل نکرد و رفت داخل. پیرزنه کمی ایستاد و بعد راهش رو کشید و رفت.

می‌دونستم که باید کاری بکنم و نمی‌دونستم چه کاری. دلم می‌خواست بفهمم این پیرزن کیست. حتی از دنبال کردن هیوا هم حیاتی‌تر شده بود برام. تعقیبش کردم. پیرزنه بی‌هدف توی ساختمان از این طبقه به اون طبقه رفت و باز از اون طبقه به طبقه دیگه و در نهایت برگشت به همون طبقه‌ای که قبلا توی اون بودیم و رفت و انگاری بخواهد جلوی همون در بایستد اون‌جا کمی معطل شد و همون‌وقت درِ اون‌جا باز شد و جیغ پیرزن به هوا رفت. چه جیغ کر کننده‌ای. نشستم و دستم رو روی گوش‌هام گرفتم و بیشتر از هر باری توی زندگی‌م گوش‌هام رو فشار دادم.

نمی‌دونم چقدر گذشت. فکر کنم حداقل چند دقیقه. تا بالاخره دستم رو از روی گوشم برداشتم و جیغ پیرزن تموم شده بود. سرکی به راهرو کشیدم و خبری ازش نبود. خواستم پا شم شاید توی کوچه خودم رو بهش برسونم که درِ اون واحد که هیوا رفته بود توش، باز شد و همون مرد قبلی ازش خارج شد. این بار روی چمدونش لکه‌های خون بود و روی شلوارش هم. راهرو رو دوید و از اونجا فرار کرد.

من موندم و سه راهی که پیش رویم بود. یکی اینکه دنبال پیرزن برم و.... یکی اینکه دنبال این مردی که خونین و مالین شده بود برم و... یکی اینکه داخل واحدی که هیوا توش رفت برم و... بلند شدم و توی راهرو راه رفتم تا شاید راهرو به من بگه که چی کار کنم! اگه به خودم بود دلم می‌خواست دنبال پیرزنه برم و بفهمم اون که این‌طور در صحنه‌های خاصی از زندگی‌ام ظاهر شده کیست. اما تنها چند قدمی به اون سمت رفته بودم که فکری به سرم خورد. شاید هیوا داخل اون خانه به من نیاز داشته باشه. می‌دونستم که اونجا حتما خون بود و دردسر بود و از این حرف‌ها. ولی اگر واقعا هیوا بهم نیاز داشت چی؟ این بهترین فرصت بود که بهش کمک کنم، شاید بدی‌هایی که در حقش کردم جبران شد.

خودم رو به دمِ درِ اون واحد رسوندم. لای در باز مونده بود. انگار چیزی باعث شده بود که لولاها مثل همیشه روی هم

نغلتند. در تِقی کرده باشد اما بسته‌ی بسته هم نشده باشـد. وقتی وارد شدم و چراغی رو پیدا و روشن کردم تازه متوجه شدم چه چیزی اون کار رو با در کرده. کمی خون. به همین راحتی. کمی خـون غلتیـده بـود و غلتیـده بـود و اومـده بـود و تراشـه‌ی سنگی کوچکی رو هُل داده بـود و اون تراشـه غلتیـده بـود و لای درزِ در رو گرفته بود و در کاملا بسته نشده بود.

اون طرف رو که نگاه کردم دیدم که بدنی افتاده. جلو رفتم و دستم رو روی سینه‌اش گذاشتم اما خبری از نفس کشیدن نبود. سعی کردم توی چهره‌ی طرف دقیق شم که ببینم چه کسی‌یه. اما صورتش عوض شده بود و معلوم نمی‌کرد. به نظر لباس‌های هیوا تنش بود. مجبور شدم برای اینکه ببینم هیوا هست یا نه صورتش رو با دستم تمیز کنم.

حالا نشسته‌ام اینجا و دارم فکر می‌کنم. با همین دسـتای آلوده به خون هیوا و با همین شلوارم که کمی از خـون هیوا دورش حلقه زده. احتمالا هر لحظه است که نیروهای پلیس بریزن اینجا و منو بردارن و به عنوانِ قاتلِ هیوا ببرن و من هم هر چقدر بهشون بگم که داسـتان ایـن نیسـت، داستان چیز دیگه‌ایست اونهـا محالـه حرفم رو باور کنن و من قبلا با این‌ها چرخیدم می‌دونم چـه جـور آدمایی هستن. شایدم نیروهای پلیس یه کم دیرتر سر برسن. مثلا وقتی که من راهرو رو با تمام سرعت دویدم و خـودم رو رسـوندم به پمپ بنزینم و نشـون دادم که دارم اونجـا کـار می‌کنم و فقـط

واسه نمازی رفته بود مسجد و از این حرف‌ها. شاید هم هیچ کدوم از این‌ها نشه و یه جور دیگه‌ای بشه که الان نمی‌دونم. اما چیزی که منو می‌ترسونه این‌ها نیست. یه فکره. یه فکرِ ساده. این‌که تمام این مدت و با همه‌ی تغییراتی که توی زندگیم کردم و همه چیز عوض شده و با وجودِ مرگِ مریم و مسعود و قضیه هیوا وغیره یه چیز توی زندگی من ثابت مونده. یه چیز که هر چند سال یه بار سراغم اومده و به من نشون داده که همیشه می‌تونه کاری بکنه که من دنبالش بیفتم و من هیچ‌وقت نمی‌تونم کاری رو که اون می‌خواد نکنم.

آره، این ترس واسه‌ی من مونده.

فصل سیزده

سیزده: من

بهنام

من توی یه شهر کوچیک به دنیا اومدم که هیچ‌کس بهش اهمیتی نمی‌داد. شهرهای مجاور به ما می‌گفتن اشغالگر چون مـا همـه‌ی کارها رو توی شرکت نفتی‌ای که اون دور و بر بود گرفته بـودیم و به کارگرای اونا چیزی نرسیده بود. شهر ما بـه یه دلیل دیگه هـم واسه خودش اسم و رسمی داشت و اونم تـوی اخبـار شبانگاهی بود. بیشتر وقتای سال گرم‌ترین نقطه‌ی ایران بـود. از اون گرماهـا که من یادم می‌یاد یه بار یه تخم مرغ رو روی سنگ سرخ کردیم.

یه کوهی بود اون اطراف که تـوی شهر از همـه‌جا معروف‌تر بـود و ما گاهی با پسرا می‌رفتیم اونجا و همیشه هم گله‌های پسرا که زیاد می‌شدن اونجا، شوخی جنسی و شوخی خرکی می‌اومـد وسـط و آخرش دعوا می‌شد و مجبور می‌شـدیم کـه زودتر برگردیم خونه. اما همون پشت کوه، یادم می‌یاد که یه بـار یه اجاق‌سـوز درست کردیم و کلی پاش نشستیم و اون بـار اسـتثنائا کسـی نمی‌خواسـت کسی رو اذیت کنه و خیلی حال داد. البته صورت من کمی زخمی بود.

۲۳۷

پدرم رفت استانبول واسه‌ی کار. ما هم موندیم تهران و من که می‌دیدم بابام هم نیست واسه‌ی مامانم شاخ و شونه می‌کشیدم و شب‌ها دیر می‌اومدم خونه و دختربازی هم می‌کردم تا دلت بخواد. بچه معروفی بودم واسه خودم. بهم می‌گفتن که دخترا رو مسخشون می‌کنم و راست هم می‌گفتن. نه اینکه کار خاصی بکنم. نگاه می‌کردم ببینم هر دختری چه چیزی کم داره و همون رو بهش می‌دادم. و کجاست دختری که یه چیزی کم نداشته باشه. پسرا هم همیشه یه چیزی کم دارن اما من نشون نمی‌دادم که چی کم دارم.

یه بار ورق برگشت و توی یه ایستگاه اتوبوس یه دختره رو دیدم. هنوز که هنوزه موهاش رو یادم می‌یاد که چطوری از بین مقنعه‌اش بیرون انداخته بود و اونجا ایستاده بود و یه کم گونه‌اش رو بالا داده بود. اما چشماش خنثی بود. انگار هیچ‌چیزی نمی‌تونست اون دختر رو تحت تاثیر قرار بده. همه اون دختر رو می‌شناختن و همه می‌گفتن که انگاری قلبش مثل یخه چون به هیچ‌کس محلی نمی‌ده و اصلا انگار هیچ‌کس رو نمی‌بینه. من هم همیشه از دور نگاهش می‌کردم و پیش خودم می‌گفتم با این دختر چه کار کنم؟ چه جوری مخش رو بزنم؟

تو همین فکرا بودم که یه روز دیدم با یه پسره رفت بیرون و روز بعد دیدم با یکی دیگه رفت بیرون و بعدش با یکی دیگه و حتی کارش کشیده بود به اینجا که با یه پسرِ لات هم رو هم ریخته بود

و بعدش هم شنیدم که با داداشِ اون پسر لات هم رو هم ریخت. لاتی هم شده بود واسه‌ی خودش و اگه دعوایی هم می‌شد خانم کم نمی‌آورد و فحش آب‌داری هم نصیب طرف می‌کرد.

دختره از چشمم افتاد و پیش خودم گفتم که اون چشمایی که من اون روزا می‌دیدم و اون‌جوری منو اسیر خودشون کرده بودن مال یه لات بی‌همه‌چیز بودن. و خودم رو احمق می‌دونستم که این رو زودتر نفهمیده بودم. برگشتم و شروع کردم به تحصیل و حتی دانشگاهی در شهرمون قبول شدم و رفتم درسی هم خوندم و اهل دانشگاه هم همه منو می‌شناختن و این مهمونی و اون مهمونی دعوت می‌کردن. واسه خودم سری شده بودم تو سرا و وضع مالیم هم خوب بود و با بالا بالایی‌ها می‌چرخیدم.

از درس و مشق که خسته شدم، شروع کردم به شکوفا کردن استعدادهای هنریم و شاسی خریدم و طراحی رو شروع کردم و خونه‌م رو هم توپ توپ کرده بودم جوری که هر دختری می‌اومد اونجا، پاگیر می‌شد و منم ازشون طراحی می‌کردم و واسه‌شون موسیقی خوب می‌ذاشتم. تو زندگی‌هاشون هم بهشون کمک می‌کردم.

تو این بین یه روز گوشه‌ی خیابون اون دختره، که اسمش مریم بود، رو بعد سال‌ها دیدم و گفتم سوارش کنم و اون آرزوی قدیمی رو حالی بهش بدم. اونم تا ماشینِ منو دید از خدا خواسته

سوار شد و شروع کرد به حرف زدن و معلوم بود که نئشه هست و سر و زبون‌دار. منم بردمش خونه‌ام و خونه‌ام رو که دید کلی ذوق کرد و ما یه حالی هم با هم کردیم و بعدش من بهش گفتم که طراحی می‌کنم و اون هم خوشحال شد و معلومم شد که فقط مشکلش پوله، اگه نه حتی حاضره با من زندگی هم بکنه و من هم بدم نمی‌اومد که یه دختری همیشه تو دست‌وبالم باشه.

از همه مهم‌تر البته بدن مریم بود. بدن عجیبی داشت. دستاش مثل دستای دختر بچه‌ها بود و می‌شد مدت‌ها فقط دستاش رو دید. انگشتای کشیده‌ی زیبایی داشت و فرورفتگی‌های کوتاهی در انتهاشون بود که خیلی به اون دستا می‌اومد. انگشت‌های پاش هم فرمی داشت که دلت می‌خواست مدت‌ها بشینی و نگاهش بکنی. پوستش انگار همیشه کمی روغنی بود و تا دستت بهش می‌خورد می‌چسبید بهش و دلت نمی‌خواست ولش کنی. بدنش هیچ‌وقت بویی جز طراوت نمی‌داد و حتی وسط هیجان هم می‌تونستی بینی‌ت رو توش فرو کنی و نفس بکشی.

من کلی طرح از مریم زدم و همه‌شون رو هم این‌ور و اون‌ور خونه‌م گذاشته بودم و یه سری‌شون رو هم برده بودم و گذاشته بودم توی خونه‌ی پدریم. اونایی رو برده بودم که فکر می‌کردم یه چیزی توشونه که من نمی‌خوام کسی اون رو ببینه. یه جور حسی که ترجیح می‌دادم خودم هم کمتر اون رو به یاد بیارم. حتی همین امروز هم نمی‌خوام اون رو به یاد بیارم.

فصل سیزده

یه شب توی همین شب‌ها مریم رفته بود که دست و صورتی بشوره و بیاد لخت شه و من طراحی کنم. من نشسته بودم و داشتم سر مدادها رو آماده می‌کردم که یه ضربه‌ی محکمی از پشت سر به من خورد و از حال رفتم. وقتی به حال اومدم دیدم توی یه پایگاه بسیجم و منو انداختن تو بازداشتگاه. اولش خواستم شاکی‌بازی در بیارم و بگم من محصلم و شما حق ندارین که این و اون. ولی بعدش به نظرم رسید که کار عاقلانه‌ای نیست و تا رئیس پایگاه اومد زدم توی فاز احترام و چه جوابی هم گرفتم.

رئیس پایگاه هی می‌گفت که چرا این کار رو کردی و چرا اون کار رو کردی و من هم همه‌ش محترمانه بهش می‌رسوندم که غلط کردم و دیگه تکرار نمی‌شه و شما بیاین گذشت کنین و من مامان بابام اگه بفهمن نابودم می‌کنن و شما اگه به اون‌ها خبر ندین من خودم از خجالتتون در میام. جناب رئیسه هم دلش سوخت و از اونا نبود که پول لازم نباشه. مواجبش رو که دادم، گذاشت برم.

از کل چیزایی که ازم برداشته بودن، فقط گوشی همراهم رو تحویل دادن. دیدم هی مریم بهش زنگ زده. این شد که بهش زنگ زدم و گفت که خیلی ترسیده و یه یارویی که قدیم‌ها می‌شناخته فراری‌ش داده و حالا هم قراره بهش جا بده. من هم خوشحال شدم و گفتم که هر جا رفت با من تماس بگیره و اگه کاری هم داشت زنگ بزنه. اون شب دیگه خبری نشد و فرداش

۲۴۱

هم خبری نشد. تا اینکه پس‌فردای اون روز زنگ زد و گفت که بدو بیا کمکم که گیر افتادم.

بعدش یه آدرس عجیب و غریبی رو به من داد و منو کشوند تو بیابونای اطراف شهر. من هم که کم‌کم ترسیده بودم هی ازش می‌پرسیدم که مریم جون اگه اتفاقی افتاده به من بگو و نیام منم تو دردسر بیفتم. اما مریم هی بهم می‌گفت که نه خیالت راحت بیا.

ماشین رو پارک کردم و پیاده شدم و دیدم که مریم اونجا وسط ناکجاآباد توی یه خرابه زندونی شده و داره از توی پنجره‌ی اونجا دست تکون می‌ده. به من می‌گفت که منو زود در بیار که فرار کنیم. من هم گفتم که مریم جان آخه چرا تو رو اینجا زندونی کردن؟ راستش رو نمی‌گفت. هی می‌گفت که با اون پسره دعوا کرده و اون پسره هم درش رو قفل کرده و رفته. آخه کی این رو باور می‌کنه؟

منم دیدم که نه، این مریم راستش رو نمی‌گه و معلوم نیست که چه رابطه‌ای با اون بسیجیه داشته و چرا اونا ریختن تو خونه‌ی من و چه غلطی کرده که آوردنش اونجا. گوشیش رو از دستش قاپیدم و گفتم هر گُهی خوردی حقته که بیان سر وقتت. راهم رو کشیدم و بدون اینکه بیارمش بیرون، سوار ماشینم شدم و برگشتم.

چند سالی از اون ماجرا گذشت. در این بین سر و کارم با آدمـای گنده‌تری افتاده بود. به تهران نقل مکان کردم و کم‌کم هنرمندِ صاحب رسمی شده بودم و توی این روزنامه اون روزنامـه هـم در موردم نوشته بودن. از عادت‌های قدیمی هـم اون عـادت کشیدنِ نقاشی از بدن دخترا با من مونده بود که این کار رو اگر چه ممکن بود برام خطرساز باشه اما ادامه می‌دادم و نمی‌ذاشتم تـا می‌شـه کسی از اون بویی ببره. بالاخره اینجا ایرانه و می‌دونید که.

یه کتاب‌فروشه هم بـود کـه گه‌گداری بهش سر می‌زدم و باهـاش گپی می‌زدم و اگه کتاب تازه‌ای داشت می‌خریدم. یه بار کـه رفته بودم پیش اون کتاب‌فروشه دیدم کـه یه دختره اونجاست و داره هی بـه اون کتاب‌فروشـه می‌گـه استاد استاد. مـن هـم از دختره خوشم اومد ولی از اون استاد استاد گفتنش، نه. پیش خودم گفتم که این حرف‌ها دیگه فایده نداره و بایـد یه فکـر دیگـه‌ای واسـه‌ی آینده‌ی فرهنگ خودمون بکنیم.

اما بعدش بیرون که اومدیم دیدم که نه اصلا دختره رو بد شناختم و اونجا برای اینکه دل اون کتاب‌فروشه نسوزه اون‌جور رفتار کرده. با هم رفتیم و ناهار خوردیم و با هـم رفتیم بـه گالری هنرهـای معاصـر. از در کـه وارد شـدیم قبـل مـن بـه سـمت باجـه‌ی بلیت‌فروشی رفت و با مسئول اونجا خوش‌وبشی کرد کـه انگـار سال‌هاست می‌شناسدش و گفت که دوتا بلیت لطفا و بلیت‌ها رو

که گرفت بدون اینکه هیچی بگه رفت و اون‌ها رو داد به مامور ورودی و خودش وارد شد. من هم پشت سرش رفتم تو.

بعدش ما رفتیم و اول یه قهوه‌ای خوردیم. اون دختر- ثریا- یه قهوه‌ی فرانسه خورد و من یه دونه ترک. هر دوتامون هم سیگار رو روشن کردیم و بعدش اون شروع کرد درباره‌ی حیاط این کافه حرف زدن که چقدر حیف که الان باز نیست و اونجا خیلی حال می‌داد وقتی که با دوستاش می‌اومد و سیگار کنت می‌کشید. و بعدش می‌رفتن توی سر و کله‌ی هم می‌زدن و موهای هم رو می‌کشیدن و از سارتر تا هایدگر حرف می‌زدن.

بعد ثریا شروع کرد و از دانشگاهشون برام حرف زد. از اینکه یه حیاط پشتی هست که اون‌ها می‌شینن و با علی و رضا و پروانه و مریم ۲ و شاندی مافیا بازی می‌کنن و بعدش من با خنده گفتم که این شاندی دیگه کییه و اون گفت باید ببینی‌ش یه کره خریه که نگو. و بعدش شروع کرد از مسخره‌بازی‌های این شاندی تو مهمونی‌هاشون صحبت کرد و گفت که یه بار یه چتر رو گرفته بالای سرش و با آب‌پاش روی خودش آب می‌پاشیده و همه داشتن می‌خندیدن و همه شاد بودن.

بعدش شروع کردیم به نگاه کردن به تابلوهای موزه و درباره‌ی هر کدوم از تابلوها اگه نظری داشتیم گفتیم و کمی هم سربه‌سر تاریخِ هنر گذاشتیم و ادای این رو در آوردیم که می‌خوایم آثار

هنری رو خراب کنیم و یه کم هم سربه‌سر مامورهای موزه گذاشتیم که فرق اکسپرسیونیسم و رئالیسم رو نمی‌دونستن. و این سوژه‌ی ما شده بود اون روز، و کمی هم برای وضع ایران دل سوزوندیم.

بعد از موزه من از ثریا خواستم که بیشتر وقتش رو با من بگذرونه و با هم به تئاتر شهر بریم. قبول کرد و پیاده از پارک لاله راه افتادیم و بین راه هم ثریا یکی دوتایی آشنا دید و باهاشون حال و احوال‌پرسی کرد و همه‌شون از این پسرهایی بودن که معلوم بود مواد و دختر توی دست و بالشون زیاده و وضعشون هم بد نیست و ایران هم تخمشون نیست. من این‌جور پسرها رو می‌شناختم. دلیلش هم خیلی ساده بود. چون یکی از اون‌ها بودم. با تفاوت‌های خاص خودم.

تئاتر بد نبود و فقط همون‌طوری که ثریا توی کافه‌ای که بعد از تئاتر رفتیم به اون اشاره کرد کمی دچار چندمعنایی بود و من هم این رو قبول داشتم. توی این کافه‌ی دوم کمی صدایم گرفته بود و فکر می‌کنم به خاطر دود زیاد سیگاری بود که توی فضا بود. برای همین از ثریا عذرخواهی کردم و رفتم تا دمِ در هوایی تنفس کنم و اونجا، درست همون‌جا، روبه‌روی من یه پیرزن توی خیابون انقلاب ایستاده بود و داشت به من نگاه می‌کرد. عابرین از این‌ور و اون‌ورش عبور می‌کردن ولی پیرزن با یه سبد میوه در دست اونجا ایستاده بود و هیچ حرکتی نمی‌کرد. خیره به من.

و بعد دهنش باز شد و باز موند و من نفهمیدم از دهن او یا از اتوبوسی که همون لحظه از پشتش رد شد بود، صدایی در اومد. صدای یه جیغ، یه جیغ بلند و تند. نمی‌دونم چرا هیچ عابری نایستاد تا نگاه کنه اما من داشتم اون جیغ رو می‌دیدم. مثل جیغ مونک بود. خود جیغ مونک بود. و همون‌وقت من هم بلند شروع کردم به جیغ زدن. از تمام وجودم جیغ کشیدم حتی طوری که نفسم گرفت و روی زمین افتادم.

وقتی به هوش اومدم دیدم که ثریا بالای سر من نگران ایستاده و داره با یکی دو عابر در اطراف که نمی‌گذارن به من هوا برسه دعوا می‌کنه. کم‌کم دستم رو روی صورتم کشیدم. ثریا هم دست منو گرفت و کمکم کرد که سرپا بایستم و همین بین هم شروع کرد به تکوندن خاک‌های روی بدن من و دستش خورد به اونجای من و من به خودم لرزیدم، ولی به روی خودم نیاوردم.

ثریا به من گفت که یه پیرزنه منو ترسونده و من هم حتما پنیک کردم و افتادم روی زمین و تازه یادم افتاد که چی شده بود و اون رو با آب‌وتاب برای ثریا گفتم و ثریا هم همین‌طور که داشت گوش می‌داد با من راه اومد و راه اومد و اون هم نظراتش رو گفت و من هم نظراتم رو گفتم تا این‌که دیدیم خیلی راه اومده‌ایم و معلوم نیست کجای شهریم. ثریا به ساعتش نگاه کرد و یه‌دفعه پریشون شد و وقتی من پرسیدم مگه چی شده ثریا جون، به من گفت که خوابگاهش دیر شده و اون اصلا حواسش

نبوده و من هم گفتم اینکه ایرادی نداره و من هم بودم یادم می‌رفت.

بعد از مدتی مِن‌ومِن کردن به ثریا رسوندم که می‌تونه اون شب رو در خونه‌ی من بگذرونه. اولش خجالت کشید و گفت که مزاحم نمی‌شه و می‌تونه خونه‌ی این بره و می‌تونه خونه‌ی اون بره و فقط داره فکر می‌کنه که چه کسی بیداره. من هم که فرصت رو مناسب دیده بودم اصرار کردم که این چه کاریه ثریا، تشریف بیارین خونه‌ی من و اون هم بالاخره قبول کرد.

بعدش با هم اومدیم ساختمون شماره‌ی دو، توی خیابون هفتم. ثریا وقتی برای اولین بار خونه‌ی منو دید عشق کرد. همه‌ش بالا و پائین می‌رفت و از چیزای مختلفی که من تو این سال‌ها جمع کرده بودم حرف می‌زد و از کتاب‌خونه‌اش که دیگه رسیده تا زیر سقفش حرف می‌زد و از مامانش حرف زد که می‌دونسته که باباش با زن یکی از رهبران حزب سَر و سِرَی داشته.

هر دوتامون از پیدا کردن هم بیشتر و بیشتر داشتیم سرخوش می‌شدیم که دستم رو غلتوندم روی بازوی اون و اون هم آروم دستم رو پس زد و من هم تندتر زدم به دستش و اون این‌بار کمتر دست منو پس زد و بعدش هم من دیگه با دستم بازوش رو گرفتم و اون هیچ کاری نمی‌کرد و همین‌جوری آروم موند و

سرش رو پائین انداخت و من فکر کردم چه فرصتی از این بهتر و لباسش رو در آوردم.

بعدش من و اون کلی سرِ باز کردنِ سوتین با هم دیگه شوخی کردیم و بین اون شوخی‌ها خوابیدیم کنار هم و اون یه شعری از فروغ رو برام از بَر خوند و من هم که حال کرده بودم رفتم و گوشه‌ی پنجره رو باز کردم که هم بوی سیگار بره و هم یه نوازش نسیمی بیاد تو و بخوره به پاهای من و اون که توی هم می‌غلتیدن و می‌غلتیدن و انگار آروم نداشتن.

بعدش البته اون بهم گفت که هنوز ویرجینه و من هم به نظرم این چیزی بود که خودش باید در موردش تصمیم می‌گرفت و اون بهم می‌گفت که داره بهش فکر می‌کنه و من هم که خوشحال شده بودم بهش گفتم که عزیزم بیا با هم فکر کنیم و اون هم زد روی دستم و گفت که خفه شو و بعدش هر دوتامون بلند بلند خندیدیم و همون‌وقت بود که باد پرده رو روی پاهامون جلو و عقب می‌برد.

بعدش ثریا دستای منو گرفت و ما با هم یه کم رقصیدیم و به موسیقی پینک فلوید گوش دادیم و من موهاش رو بوسیدم و اون هم آروم دستش رو روی دستم کشید و از من تشکر کرد. با علاقه به پشت سرش نگاه می‌کردم و یاد نقاشی‌های سالوادور

دالی می‌افتادم که همیشه یه زنه پشت به تصویر نشسته و ما فقط داریم گردنش رو می‌بینیم و ما فقط داریم عقبش رو می‌بینیم.

ثریا وقتی توی گشت‌وگذارهای شخصی‌ش توی خونه‌ی من به اتاق طراحی‌هام رسید خیلی ذوق کرد و شروع کرد به سوال‌پیچ کردن من و هی به من می‌گفت که تو واقعا آرتیستی ها و من هم می‌گفتم که بهت گفتم و اون هم می‌خندید و شوخی می‌کرد و می‌گفت که باورم نشده بود و اصلا انگار دنیا رو بهش داده بودن و دنیا رو به من هم داده بودن و من هم خیلی خوشحال بودم، طوری که هیچ‌وقت توی عمرم نبوده‌ام و دیگه هم نیستم.

من شروع کردم به طراحی از ثریا. ثریا اما شوخی می‌کرد و هر بار کمی لباسش رو پایین‌تر از چیزی که من می‌گفتم می‌داد و من می‌رفتم و کمی با هم سر و کله می‌زدیم و او در مورد هنر نُود حرف می‌زد و تفاوتش با هنر پورن و من هم می‌گفتم که این حرف‌ها رو ولش، لخت شو لخت شو، می‌خوام کار هنری بکنم. اون هم بالاخره لباسش رو تا نیمه یکی از سینه‌هاش بالا داد و به من گفت که حالا خوب شد؟ راضی شدی؟ و من هم مدادم رو بردم سمت کاغذم.

وقتی اون طراحی تمام شد حیرت‌زده بودم. طراحی من شبیه ثریا نشده بود. چیزی که از اون در اومده بود چیزی بود که نمی‌فهمیدم. همه‌ی خطوط و تناسبات رو می‌شناختم اما گرچه به

ثریا نگاه می‌کردم ولی داشتم چیز دیگه‌ای رو می‌دیدم و همون چیزی رو که دیده بودم کشیده بودم. روی صورت ثریا یه مثلث می‌شد دید که توی اون سرِ کسِ دیگه‌ای هم بود و من نمی‌دونم اون سرِ چه کسی بود. اما برام شباهت عجیبی رو تداعی می‌کرد و اون طرف هم روی سینه‌ی ثریا شکلِ یه مرد افتاده بود که از یه طرف به نظرم همین کتابفروشی می‌رسید که امروز هم دیدم و از طرف دیگه به نظرم می‌رسید که شاید کسی‌ست که خود ثریا می‌شناسه.

من از اون‌جور آدم‌ها نیستم که مسائل متافیزیکی رو قبول داشته باشن اما فکر می‌کنم که مابعدالطبیعه فقط فیزیکی‌ست که ما هنوز اون رو نشناختیم. این رو که به ثریا گفتم ثریا اول کمی ترسید و بعد کمی تعجب کرد و آخرش هم شروع کرد به ریسه رفتن و دست انداختن من. و من هم دستش رو گرفته بودم و فشار می‌دادم و اون هم بیشتر می‌خندید و من حس کردم که یه چیزی بین ما به وجود اومده و اون هم این رو فهمیده. حس کردم که یه جای دوری از ما دو نفر پیش هم معلوم شده و ما خیلی به درد هم می‌خوریم.

این بود که نمی‌دانم چه شد خیلی ناغافل پریدم روی ثریا و اون رو از پشت گرفتم و فشار دادم و اون هم معلوم نبود داره حال می‌کنه یا نه. من ادامه دادم و اون رو انداختم روی زمین و صورتم رو بردم جلو که از لب‌های زیباش بوسه‌ای بربایم که دیدم نخیر

۲۵۰

خبری نیست و من هم لجم در اومد و به کارم ادامه دادم و کار ما به جایی رسید که با همدیگه گلاویز شدیم و من ناخواسته دیدم که دارم می‌زنمش زمین و اون هم زیر دست من می‌لرزید.

بعدش همه چیز برعکس شد و دیدم که ثریا یه پا ورزشکاره و من دستِ کم گرفتمش. من رو بلند کرد و همچین زد زمین که نگو و نپرس. بعدش هم با یه پا خوابوند توی قفسه‌ی سینه‌ی من و، طراحی‌هایی که از بدنِ دخترا و بدنِ خودش کرده بودم رو انداخت توی یکی از جانقاشی‌های استوانه‌ای من و یه تُفی هم انداخت روی من و با اون نقاشی‌های من از صدها دختر از درِ خونه رفت بیرون.

تا مدتی گیج بودم و نمی‌دونستم چی کار کنم و صد بار به این ایران فحش دادم که یه جوریه که آدم نمی‌تونه همچین آدمایی رو توش بنداره هلفدونی و بعدش هم پیش خودم گفتم هر جای دیگه‌ی جهان هم بود همین‌طوری بود و خوب شد که باز اینجا ایرانه، اگه نه که بقیه جاها از این بدترش رو هم سرم می‌آوردن و خیرِ سرم امشب داشتم به یه دختره تجاوز می‌کردم.

خلاصه بعد از یکی دو ساعتی حالم بهتر شد و شروع کردم به این‌ور و اون‌ور رفتن و فکر کردن. باید حالی به این دختر می‌دادم و نُودهام رو پس می‌گرفتم. فردا صبحش به یکی دوتا از بچه‌های کافه‌رو زنگ زدم و آمار ثریا رو گرفتم. آمار رسید که این دختره

مرموزه و توی کافه هم همین اواخر پیداش شده و اون‌ها هم که تو خیابون دیدی، یارو رو خیلی کم می‌شناختن و دختره بوده که خودش رو زیادی به آشنایی می‌داده.

خلاصه این‌ها رو که شنیدم خونم به جوش اومد. منِ هفت‌خط رو یه دختره مچل خودش کرده بود. مدتی گذشت تا اینکه یک نیمه‌شب که حسابی خودم رو ساخته بودم بهم خبر رسید که ثریا رو توی همون کتاب‌فروشی دیدن. خیلی شاکی شدم و پیش خودم گفتم عجب کتابفروشِ حروم‌زاده‌ایه.

انداختم و نئشه هم که بودم شیشه‌ی مغازه کتابفروشه رو پایین آوردم و تهدیدش کردم که درست حسابی کار دستش بیاد. اما دلم آروم نگرفت و پیش خودم گفتم که این کتابفروشه دیوثی هس که تا نداره. همون اطراف کشیک دادم که اگه خبری شد بفهمم. دیدم که کتابفروشه با یه یارو حرف زد و یارو رفت سوار ماشینش شد و یک ساعتی بعد با یه پسره‌ی دیگه و ثریا برگشت و اون‌ها هم اومدن و کتابفروشه به ثریا یه چیزی گفت و اونم رفت و به پسره یه چیزی گفت و اون هم رفت و بعدش هم خودش اونجا موند. دیدم این نمی‌تونه عادی باشه و حتما اینا یه مشتی آدمن که با هم دیگه دارن یه گُهی می‌خورن و من هم جزوی از پِلَنشون بودم و معلوم نیست پشت قضیه چه خبره.

فصل سیزده

این شد که جلو نرفتم و وایسادم همون‌جا تا سر از کارشون در بیارم. وقتی دیدم که دختره با اون یارو سوار ماشین شد تعقیبشون کردم. این‌ور و اون‌ور رفتن و هی پیچیدن و پیچیدن و این بین هم ثریا خانم داشت با اون یارو که از سر تا پاش تریاک می‌بارید لاس می‌زد و مَرده هم چه حالی می‌کرد. بعدش دیدم که رسیدیم به یه جایی و مرده ماشین رو پارک کرد و ثریا رفت توی یه کوچه و مرده هم راشو انداخت یه ور دیگه.

سریع پارک کردم و دویدم تو اون کوچه. بعد پشت سر ثریا چندتا کوچه رو رفتم. نهایتا ثریا به یه خونه‌هه سنگ انداخت و یه پنجره‌ای باز شد و خانم رفت تو. منتظر موندم و دیدم که بعله، معلومه اینجا هم خونه‌ی هم‌دستش بوده چون با جانقاشی من روی کولش از اونجا اومد بیرون و کلی هم تیپش دوباره عوض شده بود. شکّم قریب به یقین شده بود که یه کاسه‌ای زیر نیم‌کاسه هست و من افتادم وسط یه ماجرای درست و حسابی. پشتِ سرِ ثریا رفتم و تاکسی که گرفت بدو خودم رو رسوندم به ماشینم و دنبالش انداختم.

خوش رو رسوند به یه بانک و بعدش از توی بانک بدون جانقاشی من اومد بیرون. فهمیدم که هر چی هست طراحی‌های من جزو خیلی مهمی از این نقشه بوده که رفته و اون‌ها رو توی بانک به امانت گذاشته. فرصت نداشتم که برم و توی بانک سر و گوشی آب بدم. دنبالش کردم و اول رفت یک محله‌ای و دم در

یک خونه‌ای و بدون اینکه زنگ بزنه مدتی اون ورا چرخید. دوباره سوار ماشین شد و رفت پیش کتابفروشه و اونم یه چیزی بهش داد و ثریاهه راهش رو کشید و دوباره رفت و من هم پشت سرش. دم یه خونه وایساد و توی تاریکی منتظر موند. من هم این طرف‌تر خودم رو قایم کردم.

بعدش همون پسره که صبح باهاش بود اومد و اون‌ها همدیگه رو بغل کردن و رفتن تو و من هم موندم که باید چی کار کنم. اما تصمیم گرفتم که تا آخرش رو امشب می‌ایستم و می‌بینم. این بین هم چون فرصت بود و کار بهتری نداشتم یکی دو نخی رولیدم و دود کردم. دوباره سرم گرم شده بود که اتفاق‌های تازه‌ای افتاد.

کتابفروشه با ماشینش رسید اون‌جا و سر و روش هم خونین و مالین بود و چمدونی هم توی دستش داشت. وارد خونه شد و پشت‌بندش دو نفر در حالیکه با هم صحبت می‌کردن، از در خارج شدن و بعدش هم دوباره خود کتابفروشه پیداش شد که ثریا روی دوشش بود و اون رو آورد و انداخت توی ماشین و خودش برگشت داخل خونه. از ترس نمی‌دونستم که چه کاری کنم.

دوباره اون فروشنده بیرون اومد و غیر از چمدون، حالا چوبی هم توی دستش بود. روی چوب پُر شده بود از لکه‌های خون. اون‌ها که راه افتادن و از کنار من رد شدن، دلم ریخته بود که

دیگه تعقیبشون نکنم اما اگه نمی‌رفتم برای همه‌ی عمرم حسرتِ فهمیدنِ آخر این ماجرا رو می‌خوردم. پشت سرشون انداختم تا رسیدن به همون کتاب‌فروشی و کتابفروشه ثریا رو روی کولش کرد و برد داخل.

گیج شده بودم. نمی‌تونستم به پلیس خبر بدم چون اگه اونا می‌اومدن خود من در مظان اتهام قرار می‌گرفتم و با اون طراحی‌هایی که از من دست دختره بود کارم حسابی ساخته بود. تصمیم گرفتم یواشکی برم و از دم در کتاب‌فروشی به داخل اون‌جا نگاهی بندازم. شاید ماجرا دستم اومد.

تازه شروع کرده بودم به دیدن داخل اون‌جا که از پشت سرم صدایی اومد. رویم رو که برگرداندم همون پیرزنی بود که سال‌ها پیش که با ثریا کافه بودم، توی خیابون انقلاب دیده بودم. مثل اون روز هم سبد میوه‌اش هنوز همراهش است و داشت به من نگاه می‌کرد. منو یاد خیلی چیزها می‌انداخت و خیلی جاها می‌برد. یاد هر بار که تو زندگی‌ام بی‌دست‌وپا افتادم زیر بار تقدیر. یاد اون بار که بسیجیا ریختن خونه‌م و طراحی‌هام از مریم رو از من گرفته بودن و فقط یکی از اون طراحی‌ها مونده دست خودم که هنوز که هنوزه گاهی که به تمام عمرم فکر می‌کنم یاد همون طراحی می‌افتم.

اون پیرزن به من نزدیک و نزدیک‌تر شد و جلوی من ایستاد و دهنش رو باز کرد. اما هیچ صدایی از اون بیرون نیومد. همین‌طور با دهن باز جلوی من ایستاده بود و تکون نمی‌خورد. هیچ صدایی از خودم در نیاوردم و هیچ کاری نکردم و تنها اون‌جا ایستادم و نگاهش کردم و بعد با همین نگاهم اون‌قدر دنبالش کردم تا از اون‌جا رفت در سیاهی اون اطراف، و از دیدرسِ من خارج شد.

دوباره رفتم سر وقت فروشگاه و دیدم که توی انباری‌اش سروصدایی به پاست و این مشکوکم کرد و به نظرم رسید که صدای کمک شنیدم و این باعث شد که به سمت اون صدا بدوم و هر طور شده برای نجات جونی که در خطر بود کاری بکنم. اما به اون داخل که رسیدم متوجه شدم که ناله‌ها از ثریا نیست، بلکه از اون کتابفروشه است که داره زیر لگدبارون ثریا زخمی و زخمی‌تر می‌شه.

ثریا منو که دید اصلا توجهی نکرد و به کارش ادامه داد و ادامه داد و اینقدر کتابفروشه رو زد تا همون‌جا افتاد و چندتایی پق کرد و مُرد. به همین راحتی و من شاهد این صحنه بودم. بدون اینکه بتونم هیچ کاری بکنم. فقط تونستم مرگ اون انسان رو تماشا کنم و دل بسوزونم و باز هم پیش خودم فکر کنم که باید هر چه بیشتر و بیشتر اندیشه‌ی عدم خشونت تو این مملکت تبلیغ بشه و این راهش نیست.

بعدش که ثریا کارش با اون یارو تموم شده بود سمت من اومـد و منو هُل داد و خوردم به یه قفسه‌ی کتاب و افتادم زمـین. ثریا هـم با صدای بلند بهم گفت که اینجا رو خودت تر و تمیز کن. اگه نـه بفهمم که پلیسا ایـن جنازه رو دیدن کـاری مـی‌کنم دیگه چشـات افتاب رو نبینه. این رو گفت و رفت. به همین راحتی. و من زیر اون قفسه‌های کتاب می‌دونستم که هر چیزی که می‌گه رو می‌تونه بکنه.

پا شدم و قفسه رو دوباره سر جاش گذاشتم و در مغازه رو بستم و کرکره‌ها رو کشیدم و نور موبایلم رو روشن کردم و اومدم تـوی انباری. شروع کردم به بلند کردن و کشیدن کتابفروشه روی زمـین و بردنش تا تـوی صحن مغازه. بعد دوباره برگشـتم و همـه جـا رو تر و تمیز کردم و کلی با لکه‌های خـونی ور رفتم و همه‌شـون رو پاک کردم و تر و تمیز شد. همه چی رو هـم مرتـب کردم و رفتـم سراغ جسد.

اول ماشین رو آوردم دم مغازه و جعبـه‌اش رو بـاز کردم و بعدش دویدم از تـوی یه کارتن تو انباری یکی دو تا روزنامه آوردم و پهـن کـردم تـوی جعبـه عقـب و بعدش رفتـم جنازه‌هـه رو آوردم و انداختم اون تو. بعدش اومدم که راه بیفتم تازه به صـرافت افتادم که کجـا جنازه‌هـه رو ببرم و نمـی‌دونم چـی شـد یـاد اون خونه‌هـه افتادم که اون بار واسه دیدن مریم رفته بودم اونجا.

راهش رو هنوز کاملا یادم بود و فقط فرقش این شده بود که واسهش یه خروجی هم زده بودن. واسه همین برخلاف انتظارم اونجای شهر دیگه اونجوری خلوت نبود و برخلاف میلم پام وا شده بود توی یه محلهای از شهر که همه توش خوف بودن و هر لحظه بود که یکی بیاد و خرِ منو بگیره و بگه این‌وقت شب اینجا چی کار داری و من به اون لات بی‌سروپا چی داشتم که بگم؟

اما شانس با من بود. اون همه ساختمون اونجا بود اما هیچکی بیرون نبود و انگاری هیچ چراغی هم روشن نبود جز چراغ صد وات، دم بعضی از خونه‌ها که اون هم معلومه که واسه‌ی این روشنه که دزدی چیزی سر و کله‌اش اونجا پیدا نشه. به رانندگی‌م ادامه دادم و رسیدم به اون خونه‌هه.

البته خونه که نبود دیگه، ویرونه‌ای شده بود و عجیب این بود که دور و برش هم چیزی نبود و راستِ کار همین کاری بود که من می‌خواستم بکنم. این بود که سریع پیاده شدم و با یه بیلی که جزو وسائل گارانتی ماشینم بود و نمی‌دونستم چرا، شروع کردم همون بغل‌های ساختمون به کندن زمین. کندم و کندم و بین راه هم به یه چیزایی برخورد کردم که به نظرم اومد که یه جنازه‌ای چیزی اونجاست که بعدش به خودم گفتم دیگه نباید زیاده‌روی کنم و امشب ذهنم زیادی فعال شده و دیگه داره به مالیخولیا می‌افتم.

فصل سیزده

این شد که اومدم و جنازه‌هه رو بردم و انداختم تو اون چاله و روزنامه‌هایی که باهاشون آورده بودمش رو هم انداختم توی ماشینم. روی جنازه خاک ریختم و ریختم و درست و حسابی چاله‌هه رو پر کردم و از همه‌ی هوش و حواسم توی این سال‌ها هم کمک گرفتم و جوری ریختم که با اولش مو نمی‌زد و سریع پریدم تو ماشین و انداختم توی خیابون.

هنوز باید یه جا وایمیستادم و اون روزنامه‌ها رو می‌نداختم بیرون که هر چی چشم می‌نداختم هیچ سطلی پیدا نمی‌کردم. هنوز روی روزنامه‌ها خون بود و پیش خودم گفتم که می‌اندازمشون توی جو خیابون و یه امشب رو بیا و به نظافت شهر کمتر توجه کن چیزی که نمی‌شه. نهایتا گرفتم بغل و شیشه‌ی ماشین رو دادم پائین و اومدم که بندازمشون بیرون دیدم که دو تا ماشین پلیس از کنارم رد شدن. ترسم گُل کرد.

با همون روزنامه‌ها رسیدم خونه و لباس‌هام رو عوض کردم و اون بیل رو شستم و گذاشتم بغل دیوار که خشک شه و حالا وایسادم اینجا وسط آشپزخونه‌ام و دارم فکر می‌کنم که با این روزنامه‌ها چی کار کنم. یکی از راه‌هام اینه که اون‌ها رو بسوزونم که بوش شاید همسایه‌ها رو سرازیر اینجا کنه و یه راه دیگه‌اش هم اینه که بندازمشون تو فلاش تانک و اون هم ترسناکه چون شاید کاملا از بین نرن و یا توی فاضلاب گیر کنن و یه راه دیگه‌اش هم اینه که دل رو به دریا بزنم و روزنامه‌ها رو بخورم و

بندازم توی معده‌ام و من این راه رو انتخاب کردم و دیدم که کار محافظه‌کارانه‌تریه.

پس همین‌جوری که داشتم روزنامه‌ها رو آروم آروم پاره می‌کردم و می‌نداختم توی دهنم و دهنم بوی کاغذ و خون گرفته، شروع کردم به فکر کردن به دردسرهایی که در پیش داشتم. کتابفروشه که پیداش نمی‌شد، اگر پرس‌وجو می‌کردن، مثلا از همون هیواهه، می‌فهمیدن که من دیشب رفتم اونجا و شیشه‌ها رو شکستم و صاف پلیسا می‌اومد دم خونه‌ی من.

هر چی فکر کردم دیدم که توی این قضیه هر چی هم که بخوام بگم، متهم اصلی خود منم و هیچ‌کس باورش هم نمی‌شه که ثریا در اون نقشی داشته باشه. آخر چطور می‌تونستم به کسی بگم که ثریا رو توی اون مغازه دیدم و بعدش ثریا بود که توی مغازه زد و اون فروشنده رو کشت ولی این من بودم که رفتم و جسد رو دفن کردم. اون هم به خاطر تهدید زنه.

و تازه‌اش هم من نمی‌دونستم که توی خونه‌های دیگه چه اتفاقی افتاده و اون چوبِ خونی برای چه بود و اون پسره هیوا کی بود و اون یکی پسره که دختره به شیشه‌اش می‌زد کی بود و هزارتا چیز دیگه هم نمی‌دونم و اینجا هم که دموکراسی نداره که من حرفم رو بزنم و بگم که من هنرمندم و اون‌ها گوش کنن. پرتم می‌کنن زندون.

این چیزها و هزارها چیز دیگه به فکرم می‌آد و فرصت هم دارم که به اون‌ها فکر کنم چون روزنامه‌ها توی دهنم هستن و من تا بتونم هر لقمه از اون‌ها رو قورت بدم طول می‌کشه و باید هم آروم آروم اون‌ها رو بجوم تا مبادا مشکل معده هم که در خانواده‌ی ما ارثی ست به بدبختی‌هام اضافه شه و دردی روی دردهام شه.

تنها مجرم این داستان منم و بهتر است هر چه زودتر راهم رو بکشم و از این شهر و از این کشور برم و این کشور کار منو به جایی رسوند که به جای این‌که روزنامه بخونم روزنامه رو بخورم. با این همه، چیزی سرِ دل من مونده که می‌خوام قبل از تموم شدن فرصتم، به شما اون رو بگم.

می‌خوام درباره‌ی روزنامه‌هایی که دارم می‌خورم و چیزی که روی اون‌ها نوشته شده حرف بزنم. روی این روزنامه‌ها که مال سال‌ها پیش هستن نوشته شده که جسد دختری که توی یه ساختمون حبس شده و از گرسنگی مُرده، پیدا شده و بعد کنارش هم عکس مریم رو زده و کلی توضیح داده که این دختر این بود و اون بود و معلوم نیس که چرا توی اون وضعیتِ زندونی توی اون اتاق مونده و مُرده و بعدش هم چه کسی اومده و جسدش رو چال کرده.

توی اون روزنامه‌ها خیلی جزئیات دیگه‌ای هم هست که من با خوندن اون‌ها شروع می‌کردم به احساس گناه و می‌فهمیدم که بارِ مرگِ مریم روی دوش منه و می‌فهمیدم که انگار باری از گناه روی دوش من بوده و همه‌ی این سال‌ها خِر منو گرفته. بدبختی‌ای که از زندگی و گذشته‌ام با من مونده و من خیلی وقت‌ها که می‌خوام از اون حرف بزنم صدام رو توی گلو می‌ندازم و می‌گم حب وطن یا برعکس می‌گم جبر جغرافیایی.

اما من اون خطوط رو نمی‌خونم. به خودم این حق رو می‌دم که اون خطوط رو نخونم. تا شما تا پایان حرف‌هام منو ببینین که نشسته‌ام و روزنامه‌ها رو لقمه لقمه می‌خورم و فکر می‌کنم که به کدوم کشور فرار کنم و اصلا این فکر سال‌هاست که در من است و قدیمی‌ترین صدایی ست که در گلویم مانده و گاهی جیغ می‌کشه و من صداش رو که می‌شنوم گوش‌هام رو می‌گیرم و دور خودم می‌چرخم و تا می‌تونم به گوش‌هام فشار می‌آرم و قبلا هم توی توی خواب دیده‌ام که گوش‌هام رو اون‌قدر فشار می‌دم که از اون‌ها خون می‌آد و از دور سرم می‌ریزه روی شونه‌هام.

نقطه

دختر رئیس

منو فراموش کردین! نه اینکه می‌خوام که بیام و بگم که من هم هستم. اما شما تا اون‌جا که من دنبال محمد آقا، همون خیاطه، کردم رو خبر دارین. پس بهتره که تا آخر ماجرا رو بشنوین. اون روز همون‌طور که یادتون هست من اول از خونه بیرون اومدم و رفتم تا دوری توی شهر بزنم و تازه هم یه قطره‌ی چشم جدید گرفته بودم که به چشمام جلای عجیبی می‌داد و بعضی‌ها می‌گفتن که ترسناک می‌شم و دوست پسرم می‌گفت که چه جذاب.

من اون روز که انداختم بیرون بعدش یادم افتاد به لباسام و این محمد آقا که خراب‌کاری کرده و عصبانی شدم و گفتم تا بیکارم برم و حالی ازش بگیرم. برگشتم و لباسام رو برداشتم و انداختم که برم سمتش. بین راه پشت یه چراغ قرمز دوست پسر احمقم زنگ زد و به خاطر اینکه دیروز جلوی زنش اومدم خونه‌شون کلی دعوام کرد و منم گفتم که باید دیگه تکلیف منو معلوم کنی و تا کی می‌خوای هی با اون زنت دوباره ازدواج کنی و دوباره بیای سراغ من و اون هم سرم جیغ زد و گفت که زندگی اون به من هیچ ربطی نداره. هر روز احمق‌تر و بی‌طاقت‌تر می‌شد.

بعدشم که چراغ سبز شد، کلی حواسم پرت بود تا اینکه ماشینای پشت سر بوق زدن و من راه افتادم. یه کم حالم بد شده بود از حرف زدن با اون صادقِ عوضیِ آشغال. واسه همین انداختم تو خیابونا و بالا و پائین کردم تا حالم بهتر شد و دوباره انداختم سمت مغازه‌ی اون محمد عوضی. رفتم توی مغازه‌ش و هر چی دلم می‌خواست بارش کردم و اون هم هر چی دلش خواست بار من کرد و بعدش هم یه کیسه‌ی سیاهی رو انداخت جلوی من و گفت که این هم بقیه لباسات و راهت رو بکش و برو.

من هم اومدم بیرون و نشستم پشت فرمون و از عصبانیت سرم رو گذاشتم رو فرمون. بعدش تصمیمم رو گرفتم و رفتم و یه کم جلوتر تو تاریکی‌ای ماشینم رو پارک کردم و منتظر موندم و گفتم که این محمده که خواست بره خونه‌ش می‌رم و یک خطی روی ماشینش می‌اندازم تا آدم بشه. تو تاریکی که بودم دیدم که یه پسره از ته کوچه داره می‌یاد و همین‌طور که راه می‌یاد یه سیگاری می‌کشه. ازش خوشم اومد. استیل باحالی داشت و این دوست پسرم هم دیگه داشت شورش رو در می‌آورد و یه تنبیهی می‌شد بد نبود.

شیشه‌م رو دادم پائین و گفتم: آقاهه؟! اونم که صدام رو شنیده بود سرش رو پائین آورد و گفت: اسمم امیده عزیزم. چی کار کنم واسه‌ت خانم؟

من هم همین‌جوری بدون رودروایسی بهش گفتم که می‌خوام باهام بیای. آخه می‌خوام یه کار ترسناک بکنم، می‌ترسم تنها باشم. اونم اومد و نشست تو ماشین و همین‌جوری صاف تو چشمای من نگاه کرد و گفت: مستیم و خرابیم و کسی شاهد ما نیست. بگذار بجنبد کفل از تو کمر از من.

بیوگرافی نویسنده

مهدی گنجوی داستان‌نویس، پژوهشگر و استاد دانشگاه تورنتو است. او مـدخل «بیـژن الهـی» را بـرای دایرت‌المعـارف ایرانیکـا نوشتـه و مقالاتش در ژورنال‌هایی چون *مطالعات ایرانی*، و بررسی *مطالعات خاورمیانه* منتشر شده‌اند. غیر از تحقیق و داستان‌نویسی، به ویرایش و احیای آثار ادبی پس از مشروطه می‌پردازد. تاکنون ویرایش او از شش اثر عبدالحسین صنعتی‌زاده، از جمله «رستم در قرن بیست و دوم» و «مجمع دیوانگان»، و نیز کتاب «صادق ممقلی؛ شرلوک هلمس ایران، داروغه اصفهان» از کاظم مستعان‌السلطان منتشر شـده است. آخرین دسـتاورد او، ضـبط و ویـرایش «ترجمـه هِنریـه» بـه قلم محمـد بـاقر خراسانی بزنجردی (انتشارات مانیاهنر، تهران)، قدیمی‌ترین ترجمه هزارویک شب به فارسی، بوده است.

اولین مجموعه داستان گنجوی با عنوان «آموزش پارانویا» در سال ۱۳۹۱ (۲۰۱۲) با انتشارات روزبهانی منتشر شد. «انتظار خواب از یـک آدم نـامعقول»، دومـین اثـر داسـتانی گنجـوی و مجموعـه ۷۹ داستانک است که در سال ۲۰۲۱ با نشر آسمانا منتشر شد. «مستیم و خرابیم و کسی شاهد ما نیست» اولین رمانی‌ست که از گنجوی منتشر می‌شود.

انتشارات آسمانا (تورنتو) منتشر کرده است:

پژوهش‌های علمی و دانشگاهی

- *Music on the Borderland: Remembering and Chronicling the 1979 Revolution's Shadow on Iranian Music*, by K. Emami, 2024.
- *Whispers of Oasis: Likoo's Poetic Mirage*, by M. Ganjavi, A. Fatemi and M. Alimouradi, 2024
- *زبان، انسان و جامعه: ادبیات و زبان‌های اقلیت در ایران*؛ ویرایش امیر کلان؛ مهدی گنجوی، آنیسا جعفری و لاله جوانشیر، ۲۰۲۴.
- *تنگلوشای هزار خیال؛ جستارهایی در ادب و فرهنگ*، رضا فرخفال، ۲۰۲۴
- *دلالت‌های تحلیل طبقاتی در سرمایه‌داری امپریالیستی*، محمد حاجی‌نیا و شهرزاد مجاب، ۲۰۲۴
- *شبِ سیاه و مرغان خاکسترنشین؛ شعر نیما در دهه‌ی دوم: ۱۳۲۱-۱۳۱۱*، ۲۰۲۴
- *حافظ و بازگویی*، تالیف رضا فرخفال، ۲۰۲۴
- *زنان کُرد در بطن تضاد تاریخی فمینیسم و ناسیونالیسم*، تالیف شهرزاد مجاب، ۲۰۲۳
- شورش دهقانان مکریان ۱۳۳۲ - ۱۳۳۱ : *اسناد کنسولگری، مکاتبات دیپلماتیک و گزارش روزنامه‌ها*، پژوهش امیر حسن‌پور، ۲۰۲۲

تصحیح انتقادی

- *تاریخ شانژمان‌های ایران*، تالیف میرزا آقاخان کرمانی (به کوشش م. رضایی تازیک)، ۲۰۲۴
- رستم در قرن بیست‌ودوم (تصحیح انتقادی و مصور)، تالیف عبدالحسین صنعتی‌زاده (ویرایش م. گنجوی و م. منصوری)، ۲۰۱۷

شعر

- *دفتر الحان*، شعر از امیر حکیمی، ۲۰۲۴.
- *با سایه‌هایم مرا آفریده‌ام*، شعر از هادی ابراهیمی رودبارکی، ۲۰۲۴
- *شهروندان شهریور*، غزل از سعید رضادوست، ۲۰۲۴
- *آینه را بشکن*، شعر از نانائو ساکاکی، ترجمه مهدی گنجوی، ۲۰۲۴
- *عجایب یاد*، شعر از امیر حکیمی، ۲۰۲۳
- *کهکشان خاطره‌ای از غروب خورشید ندارد*، شعر از مهدی گنجوی، ۲۰۲۳
- *غریبه‌هایی که در من زندگی می‌کنند*، شعر از مهدی گنجوی، ۲۰۲۱
- *تبعیدی راکی*، شعر از علی فتح‌اللهی، ۲۰۱۸

داستان

- *اسباب شر*، رمان از جواد علوی، ۲۰۲۵.
- *جلوی خانه ما یکی مرده بود*، مجموعه داستان از اکبر فلاح‌زاده، ۲۰۲۴
- *زینت*، رمان از وحید ضرابی‌نسب، ۲۰۲۴
- *فیل‌ها به جلگه رسیدند*، رمان از کاوه اویسی، ۲۰۲۴
- *درنای سیبری*، نمایش‌نامه از علی فومنی، ۲۰۲۴
- *مقامات متن*، رمان از مرضیه ستوده، ۲۰۲۴
- *انتظار خواب از یک آدم نامعقول*، مجموعه داستان از مهدی گنجوی، ۲۰۲۰

برای ارتباط با نشر آسمانا:

Asemanabooks.ca

We Are Drunk and Broken, and No One Is Witnessing Us

Mahdi Ganjavi

Asemana Books

2025